创作小说的技术与阅读小说的技术

——以《外国小说欣赏》为例

何永生　著

中国出版集团

世界图书出版公司

广州·上海·西安·北京

图书在版编目（CIP）数据

创作小说的技术与阅读小说的技术：以《外国小说欣赏》
为例 / 何永生著 . —广州：世界图书出版广东有限公司，
2014.3（2025.1重印）
    ISBN 978-7-5100-5584-3

    Ⅰ . ①创…　Ⅱ . ①何…　Ⅲ . ①小说创作②小说—文学
欣赏—国外　Ⅳ . ① I054 ② I106.4

中国版本图书馆 CIP 数据核字（2014）第 004839 号

创作小说的技术与阅读小说的技术——以《外国小说欣赏》为例

责任编辑　翁　晗
出版发行　世界图书出版广东有限公司
地　　址　广州市新港西路大江冲 25 号
http:// www.gdst.com.cn
印　　刷　悦读天下（山东）印务有限公司
规　　格　710mm×1000mm　1/16
印　　张　14.25
字　　数　230 千
版　　次　2014 年 3 月第 1 版　2025 年 1 月第 4 次印刷
ISBN　978-7-5100-5584-3/I·0301
定　　价　78.00 元

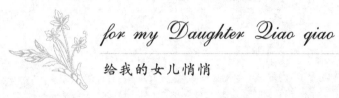

for my Daughter Qiao qiao

给我的女儿悄悄

普及与超越普及的创新之作

邹建军

永生的新作《创作小说的技术与阅读小说的技术——以〈外国小说欣赏〉为例》是一部基于普及又超越普及的创新之作。说普及是其浅出之功让一般读者涉及哪怕生涩的概念也并不难于理解，说超越普及实述这是一部严肃的学术专著。

俗话说读其书，想见其为人。我与永生相识缘于朋友的介绍，交往多年，饭局和文字上见面的多，他的寡言让我一直以为他就是一位历史学的博士，没有想到他还研究文学，并且是外国文学。当他把大著《创作小说的技术与阅读小说的技术——以〈外国小说欣赏〉为例》送到我的案头，才真正地意识到一句俗话的含义：凡人不可貌相。

他看起来像一个老学究，长着一脸马克思一样的浓烈胡须，双额宽阔，印堂发亮，相书上讲这样的人若从学则多学广见，不一定真确，然而在永生却是事实。以前在《语文教学与研究》上看到他关于课程改革方面的论文，不趋时潮，独抒肯綮之见，即有好感，认为他是有责任心和敢于发表异声的教育教学研究者，后来又在华中师范大学的学报上看到他洋洋洒洒数万言的学术思想专论《古代圣学的终结与近现代历史科学的发轫——章学诚"六经皆史"新论》，其持论高格，举据详实、析证周延，很可以见出他对于章学诚《文史通义》、《校雠通义》的钻研之深，对于经史学谱系的理解之精。凡人不可貌相，只听别人的介绍和囿于日常的见面，是不能完全认识一个人的才华的。在与他交往的过程中，发现他平时话不多，特别对于自我的来历与研究方向，并没有直接的大量的表述，只知道他原来是大荆州地区某县某乡之人。我是蜀中之人，虽在鄂地工作，服务于华中师范大学，但对于湖北的了解也主要缘于对于文学地缘的研究。大荆州是出过张居正，产生过"公安派"、"竟陵派"等文学流派的地区，曹禺的祖籍也在那里。我说及这些，当然无意将永生与前贤相论，只是想到从一个地方所出来的人才，有了江汉平原的地理文化基础，或许有一些共性的东西。据我的观察，永生身上也有刚正不阿、机智果敢、执著坚强等要素，而这样的品质与我这个蜀人也就自然投缘了。这也是我向读者诸君推介本书著者的原因之一。

诚然，本书真正值得推介的原因在于它有超越一般普及性著作的价值。在我看来，其特点有三：

一是根据小说的艺术构成元素构思全书，"叙述"、"场景"、"主题"、"人物"、"情节"、"结构"、"情感"、"虚构"八个单元，涉及八个专门的话题，和16篇外国小说。因此，这不是一本关于外国小说的一般读物，而是以对小说艺术的精到研究，从八个重要方面来认识小说艺术整体与全相的专题著作，全方位而又不失重点地探讨了写作小说的艺术与鉴赏小说的技术。我们的教师与学生，如果通读了这本书，就从艺术的整体上认识了小说特别是外国小说艺术的特点，同时也知道我们应该从哪些方面来欣赏小说与写作小说。中国古代小说并不发达，因此现在所谓的小说文体理论与小说艺术理论，主要来自于西方，20世纪中国的小说无论是长篇还是短篇，主要是在外国特别是西方小说的影响下发生与发展起来的，对于外国小说的欣赏与研究，在很大程度上即可以代表对整个小说的研究，因此，本书从八个方面来认识与欣赏小说，并不是随心所欲与心血来潮，而是作者研究小说多年，从西方小说理论那里借用并中国化的结果。

二是本书的诞产及其结构内容都是有所本的，那就是在西方广有影响的美国学者布鲁克斯与沃伦，他们合作主编的《小说鉴赏》，以及北京大学中文系曹文轩教授受此启发而为人民教育出版社主编的《外国小说欣赏》及人民教育出版社出版的《语文·外国小说欣赏·教师教学用书》。美国学者为大学生所编写的《小说鉴赏》影响甚广，成为美国许多大学文学教育的重要参考书，而曹文轩教授主编的《外国小说欣赏》，则是我国普通高中语文教师与学生们不得不看的教科书，一个方面是它作为法定教科书的权威性，一个方面它是高中课程结业考试和全国高等院校统一招生语文课程考试内容的依据之一。永生长期研究中学语文教育问题，并多年从事实际的语文教学工作，受此启发，以自己的文学素质与教学经验，完成了这本全新的《外国小说欣赏》全解读，为广大中学师生阅读外国小说提供了方便。全书共八章，每一章涉及话题和两篇外国小说，并以一个具有理论含量的总标题进行概括，"叙述的秘密：显示与讲述，你媚我怨各千秋"、"场景的感染力：急骤的震撼与温柔的慢板"、"主题的隐显：英雄的传说与成长的寓言"、"人物的类型：圆型人物与扁平人物"、"情节的经纬：明确的向度与摇摆的振幅"、"结构的力量：延迟的快感与节制的优雅"、"情感的归属：多元错位与零度写作"、"虚构的本质：心灵的世界与真实的谎言"。这样的标题显示了作者的功力，也体现了他对小说艺术的深刻认知，眼光独到，学术性强。而与所借鉴过的两本书比起来，其著有了较大的发展，选材更加广泛，作品更加经典，并且理论与作品结合，创作与欣赏统一，更加符合中国读者不能离开小说文本的要求，比多位作者的联合之著，更有优势。

三是作者对于所选的每一篇小说，往往有着自己的理解与发现，体现在对每一章里面两篇小说的具体欣赏与分析上。如果只是一般性的导读，也就没有必要为一篇小说解读拟定标题，以"让灰色人生变得明亮的小人物"概括伯尔的小说《在桥边》，以"无声世界里的美丽与哀愁"概括泰戈尔的小说《素芭》，以"告别过去与昨日重现"概括斯特林堡的小说《半张纸》，这样的标题同样不是随意为之的，它们体现了作者在阅读小说时候对于主题、人物、结构、技巧等的发现，往往上升到了一种理论的高度来进行认识与表述。作者长期关注外国小说以及相关的理论问题，书后附录四篇作者已经发表过的论文，再次证明了我的这个判断，它们对于《守财奴》、《老人与海》等这样的经典小说作品有了新的认识，并且对生命的维度与文学教育的向度问题、《外国小说欣赏》课程的考察向度与题型的可能性空间问题，进行了具体而深入的探讨。其价值有二：

第一是对于学生与教师阅读小说提供了新的角度与方法。如何阅读小说是存在技巧的，虽然它往往是一个展开的故事，但并不一定每一位教师与学生都能够把握其根本与细节，轻而易举地就认识到了小说作家的匠心独运。作者以个人的经验与阅读的体会，从八个方面来认识小说整体上的艺术特点，每一个方面都以两篇外国小说为个案进行探讨，这就为每一位教师与学生如何阅读小说作品、如何欣赏小说艺术提供了很有意义的参照。与读中国小说相比，读西方小说更难一些，因为中国小说与西方小说产生的文化背景与时代环境多有差异，中国与西方的文化传统与审美习性也不相同，小说的思想与艺术构成往往存在很大的区别，所以本书对于某一篇小说的全方位观照与重点解读，特别对于西方意识流小说作品的解读，对于教师与学生阅读小说，都会有很大的启发。

第二是对于教师与学生以及广大的文学爱好者的小说创作，提供了成功的案例与丰富的经验。作家与诗人虽然并不一定要由学校来培养，但是最近三百年来，没有受过教育的作家与诗人几乎是凤毛麟角，特别是获得文学大奖的作家往往出自名校，这已经是学界公认的事实。因此，无论是《外国小说欣赏》，还是永生创作的本书对于培养小说作家以及其他文体的作家，都是有很大好处的，因为如果我们从小就真正地认识到小说的结构与语言等各种要素，从作者所说的八个方面，来认识小说艺术的特点与构件，就可以为小说写作提供真理性的认知与实践上的方便。如果我们的教师与学生从现在开始，都能够从事小说创作尝试，那么从他们中出现有名的小说家或者其他文体的作家，都是大有可能的，我希望能够达到这样的效果，并祝愿本书作者所取得的成功。

总之，本书的确是一本有理论、有实践，方便于阅读、方便于教学的好书，希望得到广大师生的喜爱。

是为序。

2014 年 1 月 21 日星期二

江南云台

（邹建军，华中师范大学文学研究所副所长、教授、博导，《外国文学研究》前副主编、《中国诗歌》副主编、《世界文学评论》创办者）

自序：基于"和解"的对话

—— 对《外国小说欣赏》[※]的理解

真正的阅读即真诚的对话。真诚者，既基于态度，又赖于能力，也要有所依凭。创作者有其视域，阅读者有其前见，文本一旦生成，便有自身的生命基理，你在与不在它都在那里，既无限开放，又无比刚劲。所以，真正的阅读，真诚的对话所能达成的最佳结果即多见众解之"和解"，诠释学称之为"视界融合"。从这个意义上讲，我们学习《外国小说欣赏》的出发点应该是基于"和解"的对话。理论总是抽象的，阅读实践才是真切的。从现在开始，我们就要进入《外国小说欣赏》的学习了，在进入正题之前，我们不妨来一段故事。

在一艘远航的客轮上，大家正在欣赏魔术师的表演，其间船长的鹦鹉总是捣蛋，一次又一次地拆穿魔术师的把戏。当魔术师在关键的时候要施展"魔术"骗过观众时，它便大声叫起来：袖子里有线，镜子里可以偷看，桌子底下有暗门……魔术师大为恼火，正要准备宰了鹦鹉的时候，突然，一声巨响，一阵强烈的震动——船被鱼雷击中了。人们纷纷弃船逃生……

深夜的大海一片漆黑，魔术师和鹦鹉正好漂在了一块木板上，他们相对无语，很久，很久。最后，还是伶俐的鹦鹉打破了沉默：好吧，这次我算彻底认输了，你怎么搞得，真让人叫绝。

这是美国小说家古德弗烈的小说——《魔术》里的故事。小说中的魔术师和鹦鹉是一对冤家，魔术师要表演，鹦鹉要拆穿表演。这种关系真有点像小说家与读者的关系：一个编写谜面，一个要揭穿谜底。这是一种矛盾的关系，只是作者与读者关系的调和，不可能像魔术师和鹦鹉一样，要通过一场意外的爆炸来达成最后的和解，而是通过高度的技术认同，达成理解与默契。

※ 本书所引用的外国小说文本基本来自《外国小说欣赏》，人民教育出版社 2007 年版，本书不再指明。

一、关于《外国小说欣赏》

《外国小说欣赏》是人民教育出版社课程教材研究所和北京大学中文系语文教育研究所为参加全国第八次课程改革的普通高中学校师生提供的一门选修课程，是一门国家选修课程，是为语文学有余力而又对外国文学有兴趣的同学提供的一种学习资源。

该教科书的主编北京大学中文系教授曹文轩先生在前言里对课程的设置要求和教科书编写定位做了较为详尽的说明，比如"定位于欣赏"、"打破""内容、形式两方面机械做些文章"的"教科书""框架"，"另行结构"，以"小说的基本元素而设定""话题"等等；对于学习要求方面，除了要求"阅读"文学文本，了解单元话题，思考教学文本提供的问题外，还有学习创作实践的要求，设置了一个以读促写、以写促读的练习平台。读写互助的编辑理念于语文教学而言并非新东西，但在小说阅读与写作方面着手尝试，于中学语文教学则无疑是新要求和高要求。而基于笔者对整册教科书学习的体会，则编者无疑是希望师生通过文学文本的阅读增进对外国文学的感性认识，通过单元话题进行小说文本编织的一般性技术解密，加深对小说文本构成技术的了解，为进一步自觉地阅读和欣赏奠定基础，同时为有意愿尝试创作的同学也进行一般的创作技术培训。尽管教学文本提供了文学思想、哲学背景、文化风情、语言面貌等等多方面的学习视窗，但就笔者的理解，关键词似乎是着眼于"技术"——创作的技术和阅读的技术，虽然编者并没有明确的语词和话语来做这样的表述，更没有做创作技术与阅读技术这样的划分，但笔者认为这两者其实就是一枚硬币的两面，难可分离。于是就有了本书的讲说课题，目的是想把这门课程教什么、学什么点得透一些。

一般来说，技术的构成指向大概由两个方面构成——知识和窍门；具体来讲，某一特定的技术，是由关于这一特定技术的一般知识，和在这一知识前提下实践中形成的具有独特价值的艺术规范。知识是已经解密了的、没有产权所属的可供一般分享的价值体系，窍门则是需要花费时间、精力甚至其他代价具备一定准入资格方能获得的价值体系。知识可以通过训练习得，窍门除了一定的训练，还要修习者不说一定的才赋禀性吧，至少有一定敏感和悟性，兴趣当然是不可或缺的基本元素。学习创作小说的技术是如此，学习阅读小说的技术也是如此。

二、主编及其文学教育理念

文学教育从只关注说什么到关注怎么说和说得怎么样，由关注思想到关注技术是件知之不易、其行更难的事。难处之一就是适合的教科书。《外国小说欣赏》无疑是当下解决燃眉之急的不可多得的本子。本书的主编曹文轩先生既是国内著名的文学创作者，又是学院中做文学批评和文学教育的学者和教授，在三个领域都有不俗的建树，对三个方面的情况都有很透彻的了解，这就至少做到了创作、批评和阅读教学的"不隔"，更难能可贵的也许还在于：在一个浮躁的难以放下一张安静书桌的时代，他的行诚笃信与宁静骛远。

曹文轩先生本人对近20年来我国学校的文学教育现状是深怀忧虑的，认为其"夸夸其谈，已经没有正经的阅读姿态"[1]了，对文学批评的现状也多有批评。他曾经不无深情与坦诚地道白：

这些年，无论是出入文学创作的圈子，还是出入文学批评的圈子，时不时总有一种清冷的、空寂的孤独感莫名地从心野浮起，且由淡而浓。如此状态，倒也不是我没有朋友——我这样一个对人性抱了宽容态度的人是不可能没有朋友的；只是觉得自己对文学的领会、理解以及由此而产生的那一套文学主张，未免太有点儿单腔独调。面对那些陌生的目光，我觉得自己已是一个跟时代严重脱节的落伍者。虽然在许多场合还是振振有辞地宣扬那些不合时宜的言论，但心中的虚弱感却是抑制不信地摇撼着自己。越是声调向高，就越是感到世界阔大无边，声音犹如被海绵吸尽一般凄清。我试图放弃自己的言说而进入那样一种趋之若鹜的话语，但总不能成功——不是我难以掌握那样一个知识系统，而是内心不肯对这样一种知识系统就范，加上性格的固执，尽管身处那样一个强大的语言场域之中，但依然还是你是你，我是我，无法加入那样声势浩大、金碧辉煌的大合唱。为了避免这样的尴尬，这些年我一直也就不参加那些以文学的名义而召开的国内国际的各种学术会议了。

在这段真情道白之后，曹先生欣喜地讲述了2005年、2006年自己"遭遇"到的"令他心中感动不已"与"极大欣慰"的两件事，那就是读到了美国人哈罗德·布鲁姆的《西方正典》、美国人布鲁克斯和沃伦的《小说欣赏》这两部在西方文学批评和文学教

---

[1] 曹文轩：《审阅者序》，载［美］布鲁克斯、沃沦编著：《小说鉴赏》，主万等译，世界图书出版公司2006年版，第3页。

育领域颇具影响的著作和教科书。他用"环顾四周，我觉得天地间虽然苍茫四合，但天边却有熟悉而温和的人声"来表达那种找到知音的喜悦，并且有把这种喜悦传递开来的冲动。这冲动的结果之一就是会时而诞的我们手边的这部《外国小说欣赏》。

据笔者个人阅读这三本书的感受，《西方正典》给曹先生的鼓舞主要是在文学经典的产生过程、文学的功能、文学批评及文学教育价值方面理念的契合。这点很重要，它可能直接影响主编编写教科书的理念。《小说欣赏》给曹先生的主要是教科书编写理念、体例、框架方面的启示。这一点，通过我们下面对两本教科书的简要比较即可获证。

"《小说欣赏》是美国的大学教材"，它的服务对象是以英语为母语的美国大学生的选修课程；《外国小说欣赏》是影响人众更多的高中文学教育教科书，它服务的对象是中国普通高中的师生。这两者因为我国课改的缘故，也因为曹先生"遭遇"《小说鉴赏》后，产生了中国"更需要这样教材的想法"，而产生了某种关联。笔者这样叙述这部教材与世界先进小说教学理念的接近，不是要突出某个学者个人的影响。中国的文科教科书审查制度在某些方面是世界上最严格的、越不得雷池半步。所以，《外国小说欣赏》能走到这一步，从另一个角度看，也是时代前进、社会进步的某种表现。当然，就一部教科书来说，一定要考虑，并且将其放在首位的问题，就是这样的编写体例可能更有助于学习者"掌握最理想也是最有效的阅读方式，从而使他们更确切地理解小说何为，直至最终抵达小说最为旖旎的腹地"[1]。

三、体例及其小说技术元素扫描

要弄清《外国小说欣赏》的体例，对其所涉及的小说技术有一个大致的了解，有必要对《小说鉴赏》与《外国小说欣赏》做一个简单的比较。

《小说鉴赏》"既是一部短篇小说鉴赏集，又是一本文学教科书。全书共收入作品 51 篇，除了英美的（小说）外，还有欧洲、拉美等地具有代表性的作品。编者从小说鉴赏与写作的角度，把全书分为 7 章。每一章的开关头都有编者拟定的前言，就优秀小说的一些总的原则和小说的基本要素做了深入浅出的论述。前 5 章所收的

---

[1] 曹文轩：《审阅者序》，载［美］布鲁克斯、沃沦编著：《小说鉴赏》，主万等译，世界图书出版公司 2006 年版，第 3 页。

每一篇小说之后，还附有针对该篇小说的讨论和思考题"[1]。作为教科书，"严格地遵循""一般归纳法"的编写原则，"给学生一种置身事内之感，并使学习成为一种自然的扩张与发展的最佳方法"[2]。作为以英语为母语的大学文学教科书，《小说鉴赏》无论是全书章节的容量、选文的篇幅和难度与中国普通高中语文教科书存在很大差异，但是作为提供讨论的基本话题，无论中外的小说教科书都是可以共享的。不仅如此，结构和体例上也是可以参考借鉴的。

而为中国普通高中学校的师生编写的教科书，在他们绝大多数人都有英语为第一外国语学习经验的前提下，在借鉴国际教科书编写经验的同时，汉语版《外国小说欣赏》在编写的过程中，会做哪些适应国情和学情的改变呢？

《外国小说欣赏》以小说创作和阅读同样必须关注的基本元素作为单元话题，在选文后附缀简单的单元话题介绍，选配契合单元话题特征的小说选文，文后附缀针对选文文本和话题内涵的讨论问题及相关外国小说常识介绍，构成一个学习单元。全书一共8个单元，8个话题，16篇外国小说。这8个话题分别是"叙述"、"场景"、"主题"、"人物"、"情节"、"结构"、"情感"、"虚构"。

以下对这8个话题作简要介绍，以期对全部内容有一个概观了解。

有一种说法：小说就是讲故事。其真理性不一定经得起推敲，但"叙述"却是任何小说不可不借助的技术手段。在"叙述"的话题下，教科书通过美国作家海明威的小说《桥边的老人》以"显示"的方式叙述故事，英国作家伍尔夫的意识流小说《墙上的斑点》以"讲述"的方式展开叙述，让学习者感受、领悟两种叙述方式前者偏于客观、后者偏于主观的特点。

在"场景"的话题下，教科书通过法国作家维克多·雨果的长篇小说《九三年》和俄国作家蒲宁的小说《安东诺夫卡苹果》两个节选片段，让学习者分别进入不同的"场景"，感受不同"场景"所营造的氛围对塑造人物性格所起的作用。

"主题"是任何小说都不可或缺的元素，即使是那些声称无主题的作品，其实也不过是小说主题过于复杂，期待阅读者进行多主题或无穷多主题解读的另外一种表达方式。小说主题的表达有的隐晦曲折，有的鲜明直白。在主题的话题下，前苏

---

[1] 李文俊：《译者序》，载［美］布鲁克斯、沃伦编著：《小说鉴赏》，主万等译，世界图书出版公司2006年版，第4页。

[2] ［美］布鲁克斯、沃伦编著：《小说鉴赏·原序》，主万等译，世界图书出版公司2006年版，第7页。

联作家高尔基的《丹柯》和巴西作家保罗·戈埃罗的《炼金术士》（片段）各具特点的主题表现方式令人玩味。

"形象"是小说承载情感和思想的载体，以人物性格和命运为表现对象的小说，小说创作和阅读的焦点常常集中在"人物"身上，这再自然不过了。关于人物有各种各样的分类标准，以他们在故事中所占地位来划分，有主要人物和次要人物，过去我们常常以此来分配我们的阅读精力。在本册教科书的"人物"话题中，我们要学会运用"圆形人物"和"扁平人物"两个新概念去重新观照小说中的人物。用来感受这组新概念的小说文本是由列夫·托尔斯泰的长篇小说《战争与和平》的三个片段构成的一篇节选，编入教科书的时候取名为《娜塔莎》；另一篇是印度作家泰戈尔的短篇小说，以主人公名字命名的《素芭》。

"情节"这一小说概念，对于我们来说并不陌生，可是生活经验告诉我们，在我们身边有许多熟悉的"陌生人"。"情节"在本册教科书中之于我们，大概就是这样的老朋友。我们必须重新认识"情节就是一篇小说中所表现的那个动作的结构，它代表了讲故事人对他那个动作中的事件如何加以处理的一种方法"[1]这一个新的界定。与此同时，我们还必须做好准备感受并理解一个新概念——"摇摆"。围绕这一话题，编者提供欣赏的小说文本是日本作家志贺直哉的小说《清兵卫与葫芦》和德国作家伯尔的小说《在桥边》。

"结构"这个词一听起来就让人联想起"组织"、"框架"和"架构"一类的概念，然而，在这里却有着新的审美意蕴。教科书选编的两篇小说，意大利小说家卡尔维诺的《牲畜林》和瑞典作家斯特林堡的《半张纸》，让我们在欣赏前者的过程中，感受通过尽情摇摆而产生的延宕的快感；在阅读后者的过程中，通过走进一个人的生活，体会作者在编制小说过程中那种节制的优雅，仿佛古典戏剧在"三一律"要约下实现的那种精致与完美。

作家使用什么样的方法来煽情？这是一个问题，是作者创作小说的时候要考虑的问题，也是我们欣赏小说时要考虑的问题。泪为谁流？恨因何生？"情感"的话题及其附缀的小说文本让我们感受并体会小说情感的逆差原则。在情感这个问题上作者和读者仿佛成了一对冤家。读者越是同情、爱怜的人物，作者就越是要惩罚他，

---

[1] ［美］布鲁克斯、沃伦编著：《小说鉴赏·原序》，主万等译，世界图书出版公司 2006 年版，第 44 页。

让他饱受磨难，反之亦然。在作者与读者这种非常态的契合中，小说文本实现了其情感诉求。这一单元提供欣赏的两篇小说是美国作家艾萨克·什维新·辛格的《山羊兹拉特》和哥伦比亚作家加西亚·马尔克斯的《礼拜二午睡时刻》。

最后一个话题是关于小说最本质的一个元素——虚构。在英语中，无论是"novel"还是"fiction"都有虚构的意思。前者具有新的、从前没有过的、新生的意思，强调原创性；后者就指虚构。小说是一个心灵的世界，这个世界既是虚构的，也是真实的。假如虚构意味着不存在、子虚乌有，而真实又是指我们可以真切感受的东西的话，那么，小说就是一个真实的谎言。这样一个矛盾的表述，切中的正是小说的本质。虚构与真实的关系在具体的小说欣赏中可以领会得更清楚。以本单元提供的两篇小说为例，阿根廷作家博尔赫斯的《沙之书》可以让读者体验由小说中虚构的故事与真实的心理体验这两者的矛盾产生的审美张力，奥地利作家卡夫卡的《骑桶者》则让我们从故事的虚构与形象的真实这一角度着眼来观照小说虚构这一问题，当然这并不排除其他角度的分析。

四、对选修本课程学习者的建议

在学习这个问题上，学习者是主人，教科书、教辅资料、教师等都是帮助学习者满足学习愿望、实现学习目标的条件，或者说是学习资源。苏格拉底将教师比喻为助产士，很形象地诠释了在学习及学习成果产生过程中师生所扮演的角色。学生要积极努力"生产"，教师要科学真诚地"助产"。在学习中，师生是合作者，双方的交流、彼此的要约、共同的探讨都是必不可少的。

在学习本课程的过程中，学习者起码要做到以下几点。

1. 主动参与

文学阅读在某种意义上是阅读者与作者、小说文本、编者、教师、文学批评家及学习者相互间的多维对话。对话不仅要求所有的参与者都是平等的，而且要求参与者主动研习，而不只是被动或消极接受，任何学习"仅仅靠阅读和听课、看电影而自己不动脑筋，很难学到什么东西，当然谈不上尝到很多东西了"[1]。《外国小说欣赏》这类课程的学习尤其如此。在学习的过程中我们至少应该先静下心来读小说，把感到有问题的地方，或者感到索然无味的地方都找出来，形成问题。在别人

---

[1] ［美］乔治·波利亚：《数学的发现》，刘景麟等译，科学出版社2006年版，第238页。

没有问题的地方发现问题并不丢人，相反，这是一项了不起的能力。在某种意义上，它高于被动地解决一个问题。这也是中国学生较为欠缺的一项能力。我们习惯于答问和解题，而不习惯自己发现问题和提出问题。在没有问题之前，只要是自己学习后发现的问题，无论什么样的问题都是有价值的。有一位同学看了海明威的《桥边的老人》之后说："我不知道这篇小说好在哪里，就像流水账，充其量不过是一篇通讯稿。"笔者觉得第一次接触这样的小说，有这样的感受就很不错了。他至少是以寻趣为目的去阅读的，读了、找了，没有找到要找的"乐子"。这要么是小说本身就没有"乐子"，要么是找的方法不对，没有发现"乐子"，甚至是对于"乐子"的理解有歧见。总之，这种阅读至少让我们有了问题，如果我们继续去寻找这些问题的答案，那么，我们就是在做一项学术研究工作。不要一听学术就以为是了不起的事情。在笔者看来，学就是探究、寻求事物的真相；术，就是寻求真相的办法。学术就是运用探究、寻求真相的办法去发现真相。所以，笔者对那位同学说："你的问题很好！不是所有老师都能有这样的发现，因为《教师教学用书》没有明确提出这种问题，即使提出来了，也不是编者自己真正的发现，而是借用了批评家的意见。你的发现已经接近了一个问题，把你的发现整理成一个问题提出来，就是研习这篇小说最有价值的一个问题。我在讲授这篇小说的时候，就是围绕你的问题来展开的。"笔者这样说不只是一种鼓励，接下来的课程会证明这位同学所提问题的价值。

2. 保持最佳学习动机

学习是需要激励的。在阅读过程中，心智活动所带来的强烈体验是学习最好的报偿，但如果太过功利的话，有时候则欲速不达。据说当卡夫卡的影响触动大科学家爱因斯坦的时候，这位天才的物理学家也曾向朋友借阅《审判》，在还书的时候，他对朋友说，这本书简直难以卒读，他说卡夫卡的脑子太过复杂。说到这里，笔者想起了我国当代著名作家格非讲的一件趣事。

那是二十多年的一件趣事。

一天，我和作家李洱在华东师大的校园中散步，忽然看见一个女生坐在树林里旁若无人地大笑。她坐在一张石桌旁，一边读书，一边发出大笑。李洱对我说："你猜猜看，她在读什么书？"我当然不知道。我们胡乱闲扯了一阵，刚想走开，那个女生再次爆发出的笑声终于勾起了我们的好奇心，于是决定打扰她一下，看看她读的究竟是什么书。有经验的读者也许已经猜到了答案，她阅读的正是卡夫卡的小说《审判》。

我完全不相信自己的眼睛。对于我们这些自诩为"卡夫卡专家"的文学专业人士来说，卡夫卡一直是令人望而生畏的作家，他的文字不仅深奥难懂，而且令人觉得恐怖。为了弄清他的叙事意图，即使是外国文学专业的学生也往往被他折磨得神思恍惚。但是，这个女生却一边阅读，一边大笑不止，这到底是怎么一回事呢？

通过交谈，我们知道，她竟然是第一次阅读卡夫卡。据她解释，卡夫卡实在是她读过的最有幽默感的作家。这个论断给予我带来的吃惊是显而易见的，于是我不得不小心翼翼地向她请教，《审判》这本小说中究竟有何情节、故事或语言让她觉得好笑？她一连列举了好几个例子来证明《审判》的"搞笑"性质，其中包括：

（1）警察前来执行逮捕 K 是一项严肃的使命，可是一进门就把 K 的早餐抢过来自己吃掉了，仿佛吃掉 K 的早餐才是他们此行的真正目的；

（2）这两个威风凛凛的警察不知何故，很快就被主管要求褪下裤子打屁股；

（3）K 确信自己没有犯罪，无须到法庭应诉，却在通往法院的道路上飞奔；

（4）K 进入法院，发现法官的办公室竟然是一间卧室，K 要想进入法官的办公室，必须先将卧室里抵住门的那张床移开。

诸如此类。

这次经历，使我彻底改变了对卡夫卡的阅读印象，也把我从阴森的"卡夫卡梦魇"中拯救了出来。这个女生虽然不是文学专业的专门人士，可她对卡夫卡的理解是有道理的。我不久后前往北京的歌德学院，参加卡夫卡诞辰一百一十周年的学术研讨会，与会一位捷克学者发言的题目就是《卡夫卡的喜剧》。据她说，卡夫卡在写作《审判》时，确实是将它当作喜剧来写的，而且每写一段就会朗诵给他的朋友听。他的那些朋友无一例外都笑得在床上打滚。[1]

爱因斯坦智力超群，也不乏哲学、音乐和艺术修养，也许他对卡夫卡阅读的失败在于他过于功利，急于想通过阅读《审判》弄清卡夫卡何以如此伟大这样一个问题，从而妨碍了他的审美观照。所以，为了有效地学习，学习者应该对所学的材料感兴趣，并且要在学习中找到乐趣。这是十分重要的。

---

[1]　格非：《文学的邀约》，清华大学出版社 2012 年版，第 109—110 页。

3. 明确阶段序进

康德说："人的认识从感觉开始，再从感觉上升到概念，最后形成思想。"这样一种认识阶段序进，用三个英语单词表示即为：cognition—intuition—idea。这说明认识和思想都是基于感觉产生的。所以，我们在强调听讲座、提问和讨论之前，一定要先接触小说文本，形成印象，先有直观的阅读感受；再听课，引入术语、概念、原理，上升到一个比较概念化的水平，并借助教科书提供的话题，进行话题引领下的专题性欣赏阅读和讨论；最后是运用阶段，通过训练形成一种文本的敏感，将学习内容内化为自己的阅读能力和心智。

至于大家关心的高考外国小说考查，大家可以边学习边对照本书在附录中提供的专题《外国小说欣赏》的高考考查。

总之，这样一种单元话题安排及编辑体例的考量，是将小说欣赏放置在文学而不是社会学范畴，更不是意识形态范畴来学习的一种尝试。这样一种学习本来应该是理所当然的，然而，在我们却又是弥足珍贵的。对于我们选修这门课程的同学是一种难得文学阅读训练，如果我们认真地按照课程标准，充分利用教科书搭建的这个学习平台实实在在地修习，则不失为一种很好的、基本的学术训练。

虽然是这样，但作为一门课程，编者的努力和我们的努力只是为大家学习提供了一种可资利用和借鉴的教学资源，努力能否引导中学文学教育朝向课程预期的方向行进，还有待于广大一线文学教师的努力，有待于文学教育环境的改善和优秀文学教育师资的培养。否则，我们的嘤嘤其鸣，只会成为不过求其友声的徒唤奈何。

目　录

第一章 叙述的秘密：显示与讲述，你媚我怨各千秋

小说从本质上讲是一种叙事艺术，因此，叙述问题基本上包括了这种艺术的大部分奥秘。本单元的话题是"叙述"，在这一话题下，实际上包括三个方面的问题：第一，故事由谁来讲，作者是否等同于故事的讲述者；第二，叙述视角，就是我们过去讲的人称的问题，但远比过去的人称问题内涵丰富；第三，叙述的语态，即教科书所说的"腔调"。这里我们只着重讲第一个问题，第三个问题我们留到欣赏《桥边的老人》时，再详加讨论。

在缺少经验的阅读者看来，作者和叙事者就是一回事。然而，小说文本，尤其是现代小说文本实际给出的答案却是否定的。在卡夫卡的《地洞》中，故事的叙述者是一只生活在地底下的小动物，讲述它受困于一种莫名的焦虑。小说文本开始的时候，这种焦虑就已经困扰它很久了，所以小说是从它终于为自己建成了一个地洞开始的——它为自己有一个私密空间兴奋不已，但不久这种兴奋就被另一种更强烈的焦虑所替代，那就是一种对于可能的入侵者的恐惧。为了消除这种恐惧，它通过不断地挖掘来扩大自己的地盘，尽可能多地收藏它的捕获物，以备不时之需。它一面"高筑墙，广积粮"，一面不断地观察周围的动静，提防着一切可能的入侵者。这种焦虑成了故事前行和故事叙述者叙事的动力，也促成了文本的发展。考察这样一个小说文本，我们总不能说故事文本的提供者——作者就是那只小动物吧。所以，作者和叙事者不是一回事，与用什么人称没有关系。

作者和叙事者不是一回事，但又不是绝无关联的。作者是故事文本的提供者、所有者，是故事叙事者的虚构者。叙事者是作者创作小说文本时创造的一个讲故事的角色。比如，《桥边的老人》这篇小说是由海明威创作的，海明威是这篇小说的作者，但文本中"桥边的老人"的故事却不是由海明威直接讲述给读者听的，而是由海明威虚构的一个执行战争侦察任务的侦察兵讲述的。海明威是《桥边的老人》

这篇小说的创作者，侦察兵是"桥边的老人"故事的叙事者。这就是作者与故事叙述者在这篇小说中的关系。

这样一种研究作者的角度和我们以前"时代背景—作家生平—作品思想性与艺术性"三段论式的文学教学研究作者的角度不同。过去的作者研究是对具体作者的生平、经历、主张与文学活动的研究，目的是为了知人论事、知人论文，指导这样一种研究的基础是基于阅读学以作者为中心的一套理论。今天的作者研究较之以前要复杂得多，它既有基于作者与文本、作者与文本意义、作者与读者关系的多个层面的研究，也有从更高层面对作者·文本·读者关系进行文学创作·文学传播·文学消费关系的历史考辨和叙事理论维度的研究。这样的研究使我们得出了一个明确的结论：我们在不同的时候和场合使用作者这个语词的时候，其所指其实是很不相同的。

比如，当我们说《桥边的老人》是海明威的作品，海明威是《桥边的老人》的作者、唯一的创作者的时候，这样一个关于作品作家所属关系的陈述，是一个版权意义的指涉；当我们说作者是文本意义的源泉、权威和中心的时候，我们表述的不仅是一种作者和文本意义的关系，而且表达了以作者为中心的阅读学理念，复述了"作者写作（解释、提供）意义，读者阅读（接受、学习）"的公式；当我们说"文本永远比作者伟大"，"作品既然已经完成，作者可以死去"的时候，我们表达的并不是一种视作者为可有可无的轻蔑，而是在突出读者在阅读中占主体地位的阅读学理念或者在强调文本的独立价值与意义。正如格非在《文学的邀约》中所言："不同时代有不同的作者观念，作者观念并非永恒不变"，"作者实际上是被不同的社会意识形态所建构起来的，作者的形象和意义也必然随着时间、文化传统、话语形态的变化发生微妙的变异"。[1] 这种现象并不是格非的独特发现，早在1969年的《什么是作者》中一文福柯对此就做过专门的分析。作者问题成为叙事学和文艺理论研究的重要问题由来已久。它与叙事者之间的关系也是剪不断，理还乱。

叙事类文本都有叙事者，叙事者就是文本中讲故事的那个形象。作为常识，需要强调的是，"叙事者不一定全都是以第一人称'我'出现在文本中"，"叙事者不一定都具有人格化特征"。[2] 此外，还要区分故事内叙事者和故事外叙事者。前者

---

[1]　格非：《文学的邀约》，清华大学出版社2010年版，第70页。

[2]　申丹、王丽亚：《西方叙事学：经典与后经典》，北京大学出版社2010年版，第78页。

是故事内的人物叙述者，后者指故事外的人物叙述者。《桥边的老人》的故事是由"侦察兵"来讲述的，"侦察兵"只是"老人故事"的感知者和叙述者，并非老人故事里的人，所以，"桥边的老人"的叙事者就属于故事外叙述者。故事外叙述的特点是客观、冷静，因为是讲别人的故事。故事内的叙述者是故事的亲历者，或者是参与者，比如《鲁滨逊漂流记》中的那个叙述人他就是在讲"自己的"故事，也就是故事的主角。

为了更清晰地呈现作者与叙述者的关系，我们不妨将两者放在整个叙事交流结构的大系统中来考查，也许会一目了然。中国学者综合西方叙事学各派理论形成的叙事交流图大致如下：

叙事文本

真实作者→隐含作者→（叙述者）→（受述者）→隐含读者→真实读者

在这个结构图中，叙述者的前面出现了两个作者：一个是真实作者，一个是隐含作者。任何一个叙事文本都涉及了真实作者与隐含作者及叙述者之间的关系，《桥边的老人》的特殊之处在于它在这方面表现得特别典型。我们下边的分析将会说明这一点。在分析这一技术构成之前，还是有必要对真实的作者和隐含的作者作叙事学上的必要解释。

"隐含作者和真实作者的区分实际上是处于创作过程中的人（以特定的立场来写作的人）和处于日常生活中的这个人（可涉及此人的整个生平）的区分。"[1] 真实作者是处于非写作日常状态中的作者，隐含作者在某种意义上指的"就是文本的叙事策略，是指作家在写作过程中编织或隐藏在文本中，以召唤读者辨识其意义的一系列叙事设计"[2]。从某种意义上讲，处于创作状态中的作者和处于非创作状态中的作者，是同一个人又是两个不同的人。打个不恰当的比方，哲学上强调事物的变动不居是永恒的，静止只是相对的。有个说法，叫作"人不能两次踏入同一条河流"。你昨天下午3点从中华门处下水横渡长江，你今天同样在下午3点时分，同样在中华门处下水横渡长江，昨日的长江与今天的长江在某种意义上既是同一条江又不是同一条江。是同一样江好理解，"又不是同一条江"又怎么解释呢？因为今天长江

---

[1] 申丹、王丽亚：《西方叙事学：经典与后经典》，北京大学出版社2010年版，第71页。

[2] 格非：《文学的邀约》，清华大学出版社2010年版，第78页。

的气象、水温、水质、含沙量及漂浮物等绝对不可能和昨天一样，所以它是另一条江。不仅长江不是昨天的长江了，而且你也不是昨天的你了，即使你感觉自己与昨天没有任何差别。至少你比昨天长了一天，你比昨天多了一次横渡的经验，你的临水状态和昨天也不一样，等等。如果这一解释还比较费解的话，我们不妨回顾一下海明威的中篇小说《老人与海》[1]的创作情形。

《老人与海》的故事是有本事可考的，1935年，海明威听一个老渔夫讲述了捕到的鱼被鲨鱼吃掉的经历；1936年，海明威在为《老爷》杂志写的一篇通讯中复述了这件事；1939年，他在给朋友的信中透露了想将上述故事写成小说的想法；1951年，海明威只用8周的时间完成了《老人与海》的创作。我们过去常常把上述的情形比作"十月怀胎，一朝分娩"。当海明威没有进入创作状态的时候，尽管他有创作的素材，也有创作的打算，但他还是处于一个真实的作者阶段。他成为一个隐含的作者是在他找到创作的感觉，进入创作之后。为此，他还要为进入状态下一番功夫。他在写给朋友的信中谈到了这一点："那老渔夫一个人在小船上，同一条旗鱼搏斗了四天四夜。他没法把它拖上船，只好把鱼绑在小船边上，末了这鱼让鲨鱼给吃了。这是一个发生在古巴海边的精彩的故事。我想乘坐老卡洛斯的船同他出海经历一下，经历一下老渔夫做的、想的每一件事，他怎么在海上远离其他渔船，只他一个人在小船上同鱼进行长时期的搏斗。如果找到感觉，我能写得很精彩。可以写一本书。"[2]在某种意义上讲，海明威找感觉的努力，就是在为实现从真实作者转变为隐含作者而努力。

这样的创作实例并非绝无仅有，而是带有普遍性的。列夫·托尔斯泰的小说《安娜·卡列尼娜》也是有本事可考的，那是报纸上报道的一则新闻：一个妇女因受到一位年轻军官的引诱而背叛了自己的丈夫。日常生活中的托尔斯泰不仅有着高贵的贵族血统，深受东正教影响，而且有着对统一世界秩序根深蒂固的向往，他对新闻中报道的事件义愤填膺是不难理解的，可是，他在《安娜·卡列尼娜》的小说文本中表现出来的对安娜背叛丈夫做出的评价却完全相反。处于创作状态中的托尔斯泰与处于日常生活状态中的托尔斯泰，对同一类性质的事件表现出了迥然不同的价值观和道德观。米兰·昆德拉在解释这一道德观转变时说："我不认为托尔斯泰改变

---

[1] 人民教育出版社《语文》（必修3）节选入册。

[2] 转引自董衡巽：《海明威画传》，河南文艺出版社2007年版，第215页。

了他的道德观，我觉得在写作的过程中，托尔斯泰聆听了一种与他个人道德信念不同的声音。他聆听了我愿意称之为小说的智慧的东西。所有真正的小说家都聆听这一高于个人的智慧，因此伟大的小说总是比他的作者聪明一些。"[1] 这就是真实作者与隐含作者的区别。

我们这样讲并不是说真实作者对创作没有影响，恰恰相反，作为真正的作者，他的人生阅历、品格、人格、道德修养、偏见与激情及艺术趣味等无疑都会在他编织文本的过程中或隐或现、自觉不自觉地表现出来。比如评论界认为海明威开创了"《圣经》般简洁"的现代文体，这不仅表现在语言方面，也表现在他在小说布局谋篇方面采取的单刀直入的手法上。诺贝尔文学奖评委会在给予他的授奖词里这样评价："能把一篇故事反复推敲，悉心裁剪，以极简洁的语言，铸入一个较小的模式，使其既凝练又精当，这样人们就能获得极鲜明、极深刻的感受，牢牢地把握它要表达的主题。"[2] 作为一种艺术修养，这种写作手法贯穿了他所有的小说创作实践，《桥边的老人》也不例外。以下我们从"概述"与"场景"这一小说创作与阅读的技术角度试做分析。

1．记录与超越

——《桥边的老人》解读

从小说创作技术与阅读技术的角度来看，《桥边的老人》涉及了这样几组基本的、不能不提到的小说技术构成范畴：一是概述与场景；二是讲述与显示。此外，在教学文本的"思考与实践"一栏的题干表述部分，还有一个主题概括存在商榷的问题，姑且将它当作第四个问题。前三组范畴既是作者编织小说的技术，也是读者解读小说时要破解的技术密码，有的时候可以将之看作是同一个问题。比如，从构成小说文本的技术与拆解小说文本构成的技术而言，作者与读者关注的焦点是同样的，都是"小说文本的技术"，只是双方所做的工作正好是相反的：作者编织，读者拆解。

一、概述与场景

一个侦察兵在侦察敌情的间隙，偶遇一个撤离战区的老人，然后向读者叙述了

---

[1] ［捷克］米兰·昆德拉：《小说的艺术》，董强译，上海译文出版社 2004 年版，第 198 页。

[2] 转引自董衡巽：《海明威画传》，河南人民出版社 2007 年版，第 222 页。

他的所见所闻，这就是《桥边的老人》所讲的故事。事情单一，对话明了，叙述简洁，简直就像是一篇战地新闻一样，一点儿也不像小说。这是笔者阅读这篇小说的感受。

不错，海明威本身就做过战地记者、编辑，还获得过"战时英雄奖章"。《桥边的老人》于 1938 年 5 月发表在《视野》杂志上，它是海明威在与"北美报业联盟"签订合同之后，赴西班牙内战前线采访时，报道的一个小作品。问题是这个短篇不是新闻。那么，小说和新闻的区别又在哪里呢？在于新闻是一种记录和再现性的实用形式，而文学或小说则是一种表现性的形式吗？见鬼！这样的回答很难经得住追问，再现和表现都是文本构成的手段。其实，新闻写作与文学写作之间的界限早已发生了巨大的变化，两者的边界已经变得模糊。"一方面，新闻写作大量地吸取了几乎所有的文学表现手段，比如说时空倒置、插叙、提前叙事、重复叙事、反复叙事等。这些本来属于文学的技法，新闻写作者早已得心应手。在激发读者的思考方面，新闻写作者也一改过去的冷漠和中立，只要有必要，他们可以随时增加情感的浓度，从而提高新闻作品的感染力。由于'后新闻'这样一个概念的出现，许多新闻事件的采写在引人入胜方面并不逊色于小说。另一方面，为了增加文学的所谓'客观性'，文学，特别是小说，实际上也是在向新闻学习，作者故意弱化作品的'虚构'特质，从而模拟新闻事件的纪实笔法，让事件来讲叙自己。"[1] 这种技法，在《桥边的老人》中通过叙事时间的处理几乎得到了完美的体现。

叙事时间是所有叙事类作品都会面对的问题。在叙事学中，故事所指内容经历的时间叫作故事时间；叙述者叙述故事的时间叫作叙事时间。"叙述时间短于故事时间，即概述"，"叙述时间基本等于故事时间，就是场景"。[2]《桥边的老人》文本中第二段"侦察兵"叙述他的任务，采用的就是概述。

> 我的任务是过桥去侦察对岸的桥头堡，查明敌人究竟推进到了什么地点。完成任务后，我又从桥上回到原处。这时车辆已经不多了，行人也稀稀落落，可是那个老人还在原处。

作为侦察兵的"我"，完成侦察任务究竟用了多少时间，读者不得而知。但读者肯定明白他所用的时间绝对不只写这三行字，更不是读这三行字的时间，而是远

---

[1]　格非：《文学的邀约》，清华大学出版社 2010 年版，第 52 页。

[2]　申丹、王丽亚：《西方叙事学：经典与后经典》，北京大学出版社 2010 年版，第 119 页。

远长过他通过这三行字向读者交代这件事的时间。在这里，叙述的时间远远小于事件发生的时间。这就是概述。

第一段"大车、卡车、男人、女人和孩子们在涌过桥去，骡马从桥边蹒跚地爬上陡坡，一些士兵帮着推动轮辐……"这些在实际的活动现场都不是一时半会的功夫就能完成的事，在作者笔下寥寥数语也就讲完了。这也是概述。作这样的概述，不是为了说明时间短，恰恰相反，叙述者的目的有的时候是要说明时间之长。比如，侦察兵在叙述中罗列自己的行程和行踪——"查明敌情""完成任务""回到原处"——都是为了说明时间已经过去很久了，为了让读者明白，还在"回到原处"前还加了一个副词"又"来表示强调，说明那个老人坐在那儿的时间不是一时半会了，以至于"我"在完成了一项侦察任务之后回到原处，他还坐在那儿。于是，才有了前面"他太累，走不动"的猜测。

从文本结构上讲，概述常常出现在故事的开端，作为引出故事人物和事件的一个起点。这也可以看作是概述在创作小说中的基本功能之一，同时也是阅读小说的人应该识别的。本篇小说使用的概述正好与概述这一功能的描述相吻合。

此外，概述还有其他的功能，比如插入叙述过程之中作为补充信息。这样一种叙述功能在《桥边的老人》文本中也有表现。比如，叙述"我"在与"老人"的对话的过程中，曾经一度短暂地中断对话，插入一段概述。

> 我凝视着浮桥，眺望充满非洲色彩的埃布罗河三角洲地区，寻思究竟要过多久才能看到敌人，同时一直倾听着，期待第一阵响声，它将是一个信号，表示那神秘莫测的遭遇战即将爆发，而老人始终坐在那里。

这段概述的插入，在这里至少有三个方面的作用：第一，开阔了作为场景的景深。因为前面我们是从时间展开的角度来定义场景的，我们说叙述时间与故事时间相等就构成了场景。但是，按照非叙事学常识的理解，或者说，在更感性的认知中，场景更意味着空间的指向，是一个可容的空间，在这个空间里不仅有命名、标记、地形、风景等这些物理的存在，而且还有事件和人物的活动这样一些人与事的关联动态。其实，在文本的开头，叙述者就有一个这样的描述。

> 一个戴钢丝边眼镜的老人坐在路旁，衣服上尽是尘土。河上搭着一座浮桥，大车、卡车、男人、女人和孩子们在涌过桥去。骡车从桥边蹒跚地

爬上陡坡，一些士兵帮着推动轮辐。卡车嘎嘎地驶上斜坡就开远了，把一切抛在后面，而农夫们还在齐到脚踝的尘土中蹒跚着。但那个老人却坐在那里，一动也不动。他太累，走不动了。

在这段描述中，除了第一句和最后一句关于老人肖像和情态的交代外，其他一切无论是男人、女人和孩子们，还是士兵和车辆的活动，都是作为老人歇脚的背景存在的，但是这个背景和上面提到的那个中断对话叙事的概述所提供的背景相比较只是一个近景似的背景。中断对话叙事的概述提供的背景是"充满非洲色彩的埃布罗河三角洲地区"，这个名词性偏正词语的中心词是"地区"（较大范围的地方），所以，叙述者在此之前用了"眺望"（从高处往远处看）这样一个词来描述他的视觉侦察活动。此外，概述"寻思究竟要过多久才能看到敌人""期待""将是一个信号"的"第一阵响声"的心理活动，也是从时间的角度所做的对空间长距离、大范围这样一个基础上的猜测。所以，我们说这个概述无论是从时间上，还是从空间上着眼，它起到了增加景深的作用。

现在轮到说场景了。叙述时间与故事时间基本吻合（因为完全意义上的等时叙述是不存在的）就是场景。最常见的场景就是文本中人物之间的对话。包括有声语言的对白和具有对话性质的诸如表情暗示、手势表达及身体语言等等。《桥边的老人》提供的这个场景就是一个对白现场：

"你从哪儿来？"我问他。

"从圣卡洛斯来，"他说着，露出笑容。

那是他的故乡，提到它，老人便高兴起来，微笑了。

"那时我在看管动物，"他对我解释。

"噢，"我说，并没有完全听懂。

"唔，"他又说，"你知道，我待在那儿照料动物。我是最后一个离开圣卡洛斯的。"

他看上去既不像牧羊的，也不像管牛的。我瞧着他满是灰尘的黑衣服、尽是尘土的灰色面孔，以及那副钢丝边眼镜，问道，"什么动物？"

"各种各样，"他摇着头说，"唉，只得把它们撇下了。"

我凝视着浮桥，眺望充满非洲色彩的埃布河三角洲地区，寻思究竟要过多久才能看到敌人，同时一直倾听着，期待第一阵响声，它将是一个信号，表示那神秘莫测的遭遇战即将爆发，而老人始终坐在那里。

"什么动物？"我又问道。

"一共三种，"他说，"两只山羊，一只猫，还有四对鸽子。"

"你只得撇下它们了？"我问。

"是啊。怕那些大炮呀。那个上尉叫我走，他说炮火不饶人哪。"

"你没家？"我问，边注视着浮桥的另一头，那儿最后几辆大车正匆忙地驶下河边的斜坡。

"没家，"老人说，"只有刚才讲过的那些动物。猫，当然不要紧。猫会照顾自己的，可是，另外几只东西怎么办呢？我简直不敢想。"

"你的政治态度怎样？"我问。

"政治跟我不相干，"他说，"我七十六岁了。我已经走了十二公里，再也走不动了。"

"这儿可不是久留之地，"我说，"如果你勉强还走得动，那边通向托尔托萨的岔路上有卡车。"

"我要待一会，然后再走，"他说，"卡车往哪儿开？"

"巴塞罗那，"我告诉他。

"那边我没有熟人，"他说，"不过我还是非常感谢你。"

他疲惫不堪地茫然瞅着我，过了一会又开口，为了要别人分担他的忧虑，"猫是不要紧的，我拿得稳。不用为它担心。可是另外几只呢，你说它们会怎么样？"

"噢，它们大概挨得过的。"

"你这样想吗？"

"当然，"我边说边注视着远处的河岸，那里已经看不见大车了。

"可是在炮火下它们会怎么办呢？人家叫我走，就是因为要开炮了。"

"鸽笼没锁上吧？"我问。

"没有。"

"那它们会飞出去的。"

"嗯，当然会飞。可是山羊呢？唉，不想也罢。"他说。

"要是你歇够了，我得走了。"我催他："站起来，走走看。"

"谢谢你，"他说着撑起来，摇晃了几步，向后一仰，终于又在路旁的尘土中坐了下去。

"那时我在照看动物，"他木然地说，可不再是对着我讲了，"我只是在照看动物。"

在这一场景中，人物（老人与"我"这个侦察兵）实际活动的时间与读者看到的事情发生的过程所需的时间基本是一致的，表现出某种"共时性"的特点，即叙述者用故事自己呈现事情经过的方式讲述故事，形成叙述者讲述故事，故事呈现故事本身，读者"同时"观赏（阅读）故事这样一种特征。"叙事者所呈现的故事本身的时间，与读者阅读这段对话的时间大致相等"，"这样的'等时'状况，也许只有'人物话语叙事'庶几近之。人物对话在展开的同时，人物也向读者说话"。[1]

以上主要是从时间角度去分析场景，《桥边的老人》在叙事时间上表现得十分典型。

二、讲述与显示

讲述与显示是教科书在文学文本后面附录的"话题"中提出的一对范畴。[2] 作为"叙述"这一问题的话题之一，把"讲述"和"显示"作为一个叙事类文学欣赏的基本知识点提出来是有必要的。但在具体援例释义的过程中，由于简要分析的疏漏，出现了与文本面貌不符的情况，很可能导致"欲使昭昭反而糟糟"的结果。厘清定义和例子之间的对应关系，对教师的教与学生的学都大有裨益。

教科书编者在给"讲述"与"显示"下定义的时候说："所谓'讲述'，就是叙述者时不时地到场亮相，他要告诉读者，这个故事是他讲的，他会对小说中人与事加以一定的解释与判断，还会情不自禁地流露出他对那些人与事的感情。如契诃夫的《装在套子里的人》。而所谓'显示'，就是这个叙述者差不多完全地消失在文字背后，让读者在阅读时独自面对一段生活，面对一个人、一件事。这个不肯露面的叙述者，只是客观地将那些人与事呈现出来。"[3] 在就"显示"这一技术表现举

---

[1] 格非：《文学的邀约》，清华大学出版社 2010 年版，第 173—174 页。

[2] 《语文·外国小说欣赏·教师教学用书》，人民教育出版社 2007 年版。

[3] 《语文·外国小说欣赏·教师教学用书》，人民教育出版社 2007 年版。

例的时候，编者列举的是海明威的《桥边的老人》。他说："《桥边的老人》基本是'显示'的。"笔者以为，教学文本的表述，容易让师生产生混乱。这是由对"显示"与例证分析之间的关系不严谨造成的。

从上述的介绍看，编者无疑是能够区别作者、叙事者的，所以，他在定义"讲述"和"显示"时都明确使用了"叙述者"这个概念，意在强调作者与叙事者之间的区别与关系。而在举例的时候，他又说："海明威让人物自己对话，对他们的对话不作判断，让读者根据自己的经验和当时的情景去想象说话人当时可能会使用一种什么样的说话语气，又可能做出什么样的举动。"[1] 我们知道，海明威是作者，"桥边的老人"故事的讲述者（叙述者）是"我"——一个侦察兵。为了突出侦察兵这个形象的可信性，海明威在创作这个"叙事人"形象的时候，还似乎"毫不经意"地让他在与老人对话的过程中短暂地中断了一次对话，就是我们上面分析过的一段概述。此外，还有两次并叙：一次是："'你没家？'我问，边注视着浮桥的另一头，那儿最后几辆大车正匆忙地驶下河边的斜坡"；一次是："我边说边注视着远处的河岸，那里已经看不见大车了。"尽管这一次短暂的停顿和两次的"一心二用"老人一点也没有感觉，仍然顺着自己的思维惯性进行着一问一答的对话，但对这个侦察兵形象的刻画并不是可有可无的，作为一个侦察兵的"侦察意识和素质"和战斗打响之前的临战状态就是凭借这寥寥几笔而跃然纸上了。正是这种"侦察意识和素养"使得他对战场上的情况——物理空间和人物活动清清楚楚，连一个在人人急于过桥之时，一个老人却端坐不动的些微的"异常"也没有放过。正是因为这一点，在"任务完成"后、战斗打响的前夕，"我"与老人展开一场对话才有了真实可信的基础。

至于文本第二段叙事者对执行任务的交代（我的任务是过桥去侦察对岸的桥头堡，查明敌人究竟推进到了什么地点），也是作者巧妙地对叙事者职业身份进行的介绍。

这样看来，在《桥边的老人》这一文本中，叙述人其实是相当活跃的，与编者所举"讲述"中的例子《装在套子里的人》中的叙述者"时不时地到场亮相，他要告诉读者，这个故事是他讲的，他会对小说中人与事加以一定的解释和判断，还会情不自禁地流露出他对那些人与事的感情"又有什么不同呢？

在契诃夫的小说《装在套子里的人》中，别里科夫的故事是由"中学教师布尔金"

[1]《语文·外国小说欣赏·教师教学用书》，人民教育出版社2007年版。

讲述的，他"在讲整个关于别里科夫的故事时都未曾露过面。我们只听见他说话的声音，但看不见他的人。只是在讲故事完了之后，这位'中学教师才从堆房里走出来'"。[1]

至于"海明威让人物自己对话，对他们的对话不作判断，让读者根据自己的经验和当时的情景去想象说话人当时可能会使用一种什么样的说话语气，又可能做出什么样的举动"的分析，应该是另外一个层面的问题，即我们上面已经略做分析过的，作者编织文本的时候让小说贴近或借鉴新闻写法的问题。作者有意借鉴新闻文本客观性的特点，虚构一个类似访谈式的"新闻现场"，让一个侦察兵和老人就像采访人与被采访人一样，在看似轻松的"访谈"中，突显事件的意义。教科书编者把几个不同层面的问题杂糅在一起，于是就让细心的老师和学生产生了"理不清"的感觉。有这样感觉的教师和学生是了不起的。

"理不清"的还不只上面所说这一处，在接下来的一段关于"讲述"与"显示"的类似于"小说技术史"的介绍中，也出现了似是而非的问题。教科书中说：

"讲述"，是传统小说惯用的手法，它还没有脱离最初讲故事的雏形。

自福楼拜开创现实主义小说开始，现代小说逐渐向"显示"靠拢。小说变得越来越"客观"，作者意图也越来越蓄含收敛。事实上，在一篇小说里，通常只用"讲述"或者只用"显示"都是不太可能的，一般是采取两者（叙述和描写）结合的方式。

这段话首先是自相矛盾的。前面说"'讲述'，是传统小说惯用的手法，它还没有脱离最初讲故事的雏形；后面又以总结的口吻作结说"事实上，在一篇小说里，通常只用'讲述'或者只用'显示'都是不太可能的，一般是采取两者（叙述和描写）结合的方式"。因为对"一篇小说"编者并没有做任何限制，它不是特称，而是一个全称，意指不分中外，不论古今的所有小说，出现这种陈述上的前后矛盾不是语文教科书应该犯的错。

这段文字的第二个问题是杂烩了很多似是而非的概念术语，让人丈二和尚摸不着头脑。120余字的文字多处出现术语转换现象。"自福楼拜开创现实主义小说开始，现代小说逐渐向'显示'靠拢。"按这里的说法，现实主义小说就等同于现代主义

---

[1] ［苏联］帕佩尔内：《契诃夫怎样创作》，朱逸森译，上海译文出版社1991年版，第309页。

小说了，凭常识来看，二者恐怕不能简单画等号。如果不能画等号，二者之间又应该是怎样的一个关系，编者也没有讲清楚。另外，"在一篇小说里，通常只用'讲述'或者只用'显示'都是不太可能的，一般是采取两者（叙述和描写）结合的方式"。这里的"两者"自然指前面的"讲述"与"显示"，但括号中又标注"叙述和描写"，按这里的行文，则讲述＝叙述，显示＝描写。如果是这样的话，那么，只能更加有力地证明前述"讲述"，是传统小说惯用的手法，它还没有脱离最初讲故事的雏形"，"自福楼拜开创现实主义小说开始，现代小说逐渐向'显示'靠拢"这一类断语的不准确。阅读小说数量有限却用心的读者会发现，其实"讲述"和"显示"自古以来就是两种最基本的编织故事的方法。也许有的时候，在不同的文艺理论家那里不叫"讲述"和"显示"，比如，柏拉图将其称为"纯叙事"和"模仿"，到了亨利·詹姆斯才有了"讲述"和"显示"之说。但其所指是相同的。编者应该高于读者，特别是高于普通高中的师生，不要换一套马甲就给蒙骗了。

至于"显示"的写作技术是不是从福楼拜才开始，也是很难评判准确与否的说法。这样的断语最好通过比较同一时期不同的文本实践得出结论。实在难以概括，不妨取一个论述得清楚，表达得通俗的论著文本也比这样囫囵吞枣好。比如，笔者认为格非关于这一点的说法就比较清楚：

> 19世纪中后期，第一个在写作实践上将"显示"置于优先地位的作家是福楼拜。作为现代小说修辞重要的开创者之一，他虽然与巴尔扎克差不多同属于一个时代，但他的写作和巴尔扎克之间划出了重要的分界线。[1]

三、主题与概括

编者将主题的话题安排在第三单元，并选取了两篇以"思想性"取胜的小说，一篇是高尔基的《丹柯》，一篇是保罗·戈埃罗的《炼金术士》。这里提前涉及主题这个话题有四个方面的理由：一是在教学文本的"思考与实践"第一题要求通过改变人称进行改写的题干表述中，编者有一个对《桥边的老人》主题的概括，笔者以为这个主题概括不无偏颇，值得商榷；二是主题这个东西是每篇小说都会碰到的，放在哪里讲都不为错；三是主题问题的复杂性不是一次性的技术关注就可以一劳永

---

[1]　格非：《文学的邀约》，清华大学出版社2010年版，第175页。

逸的,需要在小说阅读教学中针对主题与不同文本之间的关系有侧重地关注;四是新课程的一个最大特征,就是希望教师利用教学资源参与课程建构,而不是相反,视教材为圣书,按部就班地教教材。这几个问题归结起来就是怎样看待教材,怎样使用教材两个问题。这里姑且算作是处理这两个问题的一个实例。

主题,有的人叫思想,有的人叫意义,还有的人称为意图或者理念。笼统地讲,主题是对一个小说文本的总的概括。"它是某种观念,某种意义,某种对人物和事件的诠释,是体现在整个作品中的对生活的深刻而又融贯统一的观点。它是通过小说体现出来的某种人皆有之的人生经验——在小说中总是直接或间接地含有某种对人性价值和人类行为价值的议论。"[1]总之,它是小说文本潜藏的一种价值倾向,故事、人物、环境和文本技术既帮助实现这种价值,又在某种意义上遮蔽这种价值,形成一定的阅读障碍,要阅读者自己去寻找、发现、挖掘,甚至去猜测,形成"文本提供、读者发现"这样一种共同创作的情形。正因为如此,同一个文本,不同的阅读者可能读出不同的东西来,关于主题的歧见总是千差万别。于是阅读学中就出现了正解、误解和曲解的问题。

如果一定要追问《桥边的老人》的主题是什么,笔者以为是通过一个特定的画面——一个侦察兵与一位没有任何政治倾向的耄耋老翁的对话,反映战争对普通人正常生活秩序的破坏,给无辜的百姓生活带来的影响。虽然它没有提供硝烟和战火,也没有血淋淋的场面,但是大战恶战来临之前的那种山雨欲来风满楼的紧张让读者不难想象那些背井离乡、流离失所的人们家园即将被毁的惨烈情形。桥边那位老人担心他的家禽家畜在炮火中的命运,表达的是离乡的人们一种普遍的忧虑,尽管他们各有担心,事有不同。所以,笔者以为小说文本要表达的是一种反战的情绪,但是这种情绪却是以一种最冷静、最客观的近乎新闻特写的文本形式来呈现的,有一种让事实来揭示真相的意味,不仅作者藏得无影无踪,而且作者通过等时叙事的技巧来如实地讲述事实,形成场景,让读者观摩,自己得出意义。

所以,笔者以为小说文本不是像教科书教学文本所概括的那样"表现出人性的光辉",小说文本的主要技术构成也不是"法西斯威胁近在咫尺,老人却还在挂念着自己照看的小动物"这样简单的对比。"小动物"在文本中的出现,不过是一个

---

[1] [美]布鲁克斯、沃伦编著:《小说鉴赏》,冯亦代等译,世界图书出版公司2006年版,第220页。

道具，是家园和乐谐趣的一个象征性的符号，是老人须臾不能离开，离开之后就会若有所失和怅然若失的生活环境。笔者认为，如果要追索主题，无论是追索作者动机，还是文本意图，所谓"人性的光辉"之说都是无法自圆其说的。

2. 思想的质点

——《墙上的斑点》解读

《墙上的斑点》是一篇现代主义的意识流小说。

说到现代主义小说，那些以研究它为业为生的学者们常常以他们的阅读和研究经验"馈赠"给那些跃跃欲试的后学者们以难弄的启示。因为"在读者与作者的关系方面，现代主义是蔑视大众的，同时也是反市场的。据说现代主义的标准口号可以被概括为'我写作，读者学会阅读'"[1]。所以，"20 世纪的现代主义小说使小说走上一条艰涩、困难的道路。阅读和讲述这些小说也同样成为一个困难的事情"，"阅读不再是一种消遣和享受，阅读已成为严肃的甚至痛苦的仪式，是一件吃力的活儿……是让许多专业研究者望而生畏的事情"。[2] 对于这种阅读和讲述的困难性，作家有一个形象的说法："（20 世纪的）小说变成了一种叫人云里雾里的东西，玄深莫测，不知所以，一批创造了这种文字的人成了小说大师，被整个世界的小说家尊为圣贤……莫名其妙。"[3] 这是中国先锋派小说作家马原谈到自己阅读现代主义小说时的一段体会。在他接下来列举的一串难读的小说家名单中，《墙上的斑点》的作者伍尔夫赫然在其中，有的研究者说伍尔夫是现代主义文学的大师，有的说她即使算不上现代主义小说的大师，也至少是一个有影响的代表人物了。总之，讲现代主义文学，特别是意识流一派，伍尔夫是绕不过去的。《墙上的斑点》是她意识流小说的处女作，虽然还不能算作是让人云里雾里的代表作，不过，在没有意识流小说阅读经验的读者，比如说高中生们看来，也还是不无障碍的。这种障碍在有些现代主义小说的研究者们看来，是作者有意设置的，目的就是要阻止一般大众读者随意进入，更有甚者，认为这是一种不同于传统市场策划的策略。这话虽说有一定的

---

[1] 格非：《文学的邀约》，清华大学出版社 2010 年版，第 8 页。

[2] 吴晓波：《从昆德拉到卡夫卡》，生活·读书·新知三联书店 2003 年版，第 4 页。

[3] 马原：《小说》，载《文学自由谈》1989 年第 1 期。

道理，但也不是没有商榷的余地。应该看到，20 世纪小说的功能发生了变化，它不是为了纯粹消遣娱情而创作的，也不是作为思想的载体或道之容器而存在的，在很大层面上它让我们看到了这个世纪人类的生活是处于怎样的一种境地，小说艺术在观照人类精神生活和心灵世界的时候做了些什么。

在某种意义上说，现代主义小说形式的曲折与"古怪"不完全是所谓小说家陌生化情结的产物，而是生活的形态和本质复杂性的反映。现代主义小说家们的贡献，不仅在于他们敏感地把握了这一时代人类生活境遇的特征，而且自觉采取与之同构的形式言语策略传递了这一时代的精神。诚如 T·S·艾略特所说：

> 就我们文明目前的状态而言，诗人很可能不得不变得艰涩。我们的文明涵容着如此巨大的多样性和复杂性，而这种多样性和复杂性，作用于精细的感受力，必然会产生多样而复杂的结果。诗人必然会变得越来越具涵容性、暗示性和间接性，以便强使——如果需要可以打乱——语言以适应自己的意思。[1]

作为读者，至少要具有努力进入的心理准备，预备吃点苦头，最好还要有一点西方现代小说艺术产生的背景知识和对所要涉及的小说作者的了解，而且最好有点传统小说和现代小说文本接触的经验，这样才有一个感性的认识。有了这样的一个基础，再静下心来阅读，在看似混沌和无序的表象下，读者还是能够寻找到一些清晰的东西或令人豁然开朗的趣味的。

一、知人论事识大体：听其言，观其行

我们传统的解释哲学崇尚知人论事，过去流行的那套"时代背景—作家生平—作品思想性与艺术性"的解读模式强调过了头，未免极端和僵化，但也不能说全无用处，也是一种方法。既然是方法之一种，则只要运用适当，运用得好，还是不失为好方法的。对伍尔夫其人其文，在了解甚少的情况下，直接进入文本细读，对于初次接触现代主义小说，且是尝试意识流小说阅读的师生，其为之难，不难理解。在不知何从下手的时候，由已知走向未知，经由传统方法走进新方法也不失为一条门径。有时候换一个角度看问题，也许会获得一次歪打正着的机缘。

---

[1] 转引自吴晓波：《从昆德拉到卡夫卡》，生活·读书·新知三联书店 2003 年版，第 5 页。

现代主义小说的大师们在他们标举对故事和故事因果的拒绝、提倡对直觉和内心世界的推崇的时候，实际上已经向潜在的读者宣告了他们拒绝一种文本修辞，建立另外一种文本修辞的秘密。然而，无论文本修辞怎样变化，万变不离其宗的是，作者总是要通过文本突显重要的价值。现代主义的技巧，如意识流之类不外乎是要通过一种特别的、新的文本修辞方式——或变形或隐藏的方式来做突显价值的努力而已。他们在丰富文学表现方式与增进人们思考方面获得了巨大的成功，成就了人类文学事业的一座高峰。"变形"或"隐藏"正是为了"正本"或"突显"，手段与目的的关系是如此的清晰。

让我们重温一下弗吉尼亚·伍尔夫发表于 1919 年的那篇《现代小说》宣言吧。这篇作为反击传统派诋毁、攻击意识流小说而大获全胜的理论宣言，被广泛传播。以笔者有限的阅读，在中国大陆就有四种版本的翻译。对照原文，比较翻译家们不同的翻译，体会一下他们各自不同的理解对加深意识流小说理论的认识，也是不无裨益的。

> Examine for a moment an ordinary mind on an ordinary day. The mind receives a myriad impressions—trivial, fantastic, evanescent, or engraved with the sharpness of steel. From all sides they come, and incessant shower of innumerable atoms and as they fall, as they shape themselves into the life of Monday or Tuesday, the accent falls differently from of old; the moment of importance came not here but there; so that, if a writer were a free man not a slave, if he could write what he chose, not what he must, if he could base his work upon his own feeling and not upon convention, there would be no plot, no comedy, no tragedy, no love interest of catastrophe in the accepted style, and perhaps not a single button sewn on as the Bond street tailors would have it. Life is a luminous halo, a semi-transparent envelope surrounding us from the beginning of consciousness to the end. Is it not task of the novelist to convey this varying, this unknown and uncircumscribed spirit, whatever aberration or complexity it may display, with as little mixture of the alien and external as possible? [1]

---

[1]　Viginia Woolf. The Common Reader:First Series Annotated[M]. Mariner Books(eds.),2002,11.

①仔细观察一下一个普通日子里一个普通人的头脑吧。头脑接受着千千万万个印象——细小的、奇异的、倏乎即逝的，或者是用锋利的钢刀刻下来的。这些印象来自四面八方，宛如一阵阵不断坠落的无数微尘；当它们降落，当它们构成星期一生活或者星期二生活的时候，着重点的所在和从前不同了；要紧的关键换以地方；这样一来，如果作家是个自由人而不是奴隶，如果他能写他所想写的而不是写他所必须写的，如果他的作品能依据他的切身感受而不是依据老框框，结果就会没有情节，没有喜剧，没有悲剧，没有已成俗套的爱情穿插或是最终结局，也许没有一颗纽扣钉得够上邦德街裁缝的标准。生活并不是一连串左右对称的马车灯，生活是一圈光晕，一个始终包围着我们意识的半透明层。[1]

②把一个普普通通的人物在普普通通的一天中的内心活动考察一下吧。心灵接纳了成千上万个印象——琐碎的、奇异的、倏忽即逝的或者用锋利的钢刀深深地铭刻在心头的印象。它们来自四面八方，就像不计其数的原子在不停地簇射；当这些原子坠落下来，构成了星期一或星期二的生活，其侧重点就和以往有所不同；重要的瞬间不在于此，而在于彼。因此，如果作家是个自由人而不是奴隶，如果他能随心所欲而不是墨守成规，如果他能够以个人的感受而不是以因袭的传统作为他工作的依据，那么，就不会有约定俗成的那种情节、喜剧、悲剧、爱情的欢乐或灾难，而且也许不会有一粒纽扣是用邦德街的裁缝所惯用的那种方式钉上去的。生活并不是匀称地装配好的眼睛；生活是一圈明亮的光环，生活是与我们的意识相始终的、包围着我们的半透明的封套。把这种变化多端、不可名状、难以界说的内在精神——不论显得多么反常和复杂——用文字表达出来，并且尽可能少羼入一些外部的杂质，这难道不是小说家的任务吗？[2]

③"细察一个平常人的头脑在平常日子里一瞬间的状况吧。在那一瞬间，头脑接受着数不清的印象——有的琐细，有的离奇，有的飘逸，有的则像利刃刻下似的那样明晰。他们像是由成千上万颗微粒所构成的不断的骤雨，

---

[1] ［英］弗吉尼亚·伍尔夫：《现代小说》，赵少伟译，载戴维·洛奇编：《二十世纪文学评论》（上），上海译文出版社 1987 年版，第 160 页。

[2] ［英］弗吉尼亚·伍尔夫：《论小说与小说家》，瞿世镜译，上海译文出版社 2000 年版，第 7—8 页。

从四面八方袭来；落下时，他们便形成为礼拜一或礼拜二那天的生活，着重点与往日不同，紧要的关键在此而不在彼。因此，一个作家如果是一个自由人而不是一个奴隶，如果他能够以自己的亲身感受而不是以传统章法作为自己作品的基础，那么，就不必非有什么情节、喜剧性、悲剧性、爱情事件以及符合公认格式的灾难性结局不可，而一只扣子也不必非要按照邦德大街上裁缝所习惯的方式钉在衣服上。生活并不是一连串对称排列的马车灯；生活是一圈光轮，一只半透明的外壳，我们的意识自始至终被它所包围着。对于这种多变的、陌生的、难以界说的内在精神，无论它表现得多么脱离常规、错综复杂，总要尽可能不夹杂任何外来异物，将它表现出来——这岂不是一位小说家的任务吗？[1]

④看看一个普通的心灵在一个普通的日子里的经验。心灵接受无数的印象——琐碎的、奇妙的、易逝的或是刻骨铭心的。它们来自各个方面，像无数原子不断地洒落；当他们降落下来，形成星期一或星期二的生活时，重点静悄悄过去有所不同；重要时刻来自这里而不是那里；因此一个作家是自由人而不是奴隶，如果他能写自己选择的东西，而不是他必须写的东西，如果他能够依据自己的感觉而不是常规来写作，那就会没有情节、没有喜剧、没有悲剧、没有常规形式的爱情、利益或灾难，也许没有一颗纽扣是照邦德街的裁缝的习惯缝上的。生活不是一系列对称的车灯，而是一圈光晕，一个半透明的罩子，它包围着我们，从意识开始到意识终结。表达这种变化多端的、未知的、不受限制的精神（无论它表现出何种反常或复杂性），尽可能少混杂外部的东西，这难道不是小说家的任务吗？[2]

对比四位译者的译文，主要的意思大体一致，只在几处地方有理解上或处理策略上的不同，将它们比较一番也是别有趣味的，有兴趣的同学可以以此为例做一个英译汉的研究性学习。

回到宣言上来，对于这段告白，阅读者或可从立论的需要各取所需。笔者以为宣言从生活与小说写作的关系立论，为新的文本修辞策略进行了强有力的辩护。因

---

[1] 《吴尔夫散文》，刘炳善译，中国广播电视出版社 2000 年版，第 86—87 页。

[2] ［英］弗吉尼亚·伍尔夫：《普通读者》，马爱新译，人民文学出版社 2003 年版，第 127—128 页。

为生活并不是像我们过去的小说所反映的那样是有序的、现成的，要么喜剧，要么悲剧，写爱情则一定要有一个灾难性结局；生活恰恰是无序的、非线性的，缺少因果联系的。"一个普通人的心灵"在"一个普通的日子里"也"接受着千千万万个印象"，这些印象是"细小的、奇异的、倏忽即逝的"，不仅是琐碎的、奇异的，而且作为决定生活重心在此而不在彼的机缘还带有偶然性。这种偶然性决定了生活的无规律性或无法预卜，更无从预设。因为这些来自四面八方的印象，"宛如一阵阵不断坠落的无数的原子，当它们构成星期一或者星期二生活的时候，着重点的所在和从前不同了；要紧的关键换了地方"。既然生活是这样一副尊容，作为日常生活与小说创作生活两栖的小说家，创作的小说如果"不是依据老框框，结果就会没有情节，没有喜剧，没有悲剧，没有已成俗套的爱情穿插或者最终的悲剧性结局"。总之，生活不可能是由固定不变的因果关系构成的清晰可辨的东西，"生活是一圈光晕"，给人启示又不甚明了。这样的生活观和艺术观、生活与艺术的关系取值可能就是伍尔夫意识流小说的哲学基础，也是我们解码她的意识流小说修辞策略和叙事技巧的一个前提。

在中国知人论事的阅读策略中还有一套行之有效的便于操作的方法，所谓"视其所以，观其所由，察其所安，人焉瘦哉？人焉瘦哉？"[1] 孔子所说当然是就如何认识一个人的道德品质和性格特征提供的"知人"策略，但是他所提出的通过对外在表现的某种特殊情况的关注，可以充分地深入到内在真实世界的方法，同样也适用于考察体现言—文—意关系的文学文本的修辞情形。因为具体的内在情形和外在表现之间存在着必然关系。宇文所安认为这段话存在"一个微妙的假定：被表现的东西不是一个观念或一件事，而是一种情况，人的一种性情，以及两者间的相互关系。被表现的东西处在进行之中，它完全属于'Becoming'（变化）领域"[2]。这就很有点接近伍尔夫关于人的生活状态以及艺术与生活关系的见解了。伍尔夫认为："小说的适当素材是不存在的；一切事物、一切感情、一切思想都是小说的适当素材；头脑和心灵的一切特点都值得吸取；一切知觉印象都有用处。"所以，她只需要一个"斑点"。[3]

---

[1] 《论语·为政》。

[2] ［美］宇文所安：《中国文论：英译与评论》，王柏华、陶庆梅译，上海社会科学院出版社 2002 年版，第 18 页。

[3] 石映照：《写小说读小说》，新世界出版社 2006 年版，第 82 页。

所以，对于伍尔夫上述小说艺术的宣言的理解最直观、最有效的方法莫过于接触小说家创作实践的成果——小说文本，将小说宣言的文本和小说文本两相对照，就可以发现它最终落脚在哪里，生长在哪里，因何又是如何"变形"或"隐藏"的。

二、意识流小说：把"无意识"和潜意识按语言的方式结构起来

在小说文本中表现人物的意识活动并不是意识流小说的专利，传统的非意识流小说同样关注故事中人物的意识活动，只不过表达的术语不叫意识活动，而代之以人物的"心理活动"、"内心世界"等。"思想意识"一词一般不用，因为这个语词曾经被泛意识形态化过之后，人们一提"思想意识"就会产生一种特指的联想。

那么，意识流小说中关注的人物意识活动与传统小说中所说的人物的心理活动是不是名异实同，换了一套马甲又重新登场呢？

当然不是。美国文学批评家汉弗莱在他的《现代主义小说中的意识流》一书中做过这样的辨析：

> 意识乃指大脑活动的整个领域，自前意识起，穿越意识的各个层次直至意识的最高层次，即理性的、可以表达出的知觉。这一最后区域几乎所有心理分析小说都涉及了，而意识流小说与所有心理小说的不同之处，恰恰就在于它涉及的是那些朦胧的、不能用理性的语言表述的意识层次——那些处于注意力边缘上的意识层次。[1]

所以，他给意识流小说下的定义就是通过区别意识流小说与传统心理描写小说的表现对象入手。他指出：

> 意识流小说是侧重于探索意识未形成语言层次的一类小说，其目的是为了揭示人物的精神存在。

什么是"未形成语言层次的一类（意识）"？为了让人们对意识活动的层次有一个感性的认识，他还打了一个比喻，这个比喻跟海明威揭示文学表现所用的喻体一样，但要说明的问题却是不一样的，因为构成比喻比较关系的本体发生了变化。他指出：

---

[1] 〔美〕汉弗莱：《现代小说中的意识流》，湖南人民出版社 1987 年版，第 5 页。下文所引用的几处均出自该书第 5 页。

让我们把意识比作大海中的冰山——是整座冰山而不是仅仅露出海面的相对来讲比较小的那一部分。按照这个比喻,海平面以下的庞大部分才是意识流小说的主旨所在。[1]

通过上面的介绍,我们知道了现代主义文学中的意识流小说要表现的是所谓的"那些朦胧的、不能用理性的语言表述的意识层次——那些处于注意力边缘上的意识层次"。接下来的问题就应该是弄清楚这些意识层次的存在形态和小说家们编织意识流小说文本的技术了。而这又需要对"意识流"有一个认识。

今天,当我们说到或听到"意识流"这个词语时,一般都是与文学相关联的,与心理学产生联系的时候不多。其实,"意识流"本身就是作为心理学的术语被提出来的。1890 年,美国心理学家威廉·詹姆斯在《心理学原理》一书中描述人的意识活动特征时指出:"意识就其本身而言并非是许多截成一段一段的碎片。'链条'或'系列'之类的字眼都不能恰当地描述意识最初呈现出来的样子。它不是片断的连接,而是流动的。用'河'或'流'这样的比喻才能最自然地把它描述出来。此后再谈到它的时候,我们就称它为思想流、意识流或主观生活之流吧。"[2] 这个比喻后来交上了它的创造者想不到的好运,成为一个不胫而走的文学术语,以至于当我们在不同的语境中说到意识流的时候,虽然所指不同,但是很多时候都是指向文学而非心理学。

当我们作《墙上的斑点》是"意识流"的拓荒之作这样一个表述的时候,"意识流"在这一语境中是指现代主义小说的一个流派;当我们说《墙上的斑点》的文本形式是"意识流"时,"意识流"在这里指称的是一种小说文体;当我们追问《墙上的斑点》这种意识流文本是如何形成的时候,实际上关心的是"意识流"技巧。如果我们作"意识流"是西方现代主义文学小说流派的一种技巧这样一种表述的时候,虽然中心词落在了"技巧"上,但这句话其实将三个层面的意思都说到了:"现代主义文学流派"、"小说(文体)"和"技巧"。

虽然当人们说出"意识流"三个字的时候,已经不再与心理学及人物的心理有太多直接的关联了,但有一个事实却是无论怎样都无法回避的,那就是文学与生活、文学与人生、文学与人的关系,意识流小说同样如此。在我们认同艺术形式就是艺

---

[1] 〔美〕汉弗莱:《现代小说中的意识流》,湖南人民出版社 1987 年版,第 5 页。

[2] 转引自吴晓东:《从卡夫卡到昆德拉》,生活·读书·新知三联书店 2003 年版,第 98 页。

术本身，形式就是内容的时候，我们多少就能够理解意识流小说形式与内容的关系，理解意识流小说形式上的"怪"和内容上的"晦"。因为，无意识和潜意识在叙事上的表现与主体的心理结构是相互对应的。意识流小说就是把这种无意识和潜意识层次的意识活动通过语言的方式结构起来。

三、细读文本，发现意识流小说的艺术范式

人的意识流动自由无羁，跨越时间、横越空间，跳跃性大，节奏快，这就使得表现这种意识流动的小说文本的内容复杂且缺乏关联。初次接触的阅读者难免感到陌生、不易把握。尽管如此，意识流小说也不是完全无迹可寻，它在不断成熟的过程中同样也会形成一些艺术规范。阅读者只要细读文本，发现这些规范，就能找到与文本对话的机缘。

（一）从基本要素着眼，考量时空及环境的审美价值

人物、时间、空间是任何小说都不可或缺的基本要素，意识流小说也不例外，所不同的只是这些要素在小说文本中发挥的叙事作用。《墙上的斑点》写的是故事叙述者"我"在一个冬日午后偶然看到墙上的一个斑点后，在努力辨识这个斑点究竟为何物时产生的一系列（具体落实到文本一共是七段）意识活动。小说家对意识活动产生的触媒（斑点）、时间（一月中旬——冬天）、空间（壁炉前）和社会关系——"同伴"做了简要的交代，特别是对时间的确证还经过了一番努力的回忆：

> 为了要确证是在哪一天，就得回忆当时我看见了些什么。现在我记起了炉子里的火，一片黄色的火光一动不动地照射在我的书页上；壁炉上圆形玻璃缸里插着三朵菊花。对啦，一定是冬天，我们刚喝完茶，因为我记得当时我正在吸烟，我抬起头来，看见了墙上的那个斑点。

这就是意识流小说自由联想的一种范式。自由联想必须有一个触媒。可能是叙事者眼前的一片景、一个物件、一句对白等，或其他什么东西。在这里就是墙上的一个"斑点"。正是这个"斑点"煽诱起了叙事主人公追忆往事的冲动，成为叙事者意识活动和文本前行的驱动力。所以，在某种意义上我们可以说这个文本片段奠定了整个文本的基础，它的触发点是"斑点"，关键词是"回忆"。

回忆，就大的方面讲，是人类把握已逝时光的一种方式，所以，它成为一种小

说母题，进而成为了一种诗学方式。从小的方面来说，在《墙上的斑点》这个小说文本中它首先是一种心理机制和意识行为的表现；其次，它也是小说情节结构的方式。生理机制和意识行为是生命形式，小说情节结构的方式是艺术形式，这两者的结合，就是生命形式和艺术形式的结合。从理论上讲，任何形式的小说都是生命形式和艺术形式的结合，但传统小说作为联结两者的艺术形式，让我们很清楚这两者泾是泾、渭是渭，泾渭分明；意识流小说的别致之处就在于它将这两者整合成了浑然一体的东西，让读者泾渭莫辨，大有庄生梦蝶还是蝶化庄生的迷惑。

意识流小说让读者产生这种阅读迷幻的手段何在？当然不能说它没有传统小说的元素，比如说人物、故事及环境等。只不过小说构成的技术发生了变化。小说不仅在说什么的问题上，即在表现的对象上有了我们前述的变化，在怎么说的问题上也有不得不提的变化。比如，《墙上的斑点》也有时间、空间和环境这些因素，但对这一切的选择，无论时间、空间还是同伴的选择，如果从传统小说要素的意义和价值上考量，就没有了"典型环境中的典型人物"这样的意味。我们只能姑且认为，文本为读者呈现了意识活动的一般性特征：随意而又有所附着，虚渺而又具象，偶或而又似合律，短暂而又纠缠。这些元素，在它们没有因外部的需要而被组织起来的时候，具有极大的随意性、偶然性和隐蔽性。换句话来说，就是这一切对小说没有任何影响；或者说，整个意识活动虽然发生在这样一个时空背景下，但却又完全不受这个时空背景的影响，意识活动与时空环境没有必然的干系，不是传统小说中典型环境中典型人物的典型行为活动。除了墙上的那个斑点，一切背景甚至可以完全撤离现场，因为意识活动完全不在现场，也不是因现场而促成的。这是现代小说，特别是意识流小说的一个共同的特征——背景的虚无与虚置。

时间和空间的虚置，突显的是人的活动、命运和生命本质——意识活动的共同性。小说中同伴的出席，除了在回忆中确证看见斑点的具体时间时作为一个参数和最后"俯身对我说：'我要出去买报纸'"而打断了"我"的意识活动，点明了一个大的时代背景——这时正处于战争期间——之外，就是帮助"我"和读者解密了墙上的那个斑点：

　　　哦，墙上的斑点！那是一只蜗牛。

当然，从某种意义上讲，斑点就是蜗牛的解谜构成了一种反讽，这种反讽正好验证了上述伍尔夫关于生活与人的精神活动的关系的论述，即两者没有一一对应的关系。那个斑点本身是什么并不重要，重要的是它在"我"眼里是什么，煽诱起了什么样的意识活动。小说文本呈现的事实是，斑点在此时此刻和彼时彼刻，呈现出完全不同的形象暗示，并由此产生不同的意识活动。从某种意义上讲，它就是一个道具、一个结点，就是开启一段意识活动、结束一段意识活动的信号。此外，别的意义可谓寥寥。

从《墙上的斑点》一头一尾的安排来看，如果说小说中同伴的出现还有其他意义的话，那就是帮助小说在形式上完成了开头和结束，但并没有产生传统小说中人与人之间形成的社会关系对人物的思想和行为产生影响的作用。当然，你也可以说正是同伴的在场和随意的一句怨言："不过买报纸也没有什么意思……什么新闻都没有。该死的战争；让这次战争见鬼去吧！"表达了一种现实的反战情绪。而这是否暗示了意识活动的大背景呢？持续已久的战争中断了人类正常的生活，以至于除了战争别的什么新闻也没有。战争不仅限制了人们的自由，引发了安全危机，还特别容易触发人们对一些问题的深入思考，或者相反，让一切变得虚无起来，没有意义。当这些思考还未能以明确的语言来表达的时候，便表现为一种断断续续的自由联想，于是就形成了一种汪洋无羁的意识河流和碎片似的、无序可寻的文本表象。

断断续续是意识呈现在时序上的特点，自由联想是意识对象不确定性的表征。断断续续的自由联想便是意识流小说的总体特征之一。

这样的理解当然不排除是理解中之一种，只是这种理解的方式，一定要寻找既定意义和隐含逻辑关系的理念和方式，是不是打开意识流小说之谜的真正的钥匙，则是一个问题。现代小说是一道不同于传统小说的方程。文本给阅读者提供的读解答案，在笔者看来只有两个：要么无解，要么无穷多解。这就意味着任何一种读解都带有情境性和个人化特征，只要结论来自文本，谁又能做孰是孰非的判断呢？如果将现代小说放在现代文化的背景中来思考，对这样一种读解现状就应该心存一份从容与淡定：随着古典时代单一不变、统一世界的消逝，小说阅读与审美中单一的确定性观念和内涵也就面临挑战了。

（二）从统一结构入手，于"混乱"中厘清秩序

美国学者汉弗莱指出："对意识流小说家来说，形式的问题就是怎样将秩序加

在混乱之上的问题。"[1] 汉弗莱这里所说的将"秩序"加诸"混乱"的矛盾表述，对于创作者和阅读者来说具有同等重要的价值。对于创作者来说，如何将明确的意识表现力做（编织）得表面上看起来无序无迹，是关系到一篇意识流小说成败的关键。而对于阅读者来说，能否从无序无迹的"混乱"中找到"秩序"，则是能否成功解读的关键。这就像一个编码与译码游戏，创作者的努力在于进行编码的时候如何将"序码"变成"乱码"，而阅读者的努力则正好相反，要在"乱码"中找到创作者编码的秘密，使"乱码"变成"序码"。这样的工作虽非易事，但亦非不可为之事。编织密码让非个中人看得一头雾水是项高难度的技术活，寻找创作者编码的秘密，实施解密也是一项不简单的技术活。然而，这并不意味着登天无术。

小说家在编织文本的时候，无论做得多么巧妙，都要进行文本的统一性建构，并且留下某种统一性结构的痕迹。这个痕迹正是阅读者寻找文本统一性结构的关键，也是打开文本编织奥秘的一个门径。

要想解读文本，我们首先需要寻找统一性的情节结构。意识流小说本质上是反形式的，但本质上的反形式是就其内在机理而言的，这并不排除它存在统一的外部情节结构。我们以伍尔夫的意识流小说《海浪》为例，其统一的外在的情节结构就表现在小说的时空结构里，小说首先将叙事时间压缩在一天之内，又将从日出到日落的一天分为九个时间片段，每个片段的开头都描写太阳的位置在一天中不同时间里的变化，以及不同时间段海浪起伏的不同景观，然后引出每个人物的内心独白。因此，小说中写潮涨潮落、日升日没以及海浪起伏冲击海滩的自然循环现象，无形中生成了小说的某种节奏和韵律。这种节奏和韵律就是一种统一的结构形式。

从创作者的角度而言，实现统一性结构的途径并不是自古华山一条路，《墙上的斑点》建构统一性结构时则主要运用了"主导动机"的策略。

"主导动机"是借用自瓦格拉音乐剧的一个术语，在音乐，尤其是音乐剧中特指那些反复出现的乐句或一小段旋律反复出现以形成全剧叙述基调和主旋律的要素。这种叙述策略用在文学叙事中，是指那些可以解释为与某种思想或主题有关联的、反复出现的意象、形象或象征等构成了文本条理或暗示了某种秩序，从而能够为小说文本带来某种统一性的文本特征。在《墙上的斑点》中，对斑点形质特征的确证是导引意识不断流动、文本不断延伸的一个契语。每一次契语的出现，就意味着上

---

[1]　[美]汉弗莱：《现代小说中的意识流》，湖南人民出版社1987年版，第109页。

一段思踪的匿灭，下一段思踪的继起。这样的契语一共大约出现了九次。

（1）我抬起头来，第一次看见了墙上的那个斑点。为了要确定是在哪一天，就得回忆当时我看见了些什么。

（2）墙上的斑点是一个圆形的小迹印，在雪白的墙壁上呈暗黑色，在壁炉上方大约六七英寸的地方。

（3）如果这个斑点是一只钉子留下的痕迹，那一定不是为了挂一幅油画，而是为了挂一幅小肖像画……

（4）我还是弄不清那个斑点是什么；我又想，它不像是钉子留下的痕迹。它太大、太圆了。

（5）可是墙上的斑点不是一个小孔。它很可能是什么暗黑色的圆形物体，比如说，一片夏天残留下来的玫瑰花瓣造成的……

（6）在某种光线下面看墙上那个斑点，它竟像是凸出在墙上的。它也不完全是圆形的。我不敢肯定，不过它似乎投下一点淡淡的影子，使我觉得如果我用手指顺着墙壁摸过去，在某一点上会摸着一个起伏的小小的古冢……

（7）假如我在此时此刻站起身来，弄明白墙上的斑点果真是——我们怎么说才好呢？

（8）我一定要跳起来亲眼看看墙上的斑点到底是什么？是只钉子？一片玫瑰花瓣？还是木块上的裂纹？

（9）哦，墙上的斑点！那是一只蜗牛。

正是这九段契语，让读者可以将表面上杂乱无序的文本进行条块的分解，理出文本编织的理路来，看到文本是怎样在时间上延续，又是怎样在空间上展开的。这为读者进一步探究在这样一个叙述时空里究竟发生了些什么，又是怎样发生的问题提供了一个很好的门径。

这九次关于“墙上的斑点”是什么的猜测，都产生了不同的物象变化、形态变异和质地触感的猜想，由此而产生相关的或形似、或物象、或情牵、或人事、或历史、或文化、或自然的联想，由实而虚、由近而远、由缕而丝、如梦似幻，意识如流水，文字似烟云。由此来表现人之精神的破碎与杂糅。也正是通过这种破碎与杂糅建构的精神世界，让读者看到了人的意识活动的复杂，看到了小说家精神世界的丰富、知识和文化底蕴的深厚、情感的细腻与思想的先锋，以及天马行空与绵密细致水乳交融的叙述才能。而将这一切编织在一起，且使之流动起来是不能不依赖于有别于传统叙述手段的所谓现代小说技巧的。这些特殊的叙事技巧作为名词也许人们并不陌生，但能否真正将它们与文本作对应的欣赏且分析恐怕还是一个问题。

（三）立足于意识流技巧：内心独白、自由联想与蒙太奇

1）内心独白

独白是相对于对白和旁白而言的。白，就是说话，是相对于唱、吟、诵、咏等等有声形式而言的。独白就是一个人说，在舞台上是说给台下的听众听的，在文本中是说给读者听众听的。内心独白是一种心理语言，是没有声息的言语意识，是人物在假定没有听者的前提下直接展示出来的心理和意识。"这种独白没有假设的听众，也就是说，在某一场景中小说的人物并不同任何人说话，而且，他也不是向读者说话。总而言之，这种独白的表现形式是将人物的内心彻底敞开，就好像不存在任何读者一样。"[1] 这就好比是一种无声的自言自语。这种无声的自言自语在《墙上的斑点》的文本中常常表现为一种对自然、社会、历史以及文化等问题的自我寻思。这些寻思发现的结果让"我"惊诧、兴奋、沉郁、叹惜、欣悦、沮丧……让人有一种溢于言表的冲动。但是这些与过去无不冲突，与现实不无抵触，只能以一种内心独白的形式出现在文本中。然而，当这些缀带着问号或感叹号的议论和抒情出现在文本中的时候，又自觉不自觉地作为意识河床上某种意识活动结束或起缘的说明，或者某种意识活动情景转换生成的浮标，与蒙太奇的艺术手法一起构成了编织整个文本的技术，也成了读者借以捋清文本经纬和作者思路的蚂迹蛛踪。这样的文字片段在文本中是不难找到的：

（1）这个斑点打断了这个幻觉，使我觉得松了口气，因为这是过去的幻觉，是一种无意识的幻觉，可能是在孩童时期产生的。

（2）我们的思绪是多么容易一哄而上，簇拥着一件新鲜事物，像一群蚂蚁狂热地抬一根稻草一样，抬了一会儿，又把它扔在那里……

（3）唉！天哪，生命是多么神秘；思想是多么不准确！人类多么无知！

---

[1]　［美］汉弗莱：《现代小说中的意识流》，湖南人民出版社1987年版，第32页。

（4）到底为什么人要投生在这里，而不是投生到那里，不会行动、不会说话、无法集中目光，在青草脚下，在巨人的脚趾间摸索呢？

（5）所有这一切历史的虚构是多么沉闷啊！

（6）世界会变得多么闷人、多么浮浅、多么凸出啊！

（7）我喜欢去想那些……我还喜欢去想……我喜欢想象……我还喜欢去想……

在小说文本中叙述者以第一人称的口吻直接表达思想和心理活动，读者正好可以顺着这些原初的、不加修饰和控制的表现意识活动的文字找到上下文中呈现的画面与这些文字之间或暗示开启或指示归括的关系。哪怕这些画面朦胧如印象画派的作品，给人以雾里看花的迷幻，画中物事人迹了无痕迹，似春梦如云水，然而这恰恰体现了意识流小说的另外一重技巧——自由联想。

2）自由联想

自由联想如果除去"自由"二字，则仿佛容易理解得多。联想，是指当人置身某情某景，由于外物的刺激或因相关导致，或由相反引起、或受形色诱发、或被味韵撩拨、或因情意牵连、或缘景情煽动……而引发的由此及彼的想象。所谓自由联想，其一在于联想所缘之不知，所谓无缘无故而生；其二，在于所想之物事、人事、景情、真幻等不仅不受时空拘囿，而且没有了由此及彼的任何关联，无丝缕可寻，无絮绒可踪，浑然一体。分明似有无限凝聚力将林林总总的意识碎片抟炼在一起，却又恍惚无法辨知意之何来、力之何在。如此挑战阅读者的智力和耐心，产生巨大的阅读冲击，自然是作者编织意识流小说的至境。但世界上的事件常常是相辅相成的，人类的精神领域的活动也不例外。阅读壁垒本身常常又常常是进入阅读的桥梁。壁垒本身是屏障也是凭借，是兼具屏障与凭借的矛盾统一体。

解决问题首先要研究问题。解决自由联想的问题是要弄清楚自由联想成构的必要条件。汉弗莱认为对人的联想有控制作用的因素有三个："第一是记忆，这是联想的基础；第二是感觉，它们操纵着联想的进行；第三是想象，它们确定着联想的伸缩性。"[1] 根据这一原则，《墙上的斑点》中有代表性的两段具体联想的情形，它们代表了自由联想的两种不同方式：一种是单向放射式，一种是多向辐射式。

---

[1]　［美］汉弗莱：《现代小说中的意识流》，湖南人民出版社 1987 年版，第 54 页。

（1）单向放射式的联想。单向放射式的联想是以一个核心细节作为艺术放射源，其他的一般细节都围绕这个源点朝着一个方向延伸的一种联想方式。比如《墙上的斑点》中的一段自由联想：

> 在某种光线下面看墙上那个斑点，它竟像是凸出在墙上的。它也不完全是圆形的。我不敢肯定，不过它似乎投下一点淡淡的影子，使我觉得如果我用手指顺着墙壁摸过去，在某一点上会摸着一个起伏的小小的古冢，一个平滑的古冢，就像南部丘陵草原地带上的那些古冢，据说，它们不是坟墓，就是宿营地。在两者之中，我倒宁愿它们是坟墓，我像多数英国人一样偏爱忧伤，并且认为在散步结束时想到草地下埋着白骨是很自然的事情……一定有一部书写到过它。一定有哪位古物收藏家把这些白骨发掘出来，给它们起了名字……我想知道古物收藏家会是什么样的人？多半准是些退役的上校，领着一伙上了年纪的工人爬到这儿的顶上，检查泥块和石头，和附近的牧师互相通信。牧师在早餐的时候拆开信件来看，觉得自己颇为重要。为了比较不同的箭镞，还需要作多次乡间旅行，到本州的首府去，这种旅行对于牧师和他们的老伴都是一件愉快的职责，他们的老伴正想做樱桃酱，或者正想收拾一下书房。他们完全有理由希望那个关于营地或者坟墓的重大问题长期悬而不决。而上校本人对于就这个问题的两方面能否搜集到证据却感到愉快而达观。的确，他最后终于倾向于营地说；由于受到反对，他便写了一篇文章，准备拿到当地会社的季度例会上宣读，恰好在这时他中风病倒，他的最后一个清醒的念头不是想到妻子和儿女，而是想到营地和箭镞，这个箭镞已经被收藏进当地博物馆的橱柜，和一只中国女杀人犯的脚、一把伊丽莎白时代的铁钉、一大堆都铎王朝时代的土制烟斗、一件罗马时代的陶器，以及纳尔逊用来喝酒的酒杯放在一起——我真的不知道它到底证明了什么。

首先叙述者通过光源对物体成像的影响，叙述者在"某种光线下看墙上的斑点"，尽管"我敢肯定，不过它似乎投下一点淡淡的影子"，但"使我觉得如果用手指顺着墙壁摸过去"，感觉到"会摸着一个起伏的小小的古冢"，这样她就有了从斑点到古冢的联想，然后联想到"南部丘陵草原地带上的那些古冢"，接着用不确定的"据说"插入，对古冢的结论形成挑战，为下面退役上校的田野考察和乡间牧师夫妇的协助调查埋下伏笔，进而通过牧师与上校对这一遗迹究竟是古冢还是营地的问题一个执着、一个达观的两种不同的表现，反映人们对待生活的大致不同的态度。最后随着那枚箭镞走进博物馆，进入历史叙事而结束这一段的自由联想。而"我真的不知道它（箭镞）到底证明了什么"一语，彻底颠覆了历史物证与历史真实的关系。

以上就是一个单向放射式的联想，简化这一联想的路径，就大致呈现出如下的轨迹：

斑点—（古冢、营地）—古冢—白骨—收藏家—上校—牧师（营地或坟墓）—上校（营地、文章）—上校死—博物馆（箭镞、脚、铁钉、烟斗、陶器、酒杯）—历史物证与历史真实之间关系的虚无。

上面分析的这一单向式联想的意识活动，虽说属于自由联想，但仔细考察却不难发现，意识在流动过程中由一个点跑到另外一个点，由一件事转移到另外一件事，由一个人想到另外一些人，从一组画面跳跃到另外一组画面……其中过渡的蛛丝马迹基本上都呈现出接近联想、相关联想的性质，而不像我们想象的那样完全非逻辑关联的情形。文中另外 6 处意识活动的片段基本呈现如下的特点：

A. 火光—火红的炭块—塔上红色的旗帜—无数红色骑士潮水般地骑马跃上黑色岩壁的侧坡。

B. 斑点—钉子—挂肖像的钉子—一幅妇人的肖像—以前的房主—铁路旁郊外的别墅。

C. 斑点—不像钉子—大而圆—到底是什么—神秘—生命多么神秘—偶然性—列举少数几件遗失之物证明—生命的偶在—来世的不可知。

D. 斑点—暗黑色的圆形物体—夏天留下的玫瑰花瓣造成的—（时间—过去）—尘土—尘土把特洛伊城埋了三层—（时间毁灭了一切）—只有一些罐子的碎片（这既是寻找历史的可靠的线索，也是一些表面生硬的个别事实）—我希望……更深地沉下去……离开表面个别的事实—（艺术）莎士比亚思考的情形推想—历史虚构的沉重—回到轻松愉快的想法—植物—花—查理一世种些什么花？—自我的形象关注—自我的保护—现实与艺术的关系—概括—正统、标准、真正的事物，人人都必须遵守的东西—日常生活（伦敦星期日的日常生活）男性文化背景下的惠特克尊卑序列表。

E. 斑点—200 年的旧钉子—一代又一代女仆擦拭—露出到油漆外面的钉子（就像一只眼睛或探头）—现代的生活—知识—学者—巫婆、隐士—知识分子—信仰消失—美好生活因为过度的知识化、秩序化扼杀了美和健康的思想。

F. 斑点—大海中的一块木板—树木—树木生存—草地森林、河流—自然—幸福。

上面列举的每一个意识流活动单元都表现出对象—感觉—联想—记忆幻化的特点。如果仔细分析，不难发现它们都经历了由意识—潜意识边缘—潜意识的过程。伴随着这样一个过程，小说文本呈现的画面元素会越来越丰富，元素之间的跳跃性渐次增大，元素与元素之间的边际越来越模糊，而与之相对应的读者要求阅读理解秩序化的诉求也随之越来越难以满足。

与此同时，在小说文本中我们仿佛能够感受到叙述者穿越意识、进入潜意识边缘、沉入潜意识过程的努力，这似乎是一个摆脱某种羁绊以达到自由的过程。如果要描述这个过程，笔者以为最好援引小说叙述者自己的叙述。

窗外树枝轻柔地敲打着玻璃……我希望能静静地、安稳地、从容不迫地思考，没有谁来打扰，一点也用不着从椅子里站起来，可以轻松地从这件事想到那件事，不感觉敌意，也不觉得有阻碍。

我希望深深地、更深地沉下去，离开表面，离开表面的生硬的个别事实。让我稳住自己，抓住第一个一瞬即逝的念头……

就这样——一阵骤雨似的念头源源不断地从某个非常高的天国倾泻而下，进入他的头脑。他把前额倚在自己的手上，于是人们站在敞开的大门外面向里张望——我们假设这个景象发生在夏天的傍晚——可是，所有这一切历史的虚构是多么沉闷啊！它丝毫引不起我的兴趣。我希望能碰上一条使人愉快的思路，同时这条思路也能间接地给我增添几分光彩，这样的想法是最令人愉快的了，连那些真诚地相信自己不爱听别人赞扬的谦虚而灰色的人们头脑里，也经常会产生这种想法。它们不是直接恭维自己，妙就妙在这里；这些想法是这样的。

　　下面的意识活动顺着人对待别人恭维（实际上是人与人关系的一种隐喻）的姿态延伸到人与自我的关系，其路径是由植物学，进而花，进而形象进到人本能的自我保护和掩饰。认为这其实是人格的一种表征，人格就是面具，是"只有其他人看见的那个人的外壳"。"在这样的世界里是不能生活的"，因为人在成为人镜子的时候，人也就成了照镜子的人或照别人的镜子，这样一种相互照镜子的情景存在于任何一种公共生活的空间——"当我们面对面坐在公共汽车和地下铁道里的时候，我们就是在照镜子"，照镜子式的生活正是我们所有人"眼神都那么呆滞而朦胧"的原因。

　　在自我保护面具下的个人的真实自我，是饱受公共生活压抑的活泼的精神的自我，这个自我只有未来的小说家们会关注。未来的小说家们"探索深处、追逐幻影，越来越把现实的描绘排除在他们的故事之外"。叙事者通过对希腊人和莎士比亚这两个代表古典艺术成就价值的否定——"毫无价值"，张扬了现代意识流小说对人的精神世界的关注。她进而对传统世界一切价值规范进行了全面的否定，无论是那些以"概括"为特征的成文的"人人都必须遵循，否则就得冒打入十八层地狱的危险"的"一整套事物"，还是那些不成文，但相因成习、相袭成俗，规约着人们日常生活的一切习惯和传统。因为这一切虽然具体、琐细、行为化、物质化到日常的"午餐""散步""庄园宅第和桌布"，但这些真实的东西"并不全是真实的"，因为相信它就意味着"规矩"："另外一种花样的桌布就不能算真正的桌布"。当这一切物质的、行为的、精神的东西都被规定了的时候，自由就成为了非法的，人的生活是为了一种秩序在生活，而不是为了人本身。这个秩序的源头就是以男人为中心——"男性的观点支配着我们的生活，是它制定了标准，订出了惠特克的尊卑序列表"。而这一切在大战之后的世界背景下将更显出它的荒唐："我们希望很快它就会像幻影、红木碗橱、兰西尔版画、上帝、魔鬼和地狱之类的东西一样遭到讥笑，被卷进垃圾箱。"

　　在细读文本的过程中，我们终于发现了作者意识深处涌动的以人和人的生存境遇为中心的关于人与自我、人与社会、人与艺术、人与文化的种种冲突，看到了在这一切冲突中生活的人的主体性的分裂和自我的消失，以及产生这一系列冲突的深层原因和冲击这一切传统的时代背景。

　　说到背景，这不禁让我们想到该书结尾处提到的战争，想到艾略特关于西方现代主义文学发生的大战背景的陈述。这当然不是这里要重点讨论的问题，但它多少给我们提供意识流小说发生学意义上的一个朦胧背景。

当叙述者达到这种像"一阵骤雨似的念头源源不断地从某个非常高的天国倾泻而下"的意识境界的时候，读者看到的是叙述者表面上在讲述自己意识流思维中的莎士比亚的意识状态，实际上却在叙述她作为故事叙述者自己的意识状态，因为这个时候她已经处于"庄蝶不分"、物我同一的境界。而在进入这样自由而又通畅的意识流动之前，叙述者似乎都要做某种深潜的努力，这就是她要一次又一次努力辨别墙上那个斑点究竟是何物的原因。

所以，辨识墙上的斑点究竟是何物在文本中成了一个核心的细节，其他一切细节都是由这个核心细节扩散开去的。当这种扩散表现为同源多向的时候，就形成了多向辐射式联想的叙述形式。

（2）多向辐射式联想。多向辐射式联想是以一个核心细节作为一个意识放射源，其他的一般细节都围绕这个源点朝着不同方向延伸的联想方式。

在《墙上的斑点》这个文本中，如果说我们上面分析的一个意识活动片段是按照单向放射式的方式来组接（或说连缀）一个细节单元的话，那么，整个文本的结构形态就呈现出多向辐射式联想的特征。

具体而言，就是墙上那个斑点在不同光源的光照下，或者由于叙述者不同视角的变化和想象中呈现出来的不同物象特征，从而产生不断变化的意识活动单元。这些意识活动单元全都是以"斑点"为轴心的，由此而出发，通过自由联想来延伸、生发、幻化出一组意识流动的细节单元。这样一个复杂的意识流过程，如果按照感觉—联想—记忆的模式简化为一个结构示意图，大致呈现出如下的景观。

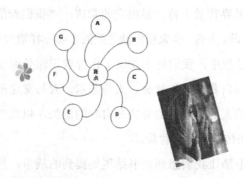

这样一种乍一看杂乱无章，细看似拼盘，实则浑然一体的文本面貌究竟是通过

什么样的手段组织起来的呢？答案就是蒙太奇。

3）蒙太奇

蒙太奇的奥秘在于中断与联系。这个在建筑学中表达构成、装配意义的术语，被借用到电影艺术中就产生了组接、构成的意义，成为镜头组接的代名词。这种把许多事物组接在一起，使它们产生合情合理的意义的手法成了意识流小说家编织文本的必选技术。因为它是把不同时间和空间中的很多事件和场景组合拼凑在一起，从而超越时间和空间限制，表现人的意识思接千载、视通万里、跨越时空的跳跃性和无序性特征的最好手段。

蒙太奇在《墙上的斑点》中既有时间蒙太奇的表现——小说叙述者的意识不受时间的限制，自由地出入于过去、现在、未来多个时间维度：

"于是我走进屋子。他们在谈植物学。我说我曾经看见过金斯威一座老房子的地基上的尘土堆里开了一朵花。我说那粒花籽多半是查理一世在位的时候种下的。查理一世在位的时候人们种些什么花呢？"我问道——（但是我不记得回答是什么）也许是高大的、带着紫色花穗的花吧。于是就这样想下去。同时，我一直在脑海里把自己的形象打扮起来，是爱抚地、偷偷地，而不是公开地崇拜自己的形象，因为我如果公开地这么干了，就会马上被自己抓住，我就会马上伸出手拿过一本书来掩盖自己。说来也真奇怪，人们总是本能地保护自己的形象，不让玩偶崇拜或是什么别的处理方式使它显得可笑，或者使它变得和原型太不相像以至于人们不相信它。但是，这个事实也可能并不那么奇怪？这个问题极其重要。假定镜子打碎了，形象消失了，那个浪漫的形象和周围一片绿色的茂密森林也不复存在，只有其他的人看见那个人的外壳——世界会变得多么闷人、多么肤浅、多么光秃、多么凸出啊！在这样的世界里是不能生活的。当我们面对面坐在公共汽车和地下铁道里的时候，我们就是在照镜子；这就说明为什么我们的眼神都那么呆滞而朦胧。未来的小说家们会越来越认识到这些想法的重要性，因为这不只是一个想法，而是无限多的想法……希腊人就是这样想的，或许莎士比亚也是这样想的——但是这种概括毫无价值……提起概括，不知怎么使人想起伦敦的星期日，星期日午后的散步，星期日的午餐，也使人想起已经去世的人的说话方式、衣着打扮、习惯……每件事都有一定的规矩……桌布的规矩就是一定要用花毯做成……另外一种花样的桌布就不能算真正的桌布。当我发现这些真实的事物、星期天的午餐、星期天的散步……并不全是真实的,确实带着些幻影的味道,而不相信它们的人所得到的处罚只不过是一种非法的自由感时,事情是多么使人惊奇……我奇怪现在到底是什么代替了它们,代替了那些真正的、标准的东西? 也许是男人……男性的观点支配着我们的生活,是它制定了标准,订出惠特克的尊卑序列表,据我猜想,大战后它对于许多男人和女人已经带上幻影的味道……

这一文本片段,以短镜头的方式把发生在不同时代的人、事、风情、艺术、习俗、制度等组接在一起,既表现了创作者深厚的文化历史底蕴和叙述才华,体现了历史的深厚感,又表现了创作者洞悉这一切的睿智和颠覆这一切的勇气。

蒙太奇作为组接方式,还有一种形式叫空间蒙太奇。这是一种通过并置不同空间发生的事件来编织文本的技巧。

四、墙上的斑点——一个思想的质点

我们不能不正视“墙上的斑点”这样一个语符在这篇小说的文本技术构成中有什么技术含量的问题了。笔者认为它不仅仅是一个思想的支点、源点,更是一个思想的质点。

质点是有质量、没有体积和形状、不计大小的一个便于观察的、可移动的几何点。这一特征颇有几分类似伍尔夫笔下墙上的那个斑点。那个斑点成为她启动意识流动的支点,也是她意识流动的一个质点。它是什么并不重要,重要的是它让观察—叙述人感觉它是什么:是积极的,还是消极的,抑或是别的什么形象暗示;以及它能为观察—叙述人提供怎样的联想张力和叙述动力。从叙述动力的角度考虑,它就是一种小说技术的考量。

当然,支撑技术的是更深厚广大的艺术和思想底蕴。如果是另外一个观察者,可能第一眼就会发现“那个斑点不过是一只蜗牛”,即使有观察的兴趣,也未必有形成小说文本的机缘。这就是为什么我们在罗兰·巴特(巴特宣称:文本的面世意味着作者可以死去)之后,还要重拾古典主义文学创作原则,关注作者的原因之一,也是我们在强调文本重要性的时候,不能不关注作者艺术天赋、艺术见识、思想能力、

知识背景、语言天赋及形式创感能力对小说文本结构及面貌具有决定作用的原因。所以，"墙上的斑点"虽然不过是作者在编织文本的时候作为推动叙述而设置的一个技术选项，但代表的却不仅仅是技术。

第二章　"场景"的感染力：急骤的震撼与温柔的慢板

这一单元的话题是"场景"。按照教科书编写者给出的定义，"场景就是我们常说的场面描写"，是"小说的最小构成因素"，"一般由人物、事件和环境组成。它是某一段时间内社会生活的横截面"，"小说就是由一个接一个这样的'面'构成的"。[1] 若按照"最小构成因素"这样一个说法，则"场景"在小说中的地位，就像镜头在电影中的地位一样。一部正常片长的电影至少是由一千多个镜头通过蒙太奇的方式组接起来的。而"一段时间内社会生活的横截面"，则是从"场面描写"的内容来说的，这对那些以"一段时间内社会生活"为表现对象的小说来说还算有所指涉，而对那些虚置具体的社会背景，以人的内在精神、人类普遍遭遇的可能性存在为探索对象的小说又怎样对号入座呢？看来这里提供的"小说理论"不能很好地解释所有小说创作的现实，它可能只是针对部分小说（比如我们传统所说的现实主义和批判现实主义之类的小说）而言的。作为理论，它所指涉的文本疆界大概是专门针对那些以社会生活为表现内容的作品。

环境、场景、场面以及情景等名词术语，在不同时期的文学理论学著和不同的理论代表人物那里有不同的阐释。"场景"在现代叙事学中是一个严谨的术语，和"概述"一样是一种叙事的手段。这在上一节中已经进行了比较详细的分析。教科书中提出的"场景"概念似乎并不属于现代叙事学的范畴，它所列举的两篇小说文本——维克多·雨果的《九三年》的一个片段和选自蒲宁文集的《安东诺夫卡苹果》——也不属于现代小说。

按照教科书关于"场景"的理论阐释和功能定位，它并不单独指向小说文本中的时间和空间，也不单独指向人物和事件，而是综合了特定时间和空间内的人物行动、事件展开以及所有这些因素互相作用而生成的"场面"，或者具体的"氛围"与"情

---

[1]　《语文·外国小说欣赏·教师教学用书》，人民教育出版社 2007 年版，第 29 页。

韵"。这与现代叙事学中以故事时间和叙事故事时间的关系来定义和判断"场景"的方式有一定的关联，也存在很大的差异。它将作为技术定量考察的关键因素——时间做了一般性的处理。它所说的"场景"其实是传统叙事理论中的"场面描写"。这样归位并不是强加的，而是教科书编者在接下来的进一步阐释中的夫子自道。尽管表述时编者也还是以"场景"为关键词，但实际上此"场景"已非彼"场景"，编者不知不觉中已经换了概念。

从编者接下来对"场景"的进一步举例阐释和功能定位来看，教科书所说的"场景"其实就是"场面"。比如，编者在定义了"场景"之后，举例说"《炮兽》中人与大炮搏斗的情景就是典型的场面描写"（着重号为著者所加）。在这里，他不仅用"情景"来替代"场景"，而且用"场面描写"诠释"情景"。说它偷换概念，应该不算错。

又比如，在"场景的分类"中举例说，"相对于托尔斯泰《战争与和平》中宏大的战争场景，《炮兽》的场景就是小之又小的小场景了"。在这里又将上面举例时用的"场景"替换成了"场面描写"。说"《战争与和平》中宏大的战争场景"恐怕不只是就某一个战场、某一个战役、某一段战斗情景而言的，更可能是针对小说文本对整个俄罗斯反对拿破仑入侵的卫国战争这一波澜壮阔的历史画面来说的。而这又与教科书关于"场景"是"小说的最小构成因素"的说法相矛盾了。

同样是在"场景的分类"中，编者在进行了《战争与和平》和《炮兽》的"场景"大小之辨之后，接下来又进行了"场景"的"公私"之辨。即所谓"场景又有'公共场景'和'私人场景'之分，在开放的公共空间里，人物受到社会道德、行为规范的约束，言行必须符合身份，表现人物须有分寸。而在封闭的私人空间里，人物得到了充分舒展个性的自由，人物的真性情得以表露"。为了说明阐释的有效性，编者还举了《安娜·卡列尼娜》一例来说明"公私"之辨的正确性，冀以收一石数鸟之效。"安娜·卡列尼娜在公众场景里雍容端庄，在与情人渥伦斯基的秘密约会里，却是那么热烈奔放。""场景"在这里又被"空间"所替代。

如果"场景"是个小说技术概念，那么，在这里就小说文本中人物活动的时空环境与行为方式的关系来作说明，其实，"场景"就是"场合（所）"或"空间"，比如"公开场合"、"公共空间"，"私密场合（所）"、"私人空间"等。正常的表述应该是通过"场景"这种技术手段来表现安娜在不同场合（所）的不同表现，以达到丰富人物性格的目的。这还谈不上是现实主义文学批评理论"典型环境中的典型形象"说，而是它的变式甚至变味的言说。

笔者以为，如果说《外国小说欣赏》教科书中的所谓"场景"的"大小"之辨已经漏洞百出了，那么其"公私"之辨就更是无稽之谈。这不是小说技术层面和内容层面的问题，而是"实用公共关系学"中的问题。安娜在公共场合与在私人场合当然言为举止有区别，她总不至于做得相反：在公共场合与情夫去弄情，在私下里又端庄雍容。这一点不仅小说故事中人物安娜懂，小说创作者托尔斯泰懂，凡正常的小说阅读者都懂。作者只不过是通过在各种不同的场合下，人物言为举止的不同来丰富人物的性格而已。

再者，即使所谓"公共场景"、"私人场景"的表述没有问题，其对"公私场景"与人物性格关系的分析也很值得商榷。"公共场景"就不能表现"热烈奔放的性格"吗？看看教科书第四单元节选的托尔斯泰《战争与和平》中的一部分——《娜塔莎》吧。在这部分节选中作者通过描写少女娜塔莎准备参加舞会时的兴奋，在舞会上热烈大胆的表白，没有一点少女的矜持，塑造了初涉爱河的少女的热烈奔放与纯情天真的性格特征，这又怎么讲呢？故事讲述者不是在有皇帝参加的舞会这样的"公共场景"里展示了人物热情奔放的性格特征的吗？而在与好朋友在一起的私人场所里表现出来的为"爱"而狂，甚至于丧失理性、误入歧途，不也是天真单纯、热情奔放吗？由此看来，表现"热情奔放"并不只是"私人场景"的专利。

为什么会出现上述概念混乱的情况呢？通过上面的分析，我们可以初步得出这样一个猜测性的结论，即教科书编者在没有完全吃透现实主义叙事理论和现代主义叙事学的情况下，强行用"场景"这样一个关键词来统率一堆零零散散、各不相属的表述材料，违反了基本的同一律原则，于是就出现了概念各部分互不兼容、纠结杂糅的情况。

场景、场面怎样区分，这确实是一个事关小说叙事策略"切分与组合"的理论问题，值得探讨。有兴趣的话，大家可以做一个很好的研究性学习的课题。

下面我们讨论《炮兽》是怎样通过急骤的"场面描写"塑造人物形象、揭示人物性格特征的，而《安东诺夫卡苹果》又是怎样通过一个又一个"往昔生活"的"场面描写"来表达一种感伤追怀的情绪的。

3. 烘云托月与急骤的震撼

—— 《炮兽》文本细读

这是一个围绕人物展开的片段。作者使尽手段来写人物，有时候是一个人，有时候是几个人，有时候是一群人。在现实生活中人与人的关系并不简单，在小说文本中人物形象与人物形象之间的叙事关系则更为复杂。读本篇节选的时候我们自然也应该以关注人物和人物关系为重点。深度的阅读应该对塑造人物的技术有探究的兴趣。

塑造人物的方法很多，这里只讨论场面描写和烘托法。关于烘托，我们这里主要分析场面描写与场面描写之间的关系和场面内各种要素之间的关系，分析文本是怎么"烘"，又怎么"托"的，产生了怎样的效果。

"烘托"与"渲染"是中国画的两种技法。烘托是指在绘画中用水墨或色彩在物象的轮廓外面渲染衬托，使物象明显突出；后来也指在文学创作中从侧面着意描写，在陪衬方面着墨用笔，意在使主体突出。"渲染"则不同，是指在绘画中用水墨和色彩涂染画面，显出物象的明暗向背和墨彩的深浅，在一般语用中就是夸大的意思。成语"烘云托月"，除去渲染云彩以衬托月亮的本意外，在写作中用来比喻着意描绘和渲染周围事物以突出中心的写作方法。[1] 这些技术手段无论在绘画还是在写作中都有一个特点，即针对要突出的重点人物、事件和物件进行无所为而为的工作，侧面用力，间接下功夫，颇有点声东而言西的意味。这种"下功夫"的技术手段不仅为艺术家们常用，也被精明的生意人利用来催生商机，发家致富。

左拉的《陪衬人》写的就是一个商人是如何利用知觉对比原则来创造商机赚钱的故事。

杜朗多本来是一个有着独创精神的工业家，现在他又想进军商业界。

多年来，每当他想到人们尚未在丑女身上赚过分文，总是兴叹不已。在美女身上固然可以钻营，但这种投机事业易担风险，有着巨富惯有的审慎的杜朗多，连想都没有想过去干这种事。

有一天，杜朗多突然心有灵犀。正像许多大发明家常有的情形一样，他的头脑中一下子闪现一个新的念头。他在街上的时候，看着前面走着一

---

[1] 《新华词典》，商务印书馆 2000 年版，第 398、1116 页。

美一丑两个姑娘。一望之下，他领悟到丑陋女子正可以作为那漂亮女子的装饰品，这也是合情合理、合乎逻辑的。[1]

于是杜朗多就办了一家丑女代办所，专门将丑陋不堪的女子出租给那些富有而相貌平平的女人作陪衬，价钱是一小时五个法郎。

那个丑女子要是走在街上，会吓你一跳；那个相貌平常的，会被你毫不在意地忽略过去。但当她们结伴而行的时候，一个人的丑就提高了另一个人的美。[2]

这就是我们常说的反衬法。衬托的方法，除了反衬，也有正衬的。有一部片名叫作《八百罗汉》的老电影，细心的观众在观影的过程中会发现，整部电影其实只为塑造一个罗汉，其他罗汉虽然个个武功高强，但又怎敌那一个武功了得。从《老残游记》中节选入中学教科书的篇目《明湖居听书》，写白妞、黑妞两个女孩子的说唱艺术如何精湛，其实着意描写的只有白妞的表演以及场下观众的反应，表演之成功和反应之热烈已是无以复加了，但白妞的表演不过是为表演更为精湛的黑妞引个场，酝酿酝酿气氛。至于黑妞的表演有多了得，留给读者去想吧。

总之，无论是我们了解的视觉艺术中所使用的知觉比较原则，还是我们熟悉的传统小说中使用的烘托技术，都可以成为我们解码《炮兽》这个小说文本技术的有用经验。

下面我们进行《炮兽》的文本分析。

想象一下，一枚威力巨大的舰载炮弹，本来是射向敌手的利器，现在却走下了神圣的炮台，极尽所能地与它的主人——炮手博弈，这是怎样的一番情景呢？

这不是"大话西游"的笑料，也不是《功夫熊猫》里的滑稽场面。而是一群企图维护王权政体，从英国远征回国的法国军人在行军途中遭遇的困扰和必须面对的困境。

这是一尊军舰上的大炮，有 24 磅重，按照 1 磅 = 0.453592 千克来转换，大约是 11 千克。正常的情况下，在没有炮手操作的时候，它会在铁链的束缚下安静地呆在它该在的地方，随时听候炮手的指挥，呼啸着飞向对方的阵地或某一个精准预设

---

[1] 《左拉中短篇小说选》，郝运等译，华文出版社 1986 年版。

[2] 《左拉中短篇小说选》，郝运等译，华文出版社 1986 年版。

的箭靶，释放它无限的威力，实现它应有的价值，拥抱对手和对手阵地上的一切，与他们同归于尽。现在它却捣起蛋来，"挣断了铁链"，"滑脱了"。更糟糕的是，军舰"正在大海中行驶"，于是这东西，不，这家伙，就"变成了一头形容不出的怪兽"。

请认真看教科书中文学文本的第三自然段，看文本是怎样描述这样"一只怪物"的。注意："认真"除了有专注问题的状态要求外，还意味着有针对具体问题，寻求切实解决之道的要求。比如回答"怎样描述"一类问题的第一步，就是要整体感知文本叙述的姿态与腔调，以及与这种叙述姿态和腔调相适应的语用策略；第二步是化整为零，拆解原段落；第三步是分析构句特点以及意图指向。这些都要落实到关键词上，即描述它的那些动词和形容词。

> 这件沉重的物体用它的滑轮走着，像一只弹子球似的滚来滚去，船身左右摇动的时候就侧下来，船身前后颠腾的时候就沉下去，滚过去，滚回来，停顿，仿佛沉思一阵，又继续滚动，像一支箭似的从船的一端射到另一端，旋转，闪避，脱逃，停顿，冲撞，击破，杀害，歼灭。这是一只撞城槌在任性地冲撞一垛墙。还得加上一句：这只撞城槌是铁制的，这垛墙却是木头的。这是物质获得了自由，也可以说这是永恒的奴隶找到了复仇的机会；一切仿佛是隐藏在我们所谓无生命的物体里的那种恶性突然爆发了出来；它那样子像是发了脾气，正在进行一种古怪的神秘的报复；再也没有比这种无生物的愤怒更无情的了。这个疯狂的庞然大物有豹子的敏捷，大象的重量，老鼠的灵巧，斧子的坚硬，波浪的突然，闪电的迅速，坟墓的瘢聋。它重一万磅，却像个小孩儿的皮球似的跳弹起来。它旋转着的时候会突然转一个直角。

整个段落虽然是对一枚重磅炮弹脱链之后，在军舰行驶情形下状态的"客观叙述"，但这种"客观叙述"又是通过强烈的主观感受来表现的。也就是说，对炮弹脱链之后，军舰在大海航行时颠簸助力的作用下运动状态的客观描述，是通过叙述者强烈的主观感受展现的。

这枚"重磅炸弹"的活动却又是轻盈自如的。随着军舰在海浪中颠簸摇曳，左倾右覆，上下起伏，出没风浪，炮弹"表演着"骤动与遽停的种种特技，静现"沉思"之状，动若利箭之迅。叙述简洁、明快，充满情感，激动中有着对力的崇拜与惊惧。

"动弹"描写多短句，感慨抒发则用长句。

支持这一叙述姿态和腔调的语用策略是比拟、夸张、对比和多种辞格的兼类并用。目的是要调动读者各方面的感观，感受这枚炮弹的威力，以及它给船上官兵造成的压力和困扰。

有了这样一个整体上的感受之后，即可进行段落分解。对照上面笼而统之的一大段，体会下面的段落分解后在阅读文本上的感受。

> 这件沉重的物体用它的滑轮走着，像一只弹子球似的滚来滚去，船身左右摇动的时候就侧下来，船身前后颠腾的时候就沉下去，滚过去，滚回来，停顿，仿佛沉思一阵，又继续滚动，像一支箭似的从船的一端射到另一端，旋转，闪避，脱逃，停顿，冲撞，击破，杀害，歼灭。

> 这是一只撞城槌在任性地冲撞一垛墙。还得加上一句：这只撞城槌是铁制的，这垛墙却是木头的。这是物质获得了自由，也可以说这是永恒的奴隶找到了复仇的机会；一切仿佛是隐藏在我们所谓无生命的物体里的那种恶性突然爆发了出来；它那样子像是发了脾气，正在进行一种古怪的神秘的报复；再也没有比这种无生物的愤怒更无情的了。

> 这个疯狂的庞然大物有豹子的敏捷，大象的重量，老鼠的灵巧，斧子的坚硬，波浪的突然，闪电的迅速，坟墓的痴聋。它重一万磅，却像个小孩儿的皮球似的跳弹起来。它旋转着的时候会突然转一个直角。

这种分解对文字构成没有任何损益，但是对构段单位略作调整（由原来的一段文字调整为三段文字）之后，不难发现文本各段的表达策略以及服务表达的功能十分明确。

第一段绘状。语用特点：比喻修辞加上动词描述。动词使用也不再是词典意义上的字词意义，而是情景化、拟人化了的情境中的言语意义。像"旋转，闪避，脱逃，停顿，冲撞，击破，杀害，歼灭"这样一些动词的集中罗列使用，不仅突显了这些词本身的力量感，而且使本来由钢铁铸成的无生命炮弹仿佛变成了有生命意识的一个活动的主体，变成了一个真正的"敌人"。

第二段基本上是不乏哲思意味的抒情性议论。如"物质获得了自由"，"永恒的奴隶找到了复仇的机会"，"无生命的物体里的那种恶性突然爆发了出来"等。"物质"

本质上是以被动的方式存在的，在这里却获得了"自由"；"永恒"即意味着没有变动的几率，"永恒的奴隶"却"找到了复仇的机会"；"无生命的物体"本质上是"中性"的，然而却"恶性"十足到"突然爆发了出来"。这些表达都是通过矛盾修辞格的方式，造成了阅读上的陌生化的奇特效果，产生了独特的哲理意味。作者刻意这样编织文本，其主观意图在于通过这样的深刻放大这枚"动弹"的破坏力量，客观上也确实起到了放大破坏力量的作用。

这样的表达在本篇节选的后续文字里并不鲜见，比如，"对这样一个怪物——一尊脱了链的大炮——却没有办法。人不能杀死它，因为它是死的。同时它也活着。它的不祥的生命是从无限里来的"。还有什么比这种矛盾的表达更能突显这枚"动弹"的破坏力，以及将要深受其害的官兵对它的无计可施、无策可用、无可奈何呢？

第三段大体上是通过评说式的方式再次突显这枚"动弹"的威力。其语用策略基本上是比喻修辞格套形容词。"这个疯狂的庞然大物有豹子的敏捷，大象的重量，老鼠的灵巧，斧子的坚硬，波浪的突然，闪电的迅速，坟墓的痴聋"，这是隐喻、排比合成的连喻；"它重一万磅，却像小孩儿的皮球似的跳弹起来"，这是对比、比喻兼夸张的多重辞格的兼类修辞。表达了它兼具一切有力量事物的种种特性，是一个最令人无可名状的"怪物"。

面对如此"古怪"、"神秘"的"怪兽"、"怪物"一般的"庞然大物"，"怎么办"的问题就不只是故事的讲述人要提出来、文本中人物要面对的问题，也是作为读者的我们会为之焦虑不安、油然而生的问题。什么叫作阅读就是参与文本建构。如斯而已，并不是什么难以理解的阅读理念。

怎么办呢？怎样解决呢？
…………

怎么办呢？用什么方法来制伏它呢？

这样将问句集中在一起表述，用来表达故事的讲述者、文本中人物和读者面对"炮兽""撒野"时的焦虑已然足够了，可是接下来的文字却不是顺着这一连串的问题往下进行的。通过间隔的方式，文本在中间穿插了"暴雨可以停止，台风会吹过去，断掉的桅可以换一根，一个漏洞可以堵上，火灾可以扑灭，可是……"等抒情的段落，造成了叙述中断，造成了一定的延宕。这样的延宕（叙事学上叫"摇摆"，在后面以"情节"为主要话题的单元中会专门提到）是否会减缓了读者的焦虑情绪，缓和了场面的紧张气氛呢？如果不进行穿插，顺着情节内在的逻辑直接一气写下来，在叙事效果上会怎么样？两种表达方式孰优孰劣？

如果上面所提的这些问题没有进一步要求说明理由，也许回答两者"孰优孰劣"不难。但大凡有意义的选择设问，或希望深度考查的问题，后面进一步的要求是少不了的。因为它是保证选择有效的依据。当然，肯定原著的表达方式好，因为它是大作家维克多·雨果所作，是经典，这样的理由作为脑筋急转弯的答案并不算错，肯定是少不了获得聪明加分的，但在真正的文学阅读中却是无法得分的。笔者的选择也是原著好，理由是：插入所形成的中断产生了如下的几重效果。

第一，假如在海上航行遭遇"暴雨"、"台风"、"断桅"、"漏洞"、"火灾"等海难事故，绝对是出海之人的不幸，是令航海人害怕的，或说要特别防范的。比如，出现前两种天象时要尽量避免出海，如正在航行，则要尽快回港或就近躲避；出现后三种情况一般都会有颠覆、沉船等危险。但尽管如此，这些在航海史上毕竟有过，航海教科书上写到过，有丰富经历的水手们也历险过。一句话，有防灾减灾灭灾的经验可寻。而像这一次"炮兽"肆虐的灾难却无例可援，无计可施，是空前的，也许是绝后的。这实际上是为后面官兵们先是手足无措，后来糜计不施做铺垫，也是为再后"将军"的指挥若定，在关键的时候伸手相助，制伏"炮兽"的叙述打了埋伏。

第二，这个中断叙述后的插入，表达的也许正是文本中的故事讲述者、事件中的人物和面对文本参与建构的读者为解决问题进行的一个共同的寻思，表现了所有人面对这件事时集体的焦虑。

基于上述的分析，再来看它在文本的多重建构方面起到的作用，则可以看出中断情节发展的逻辑并穿插其他相关的文字，在叙述故事要求一致性、连贯性的前提下，表面上似乎是消极的延宕，实际上却是为读者的参与与介入事件提供了时间和空间。同时，表面上的延宕，实际上造成了情势的更加紧张，从阅读期待上来说更是如此。

按理说，仅上面一段文字对这尊脱链大炮的状态以及所造成麻烦的描写，已经让人心存胆寒了。按一般阅读的心理预期和阅读经验，接下来应该描写舰上人的反应了。

可是，读者在接下来的5段文字中看到的却不是一般阅读期待和阅读经验推测所想看到的内容，至少表面上不是。文本又一次地错过了阅读者的心理预期，继续延宕（摇摆）。

> 你可以驯服一只恶狗，吓唬一头牡牛，诱骗一条蟒蛇，威胁一只老虎，
> 软化一只狮子；可是，对这样一个怪物——一尊脱了链的大炮——却没有
> 办法。你不能够杀死它，它是死的。同时它也活着。它的不祥的生命是从
> 无限里来的。

这一段文字，在"你可以"这样一个主语＋合成谓语的结构句型中，连续用了
五个并列的动宾结构的片语组成一个联合宾语的复杂单句，来增强语势，突显"你"
的智慧、勇气与精气神。

注意，我们的概括语词是"智慧、勇气、精气神"，这是要落实在具体的文本上的。
看看这一组动宾组合的动词短语的内涵和宾语所涉及的对象吧：

驯服　恶狗→

吓唬　牡牛→

诱骗　蟒蛇→

威胁　老虎→

软化　狮子→

能够成为这些猛兽长虫主人的应该是谁？是驯兽师。想想驯兽师在表演场上的
表演吧，那是一场充满想象和激情的抒情诗和咏叹调。所以，上述的文字仿佛抒情，
近乎咏叹。什么叫浪漫主义？对它的理解要落实在具体的文本上。

> 可是，对这样一个怪物——一尊脱了链的大炮——却没有办法。你不
> 能够杀死它，它是死的。同时它也活着。它的不祥的生命是从无限里来的。

在一个转折词"可是"的引领下，前述的"智慧、勇气、精气神"一并消解。

在面对"怎么办"这个急切的问题上，文本的再一次延宕，不仅没有消除阅读
者的紧张和焦虑，反而煽诱起了进一步阅读以求缓释的冲动。

如果说这一段是一种浪漫的情绪扬抑，接下来的两段即可以视为对大炮之所以
变成"炮兽"，以及"兽性""兽力"之来源的理性释因。

> 它的底下有甲板在摇动它。它被船摇动，船被海摇动，海被风摇动。

这个破坏者只是一只玩具。船，波浪，风，这一切在戏弄它；这就是它的不祥的生命的来源。

多么理性的动因推理，寻求解决之道的问题设计和解决之道自然也是非常的理性。

> 对这一连串互相牵连着的东西怎么办呢？怎样来阻止这一连串可怕的导向沉船的动作呢？怎样阻挡这些来来，去去，转变，停顿，撞击呢……怎样来阻止这件必须避免的事变发生呢……怎样和一块任性的甲板格斗呢？

一个"怎么办"引出五个"怎样"，让人目不暇接。至此，船上的人应该"怎样"了呢？文本呈现的故事再一次让读者的期待落空。接下来的两段从传统的叙述技术角度讲是两段追述。事件已经发生很久了，其所造成的动静和影响也已经很大，但造成事件和形成影响的原因却迟迟没有交代，等到一个恰当的时间再来交代事件的原委，是为追述。也许有的人会说这是补述，但这是无关紧要的文字游戏，并不涉及叙事理论和技术的大是大非。明白作者为什么要这样编织文本才是技术解密最重要的任务。

这两段追述文字，一段追述大炮变成"炮兽"的原因是"炮队队长"的"疏忽"，并且对"疏忽"进行了详细的机械原理方面的解析。

> 他没有把铁链的螺丝帽旋紧，大炮下的四只滑轮也没有堵塞好；这样就使脚板和炮架有了活动的机会，一切关键都没有合拢，所以那系炮的铁链，终于被挣断了。铁链既然断了，大炮就不再固定在炮架上。那时候防止炮身反座的固定止退索还没有人使用。一个大浪头打击了一下炮门，没有系好的大炮就向后退，挣断了铁链，开始在中甲板里面向四面八方疯狂地滚动。对于这种古怪的滚动要想得到一个概念的话，只要想象一滴水在一块玻璃上面滑走就得了。

第二段文字追述了大炮脱链时炮手们毫无准备的忙碌而惨酷的情状："有的聚在一起，也有分散的，都在忙着做未来的可能发生的战斗的准备工作"，以及当即造成的人员伤亡：炮随船颠，一去一来，压死四人，碾碎五人，其他"人都跑光了"。

这就是读者在开始接触这段节选的文本时所看到的，甲板上只见"炮兽"横行肆虐，不见人形身影的原因。这既是我们通过参与文本构建、阅读分析可能获得的，也是文本有明确的文字说明的。于是就有了接下来的描写文字：

> 这门巨炮孤零零地留在那里。它获得了充分的自由。它成为自己的主人，也是这条船的主人。它爱怎么办就怎么办。所有这些惯于在打仗时欢笑的水手们都哆嗦起来了。要描写这种恐怖的气氛是不可能的。

这艘战舰所属何国，摇曳浪海使向何方，负载何种使命，何人指挥，多少官兵，文本行进至此，读者仍然一无所知。进入读者视野的一共有 10 名炮手，一个是由于疏忽致祸的炮队队长，其他九人是非战斗死亡的炮手。

大概和读者一起经历了最初的混乱不堪、恐怖异常的时刻之后，舰上的官兵才如梦初醒。一场人炮恶战即在眼前。几个关键的人物进入了读者的视野，他们形容模糊，但特征鲜明。一个是船长布瓦斯贝特洛，一个是大副利·维厄维勒，还有一个人是与这艘船舰上的环境极不协调的那位"乘客，那个乡下人"。"船长"、"大副"这两位军人和专业技术人员与那个"乡下人"的表现形成了极大的反差："两个勇士"面对此情此景，"在楼梯上停了下来，一句话也不说，脸色铁青，犹豫不决，向中甲板里面张望"。勇士行为不果敢，主意难定，犹豫不决；而"乡下人"却从容果决，"用胳膊肘儿推开他们，走了下去"。这本身就是一种反讽。人物的身份及行为特征经由反讽形成对照，也给细心的读者留下这个"乡下人"究竟何人的疑虑？对他"乘客"和"乡下人"的身份已有几分怀疑，产生了人物关系究竟是怎么一回事的疑点。这是聪明的读者。

接下来，通过"乡下人"的"内视角"，我们看到了下面惨不忍睹的景象。

> 大炮在中甲板里滚来滚去，简直可以说它就是一辆活的《启示录》里的马车。
>
> …………
>
> 已经撞坏了另外四门炮，在船壁上撞破了两道裂缝。
>
> …………
>
> 四只车轮在死人身上碾过来碾过去，把他们切着，剁着，刷着，五具死尸切成了二十段在炮舱里滚来滚去，那些人头仿佛在叫喊。

....

　　全船充满了可怕的闹声。

　　随着"船长很快就恢复了冷静"，一场人炮大战即将上演。为了塑造一个肩负使命、智勇超群、临危不乱、赏罚分明的将军的形象，烘云托月、层层渲染的铺垫也酣畅淋漓地展开了。

　　先是船员们在船长指挥下的集体奋战，结果是大炮对军舰的"损害越来越严重……前桅已经有了裂痕，主桅本身也受伤了……三十尊大炮中有十尊已经不能使用……军舰开始进水了"。

　　面对危局的"那个年老的乘客在楼梯底像一尊石像一样站着，用严峻的眼光望着这种破坏的情况"。

　　情况万分危急：

　　　　这尊获得自由的大炮每动一动，就意味着这只船开始毁灭。再过几分钟，沉船就是不可避免的了。

　　"或者毁灭，或者立刻把这场灾难结束。"这是一个不相容的选择。在艰难的沉默中，那个"造成这次事故的炮队的队长""从方窗眼跳进中甲板里"，"于是一场凶猛的斗争开始了"。故事叙述者毫不掩饰地将之誉为"伟大的奇观"，这是：

　　　　大炮和炮手的斗争，
　　　　物质和智慧的战斗，
　　　　物和人的决斗。

　　在接下来的人炮博弈的细节描写中，叙述者将这场本来极不对称的博弈写得惊心动魄、跌宕起伏、险象环生、悬念叠起，又不乏诗意。其细节之琐细，简直是对读者阅读修养和耐心的一种考验。

　　但只要耐心读下去，读者又无不击节称好。三个回合的搏斗，呈现出三种不同的情态。每一次有惊无险的搏杀，都通过观战水手们的不同反应来渲染汉子的勇敢和险境。只有那个老者似乎才是一个不寻常的观战者。当情势严峻到"没有一个人能够自由地呼吸"的时候，"也许只有那个老头儿能够，他单独在中甲板里和这两个斗士在一起"。当"汉子已经到了绝境"，"全体船员发出"，只能"发出一声呼喊"的时候，"一直站着不动的那个年老的'乘客'冲了出去，动作比这一切凶猛的搏斗更加迅速。他抓住一袋伪钞，冒着被压死的危险把这袋伪钞扔到大炮的车轮中间"。这成了奠定胜利的点睛之笔。叙述者在对这一"具有决定性和充满危险的动作"进行了礼赞之后，以"斗争结束了"，"炮手向那位乘客行礼"表示感谢结束了这个场景。

最后的一幕，在船员们各就各位打扫战场，军舰带伤前进的时候，这个神秘的"乡下人"、"老者"、"乘客"终于被船长揭了密："将军，根据这个人刚才所做的一切，你不认为他的上级应该有什么表示吗？"

"老头儿转向布瓦斯贝特洛伯爵，把他身上的圣路易十字勋章取下来，系在炮手的短衫上"，随即命令"现在，把这个人拉去枪毙"，并且申明了他"勇敢必须奖励，疏忽必须惩罚"的治军准则。

也许有人会认为大战当前，正是需要勇士的时候，自斫良才，无异于自损。这很有点中国人熟知的"诸葛亮挥泪斩马谡"的意味。不错，但对这批肩负"特殊使命"的军人来说，这一举动还有更重要的意味，那就是即将开始的战斗也许百倍严峻于这次武装运输和潜伏所遭遇的不测，没有严明的纪律，是无法保证应有的战斗力的。文本中运用象征的手法，隐晦地暗示了这一点。

> 可是，在这件人人注意的悲惨事件发生的过程中，全体船员都被生和死的问题吸引住的时候，没有人知道军舰以外发生了什么事。
>
> 事实是雾更浓了，天气变了，风随着自己的意思把船吹走；船驶出了航线……温和的微风变成了北风之后，显出即将有大旋风或暴雨的迹象。这时在四个浪头以外的地方什么也看不见了。

浪漫主义小说的文本有直抒胸臆的咏叹，有执着学理的严谨，也有深沉的象征意味。好的小说又有哪一部不是众体皆备呢？

最后让我们来说说《九三年》吧。

杰出的小说家都是思想家。《九三年》是雨果最后一部长篇小说，它不仅是他小说艺术炉火纯青时的杰作，也是他思考法兰西国家政治、社会和大革命的结晶。

小说描写了 1793 年共和国军队镇压旺岱反革命叛乱的故事。故事高潮的矛盾冲突，在感性故事的层面和形式上，是在既有亲缘、师谊又分别属于不同政治集团的三个人身上展开的，实质上反映了人道与法纪、情感与理性这样一些同样正义合理的理念在同一个小说人物思想上的冲突。

郭文是共和国军的司令；企图颠覆共和、复辟王政的叛军首领朗德纳克侯爵是他的亲戚；被共和国派来监处郭文死刑的西穆尔神父又是郭文的老师。这是人物之间的关系与牵连，这可能在情感层面和意识形态利益层面产生冲突，但还不足以构成真正的冲突，还不是足以构成故事人物以牺牲肉身而致中和，成全人物人格和精神高度统一的情理的大冲突。真正的冲突是意识形态与意识形态、社会理想与社会理想、人道情怀与革命纪律的冲突。如何化解冲突、实现人物精神的统一则是小说关注的主要问题。

被困的朗德纳克侯爵在可以逃生的情况下，因抢救大火中的三名儿童而放弃生机，被共和军俘房后判处死刑。郭文在朗德纳克被押期间不仅探望了他，还私自放走了他，自己代替了他的位置。这不仅出于个人的情感，还有普遍的人道情怀。按照共和国的法律，郭文被军事法庭处以极刑。共和国公安委员会代表、负责监刑的神父西穆尔，在郭文断头之后也开枪自杀了。这三个人在不同的时间、空间和事件情景中都做出了放弃生存的选择。这些都不是出于个人的情感而行的不思之举，而是基于一种在当事人看来正义的理念与另外一种同样正义的理念的冲突。当这两种同样正义的冲突理念不能达成和解的时候，以牺牲人物生命来达成和解就成了无可选择的选择。

于是，三个人在生与死的抉择问题上做出了惊人一致的选择，弃生而求死。这颇有点中国人常讲的"舍生取义"的意味。

郭文放走朗德纳克并不是一时冲动，而是他有感于朗德纳克"舍生救童"的人道行为，听从了自身所坚信的人道主义原则的召唤。他认为共和国军这样处死朗德纳克并不荣誉，因此，他放走叛军首领是为了维护共和国军的荣誉。雨果"在绝对正确的革命原则之上，还有一个绝对正确的人道原则"的宣言，替他小说中年轻将领的放敌行为做了辩护。然而，在我们的有些外国文学课堂上，《九三年》成为"雨果身上资产阶级的人道主义局限性"的胎记[1]，一直以来备受批判。2010年由华中师范大学出版社最新出版的标举为"国家级精品课程"教材的《外国文学史》，在"雨果专节"中甚至连《九三年》三个字都只字未提。[2] 这样的一个处理方式，是一时的疏漏，还是学术眼光与艺术标准所致；是别有考量，还是另有隐情，我们不知道。

[1] 朱维之、赵澧主编：《外国文学简编》（中），中国人民大学出版社1980年版，第219页。

[2] 聂珍钊主编：《外国文学史》（二），华中师范大学2010年版，第234—243页。

我们知道的是，这是在中国大陆改革开放 30 年之后的重点教材建设项目。这 30 年不仅经历了真理标准问题的讨论、姓"资"姓"社"的意识形态争论、市场经济地位的讨论、马克思主义与人道主义的讨论，甚至还有隐隐的自由与民主问题的讨论，还有针对法兰西式革命，英国宪政究竟孰是孰非的纯学理的争鸣。不仅有这样成熟不成熟的理论问题的讨论，而且在经历了国内外多次重大的自然灾害、参与国际维和与人道救援等一系列事件大背景下的文化建设工程，对一个重要作家的重要作品的虚置，其问题值得思考。教材建设不只是简单的教学资源建设问题，它还担负着人类精神产品经典化的任务，任何选择和放弃的举动都应该是慎重的。特别是在今天，文科教材建设已经不只是一个学科建设和学术发展的问题，这种虚置给人提供了太多的联想空间。

当然，长篇小说《九三年》是否就只表现了一个"人道主义至上"的主题这一问题也是可以讨论的。有学者认为，故事的结局"生动地描写了 1793 年法国大革命中人们对待国家法律的态度"，"是一出典型的黑格尔意义上的悲剧——两种同样合理的道德力量的冲突，通过主人公的肉体生命的牺牲而达到和解，并升华为将两者统一于自身的、具有永恒意义的精神人格。对于郭文来说，国家法律并不是外在他律的限制，而是他自己的理性的体现，他在这个法律面前没有丝毫的恐惧感，而是以逻辑上毫不含糊的冷峻执行着它（即自己的理性）的要求。只有另一种和这样的理性同样神圣的人性力量——情感，可以与理性及体现理性的法律相对峙，但这并不能使理性的光辉变得晦暗不明，反而通过这种剧烈的冲突及其悲剧而表现出理性的崇高伟力。郭文以他的死，维护了法律的一贯性，同时也没有背叛他珍视的情感，因而他自己的人格精神的完整性便获得了希腊雕刻艺术般的永恒体现"[1]。

4. 一种生命与一首诗

—— 《安东诺夫卡苹果》文本特征解析

这是一种生命方式的复现，是一篇复现艺术的经典，是一种生命形式与艺术形式融合得难分彼此的风俗画与风情诗，一朵记忆文学苑中的奇葩。这便是笔者初读俄国作家伊凡·蒲宁之《安东诺夫卡苹果》的感受。

---

[1] 邓晓芒：《文学与文化三论》，湖北人民出版社 2005 年版，第 115 页。

　　作者以闲情记趣的方式，在弥漫着安东诺夫卡苹果的馨香中，追忆了贵族时代丰收时节庄园里苹果满枝，深秋来临时狩猎场犬吠兽叫、主仆和睦、陌路友善、富人勤俭、穷人高寿的美好生活。那里有俄罗斯中部农村美丽的自然风光和淳朴的风情。从文本中我们不难发现，无论在情操、语用还是形式上，文本的言辞都充满了那个时代生命方式的尊严和对这一切世随时移、风物不再的感伤。

　　"所有的回忆都会给人带来某种痛苦，这或者是因为被回忆的事件本身是令人痛苦的，或者是因为想到某些甜蜜的事已经一去不复返而感到痛苦。写作在把回忆转变为艺术的过程中，想要控制住这种痛苦，想要把握回忆中令人困惑、难以捉摸的东西和密度过大的东西；它使人们同回忆之间有了一定的距离，使它变得美丽。"[1]欧文这段话的关键词可以用"痛苦与美丽"来概括，而实现把痛苦变成美丽的过程是写作，是作者编织文本的工作和工作的成果——小说文本提供给参与其间的读者的审美感受。这无疑是对回忆类文学文本编织技术一般规律的抽象，而如何"控制痛苦"，使"回忆中令人困惑、难以捉摸的东西和密度过大的东西"通过理解、明晰、稀释等方式，使之与读者之间保持一定的距离，从而获得审美享受，这一过程是否同样存在一定普泛的诗学原则？如果有的话，在蒲宁编织《安东诺夫卡苹果》这个文本的时候，又是怎样个性地运用这些原则，采取独特的策略，使文本产生独特的审美价值的呢？这是本书的首要任务。

一、往事复现：闲情记趣散文化

　　复现是使回忆能够具体可感而又能够煽诱起新的回忆，由此及彼、延绵不断地由单一到丰富，由空洞到充实，由残缺到完美的诗学方式之一。它天生具有片断性、碎片化的特点，是记忆之海中突出水面的珊瑚礁。因为"所复现的是某些不完满的、未尽完善的东西，是某些在我们的生活中言犹未尽的东西所留下的瘢痕"[2]，所以，在文本上呈现非情节性、非故事化，没有完整的人物形象，文本呈现散文化的面貌也就自然而然。而与这种回忆的主题和感伤的情调如影随形的常常是有如溶溶流水的悠缓的叙事节奏和虽然日常却诗意化的场面描写。由此看来，正是叙述主题、对象及叙述主体的情感和艺术个性共同决定了文本的面貌。

---

[1]　[美] 斯蒂芬·欧文：《追忆》，郑学勤译，上海古籍出版社 1990 年版，第 134 页。
[2]　[美] 斯蒂芬·欧文：《追忆》，郑学勤译，上海古籍出版社 1999 年版，第 117 页。

所谓散文化的文体面貌，在这里也不是一个空洞的概念，而是可能且必须通过落实到对文本的具体分析上体现出来的。依笔者的理解，其主要表现为在内容方面的斑驳杂散，在叙事策略方面对于所描述的对象特征具体而微的而非普遍的概括，在文体面貌方面的综合化的特征。具体来说，它有诗的韵致、小说的片断、纪实的具象、风俗画的地域文化趣味和实用的经验性智慧的绍介。而当文本采取场面化的手段将所有这一切呈现在我们面前的时候，却是缤纷而不杂乱、浑然一体、韵帖有致，仿佛井然有序的生活常观，而非艺术虚构雕凿的幻景。安东诺夫卡苹果，这个极具地域文化特色和饱含深情的象征物，其所指已然不再纯乎只是俄罗斯中部地区出产的一种晚熟的美味苹果，而是沐浴了那个地区的阳光雨露，砥砺了那个地方的风霜雪寒，吸取了那方的天地精华，享受了那块土地上人们的辛勤耕耘和侍弄，又反哺养育了一方人民的象征物，是一种生活方式的象征，一种生命形式的存在，经过作者编织文本的努力，最后也成了一种艺术形式存在的象征。

首先，我们看内容方面的斑驳杂散。在小说自然分章的第一部分"金风送爽的初秋"里，我们姑且将这一章名之为"丰收的果园"，文本几乎要调动读者周身的传感系统去感受体验那个丰收季节里所有人的喜悦。有清晨果园的视觉画面：满目金黄、树叶凋零，稀稀落落的大园，槭树的林阴道；有要靠嗅觉味析的洁净的不复存在的空气，和弥漫在空气中的落叶的幽香以及安东诺夫卡苹果、蜂蜜和秋凉三位一体的芬芳；有不绝于耳的声音画面：运输苹果的大车发出的叽叽嘎嘎的响声，有雇工咯嚓咯嚓嚼食苹果大快朵颐的嚼咬声，以及主、雇之间温馨道情的劝勉；还有夜间运送苹果的知识插曲、星夜运输苹果的惬意感受，和充满智慧和喜悦的谚语。

这只是一个初秋的概貌，描绘八月里几场喜雨之后充满生机的果园。在接下来的叙述中，在以一天之内"清晨"、"入暮之后"、"深夜"的时序为经，以人物的活动场面为纬的图画（比如"清晨"，以果园主大窝棚为背景的果市买卖，活跃市井中的不仅有"小家碧玉"、"公子哥儿"等一拨"群众演员"，还有挺着孕腹招摇过市惹人评赞的"主角"——"村长年轻的妻子"；"入暮之后"的"深夜"，夜色隐没了人们的身影，"篝火"不仅成为生活必不可少的火把，凝聚人群润生情调的中心，也是艺术观照的中心，而声音——人语声、大门的吱扭声、列车路过时全息的声响和单管猎枪的枪声——再次成为作者突出的叙事重点）中，叙述更显琐细和枝蔓，仿佛没有经过剪辑的现场画面，流水账一般，但读来却毫无凌乱冗繁累赘寡味之感，反而仿佛有一种苹果之馥郁，生活的色彩与滋味让人回味无穷。这里，时序的牵引，一如游园的向导，不至于使读者迷失。而让人流连忘返的，是生活的情趣和作者饱含深情对生活的复现与重温。正是因为这双重的情和趣，才使得琐细而闲缓的叙述不至于令读者沉闷。为了真实性，也许更是为了真情的感染力，其中部分的生活场景是作为叙述人的"我"以"少爷"的身份亲历过的，比如深夜灯火熄灭之后的星夜孟浪与冒失放枪、机趣的对话、美妙的夜景和至情的生活感慨。这样的场面画卷即使久读也不会让人生有多余之念。

让我们一起来享受这生活的奢侈吧。

深夜，当村里的灯火都已熄灭，七颗如金刚钻般的北斗星已高高地在夜空中闪烁的时候，我又跑到果园里去了。那时我好似盲人一般，沙沙地踩着枯叶，摸黑走到窝棚边。到那一小片旷地上，光线就稍微亮些了，旷地上空横着白茫茫的银河。

"是您吗，少爷？"有人从暗处轻轻地喊住我。

"是我。还没睡吗，尼古拉？"

"我们怎么能睡呢。时间大概很晚了吧？我好像已经听到那班火车已经开过来了……"

我俩久久地侧耳倾听着，感觉到土地在颤抖。继而，颤抖变成隆隆的响声，由远而近，转眼之间，车轮好像就在果园的墙外敲打起喧闹的节拍了：列车发出铿嚓铿嚓的轰鸣，风驰电掣般奔来……越来越近，越来越近，声音也就越来越响，越来越怒气冲冲……可是突然间，声音轻下去了，静息了，仿佛消失在地底下了。

"尼古拉，你的猎枪在哪儿？"

"喏，就在箱子那边。"

我举起沉得像铁棍似的单管猎枪

…………

"嘿！真棒！"果园主说，"少爷，再吓唬一下，再吓唬一下，要不可够呛！他们又会爬到围墙上来把梨全都摇落下来……"

几颗流星在夜空中画出了几道火红的线条。我良久地凝望着黑里透蓝、繁星闪烁、深不可测的穹苍……生活在世界上又是多么美好呀！

文本自然分章的第二部分，权且称为"富饶的田野"。这不仅是指物质生活的富裕，而且更有精神生活的富足；不是一部分人的富裕与富足，而是所有人的富裕与富足；不是一个阶层的富裕与富足，而是所有阶层的富裕与富足。在这里，故事叙述者仿佛在尽一个社会工作者的职责，进行田野调查，而小说文本的叙述方式也真有些田野报告的特征，既有结论的陈述，又不乏事实的支撑，而这种事实又不是抽象的概括，而是生活原生态的感性的画面。

在叙述的策略上，细腻的场景、蜻蜓点水式的概述和强烈主观感受的复现、形神兼备的点染，并然有别，又交相互见，共同构成了一幅富裕程度有别、精神特质鲜明、富庶相安和谐共处的生活画面。不同阶层的人们精神面貌也卓然有别，但又有着共同的高贵的精神底色。富裕的人家乐天知命，幽默豁达；中等的贵族克勤克俭，节制含蓄；真正的大贵族则高贵而谦和。

在勾勒富裕人家的生活画面时，作者先描绘这群人生活的环境：雄鸡报晓，炊烟袅袅，薄雾萦绕，光秃秃的树干，清澈见底的池水，麦场金黄，群鹅悠游，天湛湛蓝，人发苍苍。只有这样的生活环境才能孕育出下面的展示人的精神气质的场景——叙述时间与故事时间基本相等的对话。

> "潘克拉特，你什么时候才死呀？你说不定快一百岁了吧？"
>
> "老爷，您说什么？"
>
> "我问你多大年纪了？"
>
> "连我自己也记不清了，老爷。"
>
> "那么你还记得普拉顿·阿波尔洛内奇吗？"
>
> "怎么记不得呢，老爷，——记得可清楚哩，活龙活现的。"
>
> "瞧，那就得了。你少说也有一百岁啦。"

这是一个展示人情关系和人的内在精神气质的场景。对话谐和，充满机趣，没有任何交代，只从对话中人的互称和对称时的人称代词选择，使人物社会关系一听了然。百龄高寿的老人腰板笔直，除了偶尔的长句听声不得音，需要对方重新释问外，余下的交流顺畅无碍。老头记忆了得，谈起他们共同知晓的某一个年深日久的人物，不仅"记得清楚"，而且"活龙活现"。体态神情散发的交流信息不仅丰富，而且蕴藉幽默。

> ……老头，温顺地、面带愧色地微笑着，像是在说：有啥办法呢，真是抱歉，活得太久啦。

这样的一种生活方式，劳动在这里也不再只是为了生计而不得已的劳作和无奈的选择，更不是对人的一种惩罚，而是存在的价值体现与幸福生活的需要："人生的乐趣莫过于割麦、脱粒，在打麦场的麦垛上睡觉"，"当个庄户人是件异常诱人的事"。

> 除此之外，我想如果还能有一个健壮、美丽的妻子，穿着过节的漂亮衣裳，和你双双乘着车去望弥撒，过后又一起到蓄着大胡子的老丈人那儿去吃午饭，午饭是盛在木盘里的热气腾腾的羊肉、精白面包、蜂蜜、家酿啤酒，——如果能过那样的生活，人生还有什么他求呢！

而对于中等贵族的生活，其生活方式则以同富裕的庄户人家一样"同样克勤克俭，同样过着那种老派的安宁的乡居生活"的概述加上简单的速描式的例举和背景勾勒一笔带过，给人一种遽逝的空落和辽远的怀想。

真正的贵族生活已经离今天的人们很远很远了，只有"虽然未曾经历，未曾见到""却有过体味"而又无限伤逝的叙述者才能栩栩如生地娓娓道来。故事讲述的只是一座庄园和一个贵妇的故事，透露的却是整个贵族生活方式和贵族精神的气息。文本中的庄园与庄园主不只是一种物与物主的简单关系，而且是一种体制、一种环境、一种精神气质和贵族文化之间相生互伴、此消彼逝的既神秘又再显性不过的关系。气场不再，气也就难在。就叙述的策略而言，这正是古典主义环境生人、人生精神的一脉相承。

真正的贵族庄园并非庭院深深、高堂广厦，而是古朴坚固、古木森森，散发着悠远诱人的气息。园中的一切：居家生活的什物，交通的车马厩棚，老态龙钟的家奴，群鸟栖居、盛产苹果的果园，加之年深日久、坚固如常，"并不大，矮墩墩的，已下沉到地面，可是给人的感觉却是它永远也不会有倾圮之日"的宅第，建筑的生动厚重，造形的别致，附属建筑的形色谐和，肥肥的、憨态可掬、安详停栖的鸽子，屋顶间数以千计急雨般群飞的麻雀，给人以"是个有生命的血肉之躯"的感受，这一切让人强烈地"感觉到"仿佛"农奴制不但依然存在，而且未见衰微"。而"身材并不高大"却"结实硬朗"、披戴长阔，"傲岸而又和蔼"，招待殷勤而又家长里短的唠叨的女主人，更是让人倍感亲切。这一切如同爽凉的秋风。制度造就的环境，以及在环境中久经滋润和年深日久陶冶的精神，宛如历年的醇芬，令人心醉。

姑母及其庄园成了贵族生活方式及精神气质的标本。大凡进过那样的宅第，见过那样的妇人，领略过那样生活情调的人，谁又能忘怀呢！而让读者产生这种留恋和憧憬之情的无外乎这样一个场面的描写。

一走进宅第，首先扑鼻而来的是苹果的香味，然后才是老式红木家具和干枯了的菩提树花的气味，这些花还是六月份就搁在窗台上的了……所有的房间，无论是仆人室、大厅、客房，都阴凉而昏暗，这是因为宅第四周古木森森，加之窗户上边那排玻璃又都是彩色的：或者是蓝的，或者是紫的。到处都静悄悄，揩得纤尘不染，虽然那些镶花的圈椅和桌子，以及嵌在窄窄的、螺纹状的描金镜框内的镜子，给人的感觉却是从来也没有人用手碰过它们。就在这时，我听到了咳嗽声：是姑母出来了。她身材并不高大，但是，就像周围所有的东西一样，结实硬朗。她肩上裹着一条又长又阔的波斯披巾，走出来时的气度显得傲岸而又和蔼。她马上就和你无休无止地缅怀起往事，谈论起产业的继承问题来，一边立刻摆出吃食来款待客人：先端出来的是梨子和安东诺夫卡、"白夫人"、波罗文卡、"丰产"等各类品种的苹果，然后是丰盛得令人张口结舌的午餐：粉红色的火腿拼青豆、八宝鸡、火鸡、各色醋渍菜和红克瓦斯——克瓦斯味道浓厚，甜得像蜜一般……朝向果园的窗户都打了开来，吹进了阵阵凉爽的秋风……

这样一大段文字，一个很精细的场面描写，其实可以从"就在这时"处一分为二，划分为两个段落。前一段不但有室外的环境的绘状：室内家具的陈设搭配，家具质地、工艺和色彩的介绍，还有故事讲述者的耳目嗅觉等作用于这一切之后的感受的传递。这是现实主义小说特别擅长和注重的环境描写。

这里不妨将整段文字重新分节之后，重读重赏，深味回匀，感受人与物、景与情的协和。

一走进宅第，首先扑鼻而来的是苹果的香味，然后才是老式红木家具

> 和干枯了的菩提树花的气味，这些花还是六月份就搁在窗台上的了……所
> 有的房间，无论是仆人室、大厅、客房，都阴凉而昏暗，这是因为宅第四
> 周古木森森，加之窗户上边那排玻璃又都是彩色的：或者是蓝的，或者是
> 紫的。到处都静悄悄，揩得纤尘不染，虽然那些镶花的圈椅和桌子，以及
> 嵌在窄窄的、螺纹状的描金镜框内的镜子，给人的感觉却是从来也没有人
> 用手碰过它们。

这个环境描写既是一种物质化东西的罗列，也是某种文化精神和人的内在精神
外化的表现。它是为人物服务的，既为人物的出场服务，也为人物的精神气质服务。
同时，它也是为读者阅读服务的。因为它给阅读者一个很强烈的心理暗示：生活在
这里的主人是什么样的人，和应该有怎样的形貌气质特征，又有着怎样的内在精神
生活情操等一类阅读猜想。

有前面环境描写的铺垫和由之而产生的阅读猜测和期待，接下来转移到对女主
人的关注也就顺理成章了。

> 就在这时，我听到了咳嗽声：是姑母出来了。她身材并不高大，但是，
> 就像周围所有的东西一样，结实硬朗。她肩上裹着一条又长又阔的波斯披巾，
> 走出来时的气度显得傲岸而又和蔼。她马上就和你无休无止地缅怀起往事，
> 谈论起产业的继承问题来，一边立刻摆出吃食来款待客人：先端出来的是
> 梨子和安东诺夫卡、"白夫人"、波罗文卡、"丰产"等各类品种的苹果，
> 然后是丰盛得令人张口结舌的午餐：粉红色的火腿拼青豆、八宝鸡、火鸡、
> 各色醋渍菜和红克瓦斯，——克瓦斯味道浓厚，甜得像蜜一般……朝向果
> 园的窗户都打了开来，吹进了阵阵凉爽的秋风……

故事讲述人从女主人的外貌服饰到言为举止所散发的内在的精神气质的描写，
无论是印象式的一带而过的外貌交代，还是一条披肩的刻意点染，还是让人产生食
欲冲动的充满浓郁地方特色的待客果蔬和美味佳点的精细化描写，既给读者以意料
之中的阅读自信，又有意料之外的阅读惊喜：高贵却一点也不彰显，平常的让人难
忘的印象。"傲岸"又"和蔼"，好客又不让拘束，平常而高贵。这才是一种真正
的贵族精神。而这一切表面上衣食住行的罗列，都不是基于财富的炫耀，而是对一
种生活方式、文化传统和民族精神的阐扬。

这样一个场面描写也可以说做到了典型环境、典型人物和典型精神的合一。

文本自然分章的第三部分是"狩猎：最后的地主精神"。什么是地主精神？这是需要真正读懂文本才可能有答案的问题，也是常读而时新的一个问题，是需要深入地体味方能举言探讨的问题。这种猜测正确与否，可以通过一两遍浅尝辄止的阅读之后，才能尝试答问。也许它浸润在地主生活的方方面面，既在庄园里，也在庄园外；既在狩猎中，也在狩猎外。

贵族生活的没落从外在的物质形式的方方面面自然不难发现，当庄园的存在只是一个物质外壳的存在，充实其间的物什人事已荡然无存的时候，一种生活也就不复存在了。失去了生活支撑的某种精神的存在也就显得特别的悲壮，令人感伤和怀想。我们在这一章里仿佛正是看到了这一种景象。

庄园不是单纯的一种建筑格局和地产名物，比如"拥有大片的领地和二十来俄亩的果园"，而是一种生活方式，比如有"三驾马车"、"供骑乘用的'吉尔吉斯'马"、"猎狗、灵狮"、"家奴"和享受这一切的庄园地主。这些生活器物与人畜也不是毫无目的罗列的，它们都是冬季狩猎须臾不可离开的伙伴。

狩猎是在农事林事已尽，果园麦林开始变得空旷，秋尽冬来时节的盛事、乐事。所以，在进入狩猎之前，有两段冗长的季节转换、天象骤转、物候渐变的叙述。人民教育出版社在为全国使用其教科书的教师提供的《教师教学用书》中，对这两段在创作技术上的解读是："狩猎固然是这组图画的中心，但作者还安排了几幅图画与它映衬。"映衬什么呢？这里的"它"根据前后语境自然是"狩猎"的场面描写了。但接下来的进一步的分析却根本没有与狩猎沾上一点边，所谓"雨季的景象"描写中"明与暗、轻与重、动与静的对比"，并不是为了"充分展示作者高超的色彩运用"技巧，后面"本来是静态的景观被作者一写竟然充满了动感……给人非常明艳的印象"，也不是要"将沉重与轻盈的质感并列在一起，达到巧妙的错落平衡"。假如这种解释不能发现冗长细腻的季节转换景象描写和"支撑着日趋衰亡的地主精神——狩猎"有什么内在的联系，那么教参的编写者至少是误读了文本内在的情感逻辑和作者看似平常实则高超的创作技巧。这样绵密的文本编织策略不是为了"炫技"，恰恰相反，正是为了"藏拙"，以至于专业的读者都没有发现其聪明之处。

在接下来的一段"雨霁日出"中，"作者毫不吝惜地使用着浓重的色彩"，描写黑森森的果园、绿松玉般的碧空以及乌油油的田野，也不是为了"让人忘记了冬天就要来临"。如果与这一章前一节和后面的文本结合起来看，它的作用不是为了"让人忘记冬天就要来临"，而恰恰是对故事中狩猎的人们和参与文本建构的读者的提醒：冬天就要来临，狩猎的季节终于到了。"雨霁日出"之后自然景象的"清澈明净"固然是一种自然而然的景象，但至少也是等待狩猎季节到来已久的猎手心空放晴的写照，也是给那些期待狩猎场面的读者的一个交代。从阅读的心理考量，前面的延宕正是为了通过推迟满足观猎场面的策略，激发更大的阅读快感。

这样看来，关于雨季景象的冗长细腻的描写，其实真实地表现了故事中猎手们在等待猎季到来时的无奈和对雨季结束的期待。只有在无奈的等待和热烈的期待中煎熬的人们，对时间和时间之流的天象的每一丝变化才特别敏感。只有在复现营构这种画面的时候，关于气象和物候变化的细腻描摹和冗繁的叙写，才具有合理合法存在的依据与必要。所以，高明的写作者总是不露声色又恰到好处地选择叙述时间，恰如其分地展开叙事的空间。

文本中庄园的猎手们正是处于这样一种情境中，他们对天象及物候的每一丝变化都特别敏感，这种敏感就成了文本描写细腻冗繁的依据。教参的编写者只看到了现象，没有看到这样结构文本的本质，只知其然，而不知其所以然，所以才做出了作者炫耀写作才华的理解。也许三流的作者会动那样的心思，真正的复现不是为卖弄。看来做一个真正的、识货的读者也不容易。[1]

长久的期待或者压抑，都会产生巨大的激情，爱情是如此，狩猎也不例外。所以，猎季开始时的场面也就特别的热烈。相信爱好热闹、敏于感官刺激、沉溺于其中的读者都会受到这种激动人心的场面的感染，甚至产生手舞足蹈、跃跃欲试的冲动。这是一个壮观的场面，是一个讲究高节奏的叙述，既有全景观照，又有细节贯穿；叙述人既有亲历其间的真切体验，又出乎其外的对狩猎场面的"旁观"。

小说文本即使仅止于此，对于狩猎场面的复现也已是绘声绘色，令人流连。然而，假如俄罗斯旧贵族的地主精神仅止于此，会怎么样呢？那一定是一种不完美的精神，是一种有着重大缺憾的精神。所以，上述的场面描写只是壮观的狩猎图画一部分，不是全息图。接下来描写的狩猎间隙的书卷闲暇就成为了不可或缺的部分。

"书卷闲暇"部分对主人书房的描写不仅有大格局的整体介绍，而且还有书册

---

[1] 这里提出的值得商榷的解读文字皆见《语文·外国小说欣赏·教师教学用书》，人民教育出版社 2007 年版，第 27 页。

封面装帧、发黄的纸张的细节描写和闯入者观感的抒发。它的作用不只是通过场面的动静互补、叙事节奏的急缓相济，延绵了小说文本的叙事时间，拓展了小说文本的叙事空间，丰富了小说文本的内涵，开阔了阅读者的视野；更重要的是它润铸了一种真正的地主精神的内涵，展示了一种生活方式的审美情韵，是服务于揭示"地主精神"这样一个总的主题而不可或缺的一部分。

康德说："美有两种，即崇高感和优美感。每一种刺激都是令人愉悦的，但却是以不同的方式。""崇高感感动人，而优美感则迷醉人。""崇高必定是纯朴的，而优美则可以是经过装扮和修饰的。"[1]诚然，这样两种美并不是对立的，而是相辅相成的，甚至可以说是一体两面的，是一种精神的两种侧面，它们之间是互生互补同胎共体的。只有其中任何的一个方面，或许只能说具备了美的某种元素，但还不是真正切切的美本身。最后的"地主精神——狩猎"在文本中不只是一种活动的介绍和活动场面的描述——尽管其中不乏这样精彩的片断——而是一种生活方式的复现，一种精神的演绎，一种气质的展示。也许真正的地主精神正是这样一种狂野而不失优雅、粗犷而不乏温馨的某种既质朴又神秘的东西。

末一个部分，如果我们一定要给它一个命名的话，就叫作"朝辉夕景：温馨悲凉的小地主时代"吧。它由秋夜馨思、一个小地主的早晨、初雪悲歌三个场面描写构成。它的结束不仅是本章的完结，而且是全篇的结束。这是一个不无悲凉的结束，与全篇开始时的那种欢愉的场景与深情的回顾相呼应，特别令人感慨而神伤。

以上是对整个文本内容呈现、内在情感、技术支撑三位一体特征上的一些分析。下面我们就回忆主题文学所涉及的一些诗学问题进行一些探讨。

二、回忆与拒绝回忆：情感的张力与文本延展的驱动力

文学从某种意义上说是一个民族心灵的日记。它不只是岁月的流水记录，而且是记录者情感的记录。《安东诺夫卡苹果》中故事的叙述人"我"，不仅是过去部分生活的见证人和亲历者，也是历经岁月荏苒、人事代谢、风俗革变和社会转型时期物事消长、世态易变的见证者、亲历者、思想者和记录者。

美好的往事不再，温故难免感伤，回忆总给人失落，而拒绝回忆不只是一种面对现实的权宜之计，也是一种不得已的选择。然而，有时候刻意的压抑和拒绝反而

---

[1] ［德］康德：《论优美感和崇高感》，何兆武译，商务印书馆 2004 年版，第 1—4 页。

会产生更强大的诱惑。宋代词人章良能在一首词中就有这种情非得已的感慨。

> 柳暗花明春事深。小阑红芍药，已抽簪。雨余风软碎鸣禽，迟迟日，
> 犹带一分阴。往事莫沉吟，身闲时序好，且登临。旧游无处不堪寻。无寻处，
> 唯有少年心。

这是一首怀人之作。世间无物抵春愁，在柳色渐深、芍药花欲绽的春日，怎能不让人想起旧时的爱恋之人呢？"春事深"大概是不无双关之意的，既是春深时节的实写，也是美好的往昔之情景人事所藏之深、无法忘怀的暗喻。此情只能成追忆，"无寻处，唯有少年心"，然而，情深深、意切切、往事历历，人说相思易，相思于"我"又哪堪回首。

此情岂独古人有，今人一样愁断肠；此意何止华民有，西人一样剪不断。所谓东海西海，情在理在。所以，当刻骨铭心的往事一次又一次顽强地浮现，强迫人们踏上回忆之旅的时候，也就是叙事者一次又一次开启回忆之门的时候。

> ……我怎么也忘怀不了金风送爽的初秋。
> ……我至今还记得那凉丝丝的静谧的清晨……记得那座……果园……
> 丰收年成的情景，我是怎么也忘怀不了的。
> 我至今还记得他的老伴。
> 我对中等贵族的生活方式还记忆犹新……
> 我至今还记得在安娜·格拉西莫芙娜姑家，我对这种制度却有过体味。
> 我至今还能感觉得到，当初我策马……
> 安东诺夫卡苹果的香气正在从地主庄园中消失。虽说香气四溢的日子
> 还是不久以前的事，可我却觉得过去了几乎整整一百年了。

每一句话都成为一次回忆的起点，文本中每一个生活片断、每一种风物景象、每一幅音容笑貌、每一个对话……无不是在这样一种强烈的情感撞击下升腾起来的。从众多"怎么也"式的表达中，读者强烈感受到了叙事者顽强的回忆克制，而这一克制一次又一次归于失败，不得不进入或欣悦或感伤的时光隧道。每一段叙述的结束，莫不产生巨大的失落。哪一次又不是陷入拒绝失败的陷阱。

这样表述的叙述功能除了结构的接榫，叙述情感的定调，叙事者进入叙事状态

的情绪交代外，还有一个反复的叙述时态的强调。从上述引文中可以发现时间副词"至今"的高频出现，没有这个时间副词的句子加上这个词也没有对表达形成什么干扰。这说明没有时间副词的句子，不管出于什么目的的省略，而叙述时态的强调都是隐性存在的，并且一律都指向现在时。这一现在的时间指向似乎还存在另一种意味，这就是回忆时的"我"与故事中的"我"虽是同一个"我"，但又不是一个"我"。现在的"我"是一个回忆者、思考者，而故事中的"我"则要么是故事的一个参与者，要么是故事的见证者，是一个过去的"我"。过去的"我"与现在处于回忆中的"我"对待过去之事的情感和态度是完全不一样的。过去之"我"是欣然的，现在之"我"是惆怅的；过去之"我"是"行动者"，是生活着的；现在之"我"是回忆者、思考者，是依靠回忆生活着的。两个"我"互为参照，这中间的距离形成的意味既是显在的，也是意味深长的。

三、安东诺夫卡苹果：唤起往事的记忆之物

所有的阅读者都注意到"安东诺夫卡苹果"在文本中所具有的不同寻常的意味。我们本次的赏析题目之所以命名为"安东诺夫卡苹果：一种生命与一首诗"，是想从两个层面来说明问题，一个层面是说"安东诺夫卡苹果"的象征意味。它是一种生活方式，一种生命形式的象征，是一个时代、一种制度的象征，也是亲历者"我"、回忆者"我"和故事讲述者"我"一段美好生活的象征。这个并不难理解。

另一个层面是说"安东诺夫卡苹果"在文本中具有一种经典回忆类主题文本中"往事"与"记忆之物"的诗学特征。"过去的记忆总是附着在'记忆之物'上面的，而文学家的使命正是对记忆之物的捕捉。"[1]"记忆之物"的选择既是个性之物的选择，也是共同之物的寻找。找到了好的记忆之物，不仅能成功地唤起一种对过去的共同的回忆，而且能给回忆文本找到坚实的美学支撑。所以，评论家认为对于回忆主题文学的作者而言，"使命正是对记忆之物的捕捉"。

其实，记忆之物的选择不仅是对于作者十分重要，对于文本中的叙事者也同样如此。当杜甫在"江南好风景"的"落花时节"邂逅李龟年的时候，为了唤起这位当年深得唐玄宗宠幸，如今却流落江南的名优对往昔生活的记忆，诗人选择的"歧王宅里"和"崔九堂前"的宴饮欢歌，是活动，是场面，是情景，也是特殊的空间。

---

[1] 吴晓东：《从卡夫卡到昆德拉》，生活·读书·新知三联书店 2003 年版，第 51 页。

岐王宅里寻常见，崔九堂前几度闻。

正是江南好风景，落花时节又逢君。

当杜牧发思古之幽情，欲将读者的记忆引向三国赤壁那一段历史往事的时候，他选择的记忆之物是"折戟"。因为读者一旦了解了它，就想起了"前朝"的人和事，从而获得了一种历史的兴替之悟。

折戟沉沙铁未销，自将磨洗认前朝。

东风不与周郎便，铜雀春深锁二乔。

我们说"记忆之物"在回忆类文学文本里具有特别的诗性特征，具有别样的美学意味，是因为古今中外的文学家，特别是伟大的文学家们在各自的创作中共同建立了一种叙事的范式。一旦一件东西被选中作为了"记忆之物"，那么此物即非本物，而成为"有灵之物"。即使它不复存在，也会在人们的记忆中留下色、形、姿（态）、味、韵、神貌。"安东诺夫卡苹果"就是这样的一个"记忆之物"。

四、沉溺与救赎：回忆文学的存在意义

从某种意义上讲，人类的文学关注视线与他们的目标正好是相反的。关注未来的主题，不仅是基于当下的考虑，而且在某种意义上正是要通过对未来的关注引发对当下生存方式的思考；对过去的关注则往往成为思索当下生存的一种方式；立足于当下、书写当下、当然是对当下生活的一种干预，然而就其本质而言，更是对未来的一种交代，这自然是基于对人类整体意义上文学活动目的的考察。对作者个人而言，文人们追求不朽的方式之一，除了功德之外，就是文字的工作（中国传统文人有"三不朽"的人生追求，即立功、立德、立言，这是士人实现生命价值的三种方式），文学当是其中最具诱惑力的。这在过去一直被认为是只有中国文人才有的冲动。其实"文学不朽性的承诺在西方传统中当然也不少见"[1]。

对文学活动目的不同向度的考察产生的差异，无法掩盖这样一个事实：即文学活动本质上是一种记忆的活动。人类的记忆有公共记忆和个体记忆，而文学活动是最具个体记忆而又最能引发公共记忆的方式。因为它是不抽象的记忆，而是琐细的、感性的、片断式的记忆。这种以琐细、感性、片断为记忆特征的记忆方式，在人类

---

[1] ［美］斯蒂芬·欧文：《追忆》，郑学勤译，上海古籍出版社1990年版，第1页。

神奇的经验和想象完形能力下，转化为对整体的复现，对整个事物、整个事件和时代的充满期待的再现。正是在这个意义上，沉溺于过去不仅成为一种叙事动力和叙事方式，而且成为一种生存方式。

就《安东诺夫卡苹果》而言，对往昔生活的叙述不仅是作者有意记忆的一种文学活动，是作者选择叙事者身份、建构故事框架、选择记忆之物、筛取记忆事实的文学活动，而且是作者倒入时光隧道，重温过去，随机感遇的一次精神漫游与穿越；它不只是对过去生活的种种叙述与描写，而且本身就是对过去生活的一种重建、一种唤呼，是作者抗拒现实的一种方式，也是自我救赎的一种方式。

第三章　主题的隐显：英雄的传说与成长的寓言

主题是一切文学艺术作品或显或隐、或明或暗地传达的某种意念和信条。对主题的关注是一切小说阅读的出发点，"我们不可能不注意小说的主题而能深入地了解情节和人物"[1]。

"传统（小说）的主题是通过人物、事件而散发出来的，通过作者对作品、对世界的评价与感受所体现出来的，通过作者或人物情感与思想的表达所显示出来的。"[2]这说明，主题有某种主观性的意味，是被赋予或强加的某种意图，是经过某种组织化处理了的东西。我们过去常常用"通过什么，表现了什么，反映了什么，歌颂了什么，鞭挞了什么，揭示了什么"之类的表述方式来进行主题概括，其实就是在这种主题观下的一种对小说主题的认知活动。这种观念的好处也是有的，那就是有了一个基本的主题认知方法，对不对都能说上几句，对那些图解概念、表达目的十分明确、创作意图和文本策略关系明显的小说很好使；不好之处是过于格式化、形式化，容易导致以故事主题代替文本可能蕴涵的真正的主题的偏颇甚至错误。

这让笔者不禁想起了一部红色经典舞剧——《红色娘子军》。这部剧的主创意图是非常明显的，就是想要通过一个穷苦女孩子吴琼花的遭遇和成长历程来诠释一个革命的主题——"无产者只有解放全人类才能最后解放自己"。事实上，当时的整个艺术界和学术界也是这样来向大众宣传这部歌剧的主题的。即使在艺术欣赏背景发生了巨大变化的今天，对这部剧的艺术表现和主题蕴含之间的关系好像也没有什么太大的反思，但是"思想解放"运动之后的人们却用行动表明了他们对生活的理解——先把自己的事情办好才是最重要的，换句话说，只有先解放了自己才能有可能去解放别人。这样一种思潮弥漫整个社会，深入人心，使得一切既往的理想和

---

[1]　[美]布鲁克斯、沃伦编著：《小说鉴赏》，主万等译，世界图书出版公司2006年版，第220页。

[2]　刘恪：《现代小说技巧讲堂》，百花文艺出版社2006年版，第266页。

利他主义都受到了深刻的怀疑，实用理性至高无上。

"无产者只有解放全人类才能最后解放自己"这样一个主题在当时是这部剧一个无可争议的"真理性"的说法，至于这部剧到底蕴含了什么样的主题，其实没有多少人从艺术欣赏和文艺批评的立场作深入的探究。也许有，但不能，或是不敢"冒天下之大不韪"而独立宣言。如果从批评和艺术的立场出发，做切实的探讨，则无论在昨日还是今天，实际的观赏所获可能不仅无法认同主创者们的主题预设，而且还有可能会得出完全相反的结论，即"无产者只有首先解放自己才能解放全人类"。剧中的女主人公吴琼花如果不逃出南霸天——剧中的反革命罪恶势力的代表人物——的魔掌，获得人身的自由，她哪里能有解放海南岛上像她一样被侮辱与损害的"阶级姐妹"的可能性呢？更不用说解放全中国和全人类了。她参加了红军，如果不是在中国共产党——在剧中是通过党代表洪常青来体现的——的教育下，自觉地改造农民阶级身上与生俱来的"非无产阶级思想"，她不仅不可能成为娘子军的连长，拥有解放更多劳苦大众的力量，而且极有可能在自己狭隘的个人复仇意识主导下，给整个部队造成无法挽回的损失。

这个女战士的人生遭遇和成长历程正好说明了无产者只有不断地解放自己——从政治上解放自己，进而从思想上解放自己——才有可能实现更高远的解放他人、解放海南岛、解放全中国，直至解放全人类的远大目标。这是一个创作意图与真正主题相矛盾的典型例子，也是一个不从艺术文本出发，按照某种意识形态理念强说主题，导致曲解和谬赏的一个典型。这样的事在一个特殊的阅读年代里多得很，在一个不根据具体文本选择解读策略的僵死的模式下，得出与故事及文本本身南辕北辙的所谓艺术主题也是顺理成章的事。

这个例子还说明，艺术文本或者文学文本是一个生命力的存在，有它自身内在的逻辑，阅读作为对文本意义的一种发现和建构，也不是恣意而行的，除了要合目的，更要合规律，否则就会产生误解和曲解。

现代小说观念下的小说主题探讨认为，"首先，不能把小说的主题简单地看做就是故事的题意"[1]。主题是一个批评术语，主题是关于人类价值观念的一种议论。考察小说的主题固然重要，但是，探究小说的主题为什么是这样而不是那

---

[1]　[美]布鲁克斯、沃伦编著：《小说鉴赏》，主万等译，世界图书出版公司2006年版，第220页。

样，可能更重要。

这样说可能太抽象，那么，我们下面就举例来说明。理查德·赖特有篇名为《人，差点儿》的小说，讲了这样一个故事：有个叫大福的小伙子，17岁了，说话结结巴巴，好奇心却像一个8岁的孩子。这个即将成人，而思维能力却处在儿童状态下的孩子特别想长大，并且渴望有一支枪。大福一家人在一个白人老头霍金斯的种植园里做雇工。有一天，他在一个叫乔的人的店铺里找到了一支老式的左轮手枪，于是缠着妈妈要来两块钱买下了那支枪。有了枪的兴奋使孩子觉得很威严，于是，他时常举着枪瞄准想象中的仇敌。他去霍金斯家的种植园，套了一头老驴下地干活，犁了两畦地，然后举起枪来瞄准，四下寻找目标，漫无目的地打了一枪，结果打中了犁地老驴，老驴狂咆乱踢一番，倒地毙命。大福吓坏了，他的父母兄弟和种植园主霍金斯闻讯赶过来。这场大祸最终以赔偿霍金斯50块钱了结。大福在庄园干活每月工资2块，这意味着他要在这里足足地白干两年零一个月的活。每当想到要干几年的活来偿还一头驴，大福就睡不着觉。他在月夜里找到了那支左轮手枪，他要对老霍金斯的房子打一枪，在枪声中成为大福·桑德斯———一个真正的人。正在此时，一辆列车经过，大福爬上火车，跟着火车走了。小说就此结束。

这就是《人，差点儿》的故事梗概。你说这个故事的主题是什么？是一个孩子的种族反抗吗？这样的回答当然不算错，但你要说这篇小说也就只表达了这样一个主题，似乎就"差点儿"了。因为表现种族反抗的小说我们见得多了，并且都比它深刻，所以，不见奇，它就算不得好小说。换一个角度，如果我们说小说的主题表达了一种成长的意识，需要一种自身的力量来确证会怎么样呢？当然，也可以说小说其实表达了一个人在成长的关键阶段，身体成长与个人意识的觉醒。甚至可以说表达的就是一个人一生的自然延伸。

这个例子说明，故事与小说主题和小说阅读的关系其实是很微妙的。它很有可能是一个多元化的格局，任何一种抽象都有可能是对另一种意义可能性存在的遮蔽。

本单元选择的两篇小说，苏联作家马克西姆·高尔基的《丹柯》和巴西作家保罗·戈埃罗的《炼金术士》（节选），都是以主题表现见长的小说。这一方面表现在小说主题的广泛性与深刻性方面，另一方面表现在主题表达方式的技术方面——返体、借体宣喻，即利用最古老的文学样式——传说、神话及寓言形式来编织现代小说，形成神话体小说和寓言体小说，实现某种创作意图，达成交流目的。要弄清小说究竟说了什么主题，首先要弄清小说是怎么说的问题，于是，有必要对传说、神话和神话体小说、寓言和寓言体小说有一个基本的了解。

5. 英雄命运的神话体小说

—— 《丹柯》文本解读与主题探究

《语文·外国小说欣赏·教师教学用书》中关于《丹柯》的文本表现策略是这样表述的：

> 这篇小说是以民族传说的形式出现的，它的"寓教于乐"的色彩比较明显，小说主题的教育意义也在富于浪漫主义风格的故事中得以彰显：在《丹柯》中，作家歌颂的不是愤世嫉俗的个人主义英雄，而是以自己燃烧着的心为人们照亮前进道路的勇士。[1]

这个解读当然不能算错，但最多也只能算是"正确答案"之一种，不能说是唯一正确的标准答案，并且也并不是没有可商榷的空间。"丹柯的故事"究竟蕴含了一个什么样的主题，也是可以有仁智之见的。这不只是由小说主题解读者的主观性决定的，而且也是由小说文本本身的特质决定了的。"作家歌颂的不是愤世嫉俗的个人主义英雄"，这也许是就创作意图与主题的关系来说的，正如我们前文所讲，创作意图和文本意义之间很多时候并非是完全契合的，有的时候甚至是有矛盾的。关键是文本蕴含了怎样的意义，阅读者又读出了怎样的意义。况且，这里的"创作意图"不过是教科书编者的猜测，并不意味着它就是小说文本编织者的真正意图。

在文学阅读教学中，当涉及主题表达的时候，有一种值得警惕的表述范式是：阅读者在宣讲自己的阅读感受时，总是以权威和全知的方式宣布，作品表达了、作者通过什么表达了什么思想，作品通过什么故事歌颂了什么、批判了什么、揭示了什么等。实际的情况可能要复杂得多。作为个体的阅读者表达的实际上是"我"读到了什么，"我"认为文本表达了什么，"我"认为故事表达了什么，"我"认为作者的创作可能是希望通过什么故事想表达什么，而不是省略了上述诸多"我认为"的那种表达。因为当作品没有表达主题结论的时候，读者的阅读结论未必就是作者

---

[1] 《语文·外国小说欣赏·教师教学用书》，人民教育出版社 2007 年版，第 40 页。

想要表达的意图。诚如惠子所言："子非鱼，安知鱼之乐？"何况即使是作者有明确的主题表达意图，他写出来的故事，编就的文本本身违拗创作意图的事也是不乏见的，像我们上面说到的《红色娘子军》一样主创意图和文本表现相冲突的例子是不少的。

高尔基的《丹柯》就文学样式来说是十分复杂、难以一言以蔽之，它利用了民间传说的形式，带有神话的色彩，实际的情况可能是带有民间传说性质的神话体小说，又不乏寓言的理性特征。民间传说是就其所借助的人物形象来说的，神话体是就其文学形式上的浪漫主义的象征审美特征和叙事范式而言的；寓言理性是就其创作意图的倾向性来说的。所以，笔者认为它是一种复合体的文学样式，姑且称为神话体小说。

先来看寓言理性的审美特征。寓言是一种以假造的故事来说明道理的文学样式，它在满足文学"虚拟性"这一体征要求的同时，存在明显的实用价值取向——说教、宣喻、晓示等——传播某种思想、观念和理念。故事与主题之间的关系在功能上十分的明确。故事是用来承载思想的载体，是手段，是"用"；思想是目的，是"体"。它的审美特质在于智性、理趣，而不尽在形式之美。故事形式的形象性、易接受性、潜目的性是它被寓言家看中的主要优点。所以，寓言不是小说，寓言体的小说也不是寓言。这个并不存在理解上的难度，就像我们说《西游记》是神话体的小说而不是神话是一个道理。

神话是"一种流行于上古民间的故事，所叙述者，是超乎人类能力以上的神们的行事，虽然荒唐无稽，但是古代人民互相传述，却信以为真"[1]。它是处于童年时代的人类对自然、社会、自我等好奇心的一种天才的想象和解释。吴承恩（约1500—1582）在整理《西游记》的时候，正是西人马丁·路德宗教改革的时期，不仅如此，"从16世纪以来影响着人们相互往来和相互关系的一系列发明和设计，就作为系统思考的必然副产品，陆陆续续地问世了"[2]。随后，人类社会在西方开始了近代工业革命，科学和技术作为人类认识自然、社会和自我的成果，在改变人类生产生活方式的同时，也改变着人类对自然、社会和自我的进一步认识。东方的中国

---

[1] 茅盾：《神话研究》，百花文艺出版社1981年版，第3页。

[2] ［英］赫·乔·威尔斯：《文明的脚步》，刘大基、阎琬译，黑龙江人民出版社1987年版，第223页。

也已是处在走出中世纪前夜的时代，人们对自然、社会和自我的认识已经同人类童年时代的认知不可同日而语了。无论是《西游记》最初的故事说本讲叙者，还是最后的小说整理者，都只是自觉不自觉地利用了神话这种形式来吸引听众和进行小说文本的编织。所以，它不是神话，而是借用了神话形式的小说，是神话体小说，我们中国人称为神魔（怪）小说。高尔基的《丹柯》也可以看作是一篇神话体小说。

传说与神话的区别，主要在于文本所提供的形象在性质和叙事对象上分工比较明确。"神话所叙述者，是神或半神的超人所行之事，传说所叙述者，则为一民族的古代英雄——往往即为此一民族的祖先或最古的帝王——所行之事。"神话中也有英雄，但这些英雄一般都是主宰自然现象的神，"传说则不然，传说内的民族英雄，自然也是编造出来的，同神话里的神一样，可是在原始人的眼中，这些英雄是他们的祖宗，或开国帝皇，而不是主宰自然现象的神"[1]。

如果我们认同文学形式本身也是内容这样的文学理念，那么对形式的关注也是主题阅读教学中不可或缺的内容。

考察东西方的寓言，我们不难发现，两者在众多共性的基础上，也呈现出体式上的明显殊异之处。寓言研究者们将这两种寓言范式归结并命名为伊索式寓言和先秦式寓言。[2]

伊索式寓言有"卒章显志"的特点。这种"故事＋故事总结"的结构方式使得文本呈现"虚构性故事—寓言载体"＋"一段教训话语—寓言灵魂"的特点。

比如《狼和鹤》的故事。

> 有一天，狼吃晚饭的时候，一块骨头卡在他的嗓子眼里，噎得受不了，一个劲地咳嗽，在乡下到处嚎叫，向它碰到的每一个动物求救。
>
> "谁能救我，我会好好报答他。"狼说。
>
> 鹤听到狼的话，表示愿意帮忙。
>
> "把嘴张开，狼，"鹤说罢，就把她的长嘴伸进狼的喉咙。
>
> "这就是叫你难受的骨头，"鹤把头从狼嘴里缩回来，对狼很有礼貌地说，"我相信你现在可以把你答应过的报酬给我了。"
>
> "报酬，"狼狞笑着露出发亮的牙齿，完全忘记了他那疼痛的嗓子，"我

---

[1] 茅盾：《神话研究》，百花文艺出版社 1981 年版，第 4 页。

[2] 鲍延毅主编：《寓言辞典》，明天出版社 1987 年版，第 127 页、134 页。

没有一口把你的头咬下来，就算你走运，对你来说，那就是给你的报酬。够了，你这个忘恩负义的鸟儿。你从我这儿得到的当然就是这个了。"

如果你只是为了得到什么东西帮助别人，那你就会失望。

前面的故事中，最后一个独句（黑体字）成段的部分，就是寓言卒章显志的"教训"部分。在《伊索寓言》中所有的文本结构几乎都有这样一个特点：故事讲完了，最后一个部分要么独句成段，要么独词成段，以宣示教诲。《狐狸和鹳》的结尾是：Treat other people as you hope they will treat you（你希望别人怎样对待你，你就怎样对待别人）；《生病的狮子》的结尾是：Trouble makers make trouble for themselves（惹是生非的人往往自食其果）；《牡鹿和刺猬》的结尾是：You may have to fight people who cheat with their own weapons（以其人之道还治其人之身）。

或者像克雷洛夫做的那样将教训部分放在前面，故事紧随其后，比如《大象当总督》的寓言。

有的人声名显赫又有权力，却昏聩愚昧拙于心计，这非常糟糕，虽然他有善良的心地。

大象当了森林的总督，虽然它身材魁梧似双亲，但头脑糊涂，一点也不像它父母。

有一天，象总督坐在总督府，绵羊呈上状纸，控告狼对它们大肆抢掳。

象总督大怒，立刻审问狼。狼为自己辩护说："我们的慈父，难道不是您亲自指令我们，向羊征收冬季的轻微税赋？这些羊太不识时务！向它们每位只收一张皮子，它们就大吵大闹喊冤叫苦。"

大象听了说："噢，原来如此，那你们尽管征收羊皮子，但不许动绵羊一根毫毛。不然的话，我决不轻饶！"

这首寓言诗的道德箴言就置于篇首。

中国的先秦式寓言在故事的开头和结尾都没有教训话语，教诲蕴含在主人公的结局或故事自然而然的结果中。如《守株待兔》的结尾："兔不可复得，而身为宋国笑。"故事虽有鲜明的情感倾向，但没有明确表达讽刺刻板守旧、不知变通或者不劳而获等诲喻的言语。《丑女效颦》的结尾"彼知颦美而不知颦之所以美"也是这样的，情感态度鲜明，但没有明确的言语表达。（人们在学习知识或学习他人经验时，如果只知其然，而不知其所以然，势必流于形式而难见实效的诲意。"东施效颦"的故事本来是讽刺孔子搬用古之礼法，到处碰壁的，其语典化为成语之后比喻盲目学样，弄巧成拙）

高明的作者总是那些最善于讲故事而隐藏自己意图的高手。

在笔者看来，高尔基的《丹柯》是关于启蒙者和革命者命运的神话体小说。启蒙者和革命者不仅在其实践启蒙和进行革命的过程中是孤独的，而且很有可能遭遇启蒙失败而殒身不恤的命运；或者革命虽然成功，功勋却总是被遗忘，甚或其终难善的悲剧命运。类似的人物形象在中国作家鲁迅的笔下也有，《药》里面的夏瑜不就有点类似《丹柯》中的丹柯吗？老栓、小栓、华大妈、红眼睛阿义、一众围观刑场的看客等等一拨人就类似《丹柯》中的族人，夏瑜的狱中传道，挨了牢头的打，不仅不愤然而起，还反过来可怜红眼睛阿义的举动，为"民国"喋血，民众却食其血治病的遭遇与丹柯不计个人得失、不顾一己生死，始而遭抱怨，继而受诋毁，最后焚心带路，走出大森林后反遭践踏的结局在本质上又有何异？不同的也许只是鲁迅笔下的夏瑜是彼时社会变革中的现实英雄的艺术形象，而高尔基笔下的丹柯是他在投身俄国革命阵营时对先驱命运及大众现状思考的文学表现，以及他对机会成本的考量。这样说丝毫不影响这位无产阶级作家的伟大，反而更能彰显其伟大，因为他是在清醒意识到革命者悲剧命运的基础上，自觉投身到社会变革洪流中的文化英雄。鲁迅先生在《药》的最后缀加夏四奶奶上坟看见花环的结尾，自知这是与夏瑜故事的逻辑相抵触的。所以，他在后来的创作谈中对此做了明确的交代：这是为使先驱者不至于寂寞，凭空添上的一个花环，是在现实主义小说文本上缀续的一个浪漫主义的尾巴。如果没有这样一个结尾，那么，是否可以说鲁迅的《药》所反映的中国社会变革这样一个民众基础正好呼应了在我国近现代历史和思想史方面的一个结论，即保守的精英知识分子在进行了一系列变革中国社会的实践之后得出的一个结论：基于中国社会的政治经济文化历史基础和民众素养的现实，中国社会暂时缺乏民主政治的条件呢？马克思说："庸人是构成君主制的材料，而君主不过是庸人之王而已。"[1] 所以说，故事、小说文本和作者意图之间的关系是相当复杂的，单一

---

[1] 《马克思恩格斯全集》第一卷第 412 页，转引自桑咸之、林翘翘编著：《中国近代政治思想史》，中国人民大学出版社 1987 年版，第 153 页。

的解释、强行求证的结果，也许有可能收获片面的深刻，却经不住基本的推敲与质疑。

在西方宗教文化中，先知者是以受难者的形象面对这个世界的，《圣经》中的耶稣即是如此。达芬奇《最后的晚餐》中门徒们吃的是什么？喝的是什么？耶稣说："你们中有一个人出卖我"，说完，他分撕面包、分配酒水，说："这是我的肉，这是我的血。"先知都是要被食肉饮血的。不是阿Q的"我要什么就是什么，我喜欢谁就是谁"式的革命者。

下面我们来考察一下《丹柯》的故事与主题之间的关系。

丹柯的故事有些类似古老神话中的解释神话，类似中国《山海经》中的"精卫填海"和"夸父逐日"。特别是后者，夸父逐日，道渴而死，但哪怕死，也要将自己的拄杖化为一片邓林，为后来的追赶者留下甘霖。[1] 但《丹柯》又绝对不是神话，因为神话是人类童年时代对自然、社会和人类自身好奇的天才的想象。走出了童年的人类不再可能产生神话，但却不妨碍天才的作家们借助神话这种文学形式表达对自然、社会和人类自身问题的思考。这种神话体的小说，自然带有非现实性、传奇性和寓言理性等浪漫主义与现实主义文学特质混合而成的复杂特点。

草原上蓝色的火星晶莹灿烂，象征着宁静、吉祥、平和与安康。它的诞生却伴随着一个悲壮的故事。"世界上各民族关于星的神话几乎都是一律的，说星们是人类中的冒险者所化成。Andrew Lang's Customand Myth,"Star Myth"上记载了澳洲、波斯、希腊，在布西曼族，在南北美洲，在爱斯基摩族，在古代埃及，在新西兰，在古代印度，几乎到处可见此类星的神话。"《丹柯》文本最后的独句结束段，也正是一般解释神话结束的范式："在雷雨到来前，出现在草原上的蓝色火星就是这样来的！"与故事开头的"古时候地面上就只有一族人……"的逐古追远遥相呼应。一个绝对虚构的故事，以一种传说的叙述方式开启，内蕴一个英雄的传奇与悲剧，至于它被用于表现什么主题则是一言难明的。

一族"快乐"、"强壮"而又"勇敢"的人群，遭遇到了空前的挑战，他们被另外一族强人撵进了一座不宜生存的深林。摆在他们面前的活路只有两条：要么回去为奴，要么穿越毒林找到新的草原；要么失去自由，要么付出牺牲。美少年丹柯应运而生，被公举为带领族人穿越深林的领路人。

然而穿越深林的行进并不顺利，诸如大树拦路、沼泽食人、恶臭灭生……层出

---

[1] 茅盾：《神话研究》，百花文艺出版社1981年版，第53页。

不穷。也许和这些外在的威胁比较起来，更具挑战的还是族人们面对外敌和困境时的懦弱自怯和勇于内斗的愚顽。

在族人面对大难威胁时，丹柯顺应大势。在面对既被族人公举，又被族人怀疑——说"他年轻没有经验，不会把他们领到哪儿去"——的尴尬时，丹柯"还是在他们前面走着，他快乐而安详"。

接着，面对"不好意思承认自己的软弱""就把怨恨出在正在他们前面走着的丹柯的身上"，指斥他"无足轻重……该死"的族人，丹柯奋起抗争，反驳他们背信弃义，"像一群绵羊一样""不能保持气力走更长的路"。他的抗争是希望族人明白他们共同的敌人不过是这有毒的深林和他们自己的软弱，可他们却团结起来以丹柯为敌。族人们在强敌和困难面前是懦夫，在同胞、先知面前却成了强人。

"我还能够为这些人做些什么呢？"无奈又无助的丹柯只得以牺牲自己的大无畏精神，用"焚心引路"的壮举感召着一群"懦弱"的"强人"走出了有毒的深林，来到了他们觉思寝梦的草原。"所有的人都浸在雨水洗干净了的新鲜空气和阳光的海洋里"，却没有人注意到英雄的离去，和林子上空的雷雨。那个发现燃心正炽的人因为害怕的原因踏裂了那颗骄傲的心。英雄的心火殒灭，草原上蓝色的火星诞生了。

故事本身并不复杂，情节也不难于概括，反复使用对比手法来渲染困难之大、族人之愚妄自私、丹柯之智勇无私的文本技巧也不难分析，但故事要表达的主题思想却并非一言可以蔽之，引人深思。

丹柯是一个无私且勇敢的英雄，他用他的智慧和生命帮助族人暂时摆脱了强敌的欺凌，重新获得了自由。这是令人可歌可泣的壮举，但如果说小说的主题仅止于歌颂一类英雄、一种精神，则难免肤浅，很有可能也非作者的创作意图。小说在歌颂勇于实践、不计个人得失的精神之外，所营构的那份沉甸甸的悲剧情韵，似乎更加令人难以忘怀，更能令人深长思之。

从文本来分析丹柯的形象，他是一个勇敢无私的英雄，而不是一个个人英雄主义者。在整个事件的发展过程中，在族群遭遇强敌欺凌，面临何去何从的重大转折关头时，他是鼓动者和思想启蒙者："你们不能够用思想移开路上的石头，什么事都不做的人不会得到什么结果的。为什么我们要把我们的气力浪费在思想上、悲伤上呢？起来，我们到林子里去，我们穿过林子，林子是有尽头的，世界上的一切都是有尽头的。"

艰难的毒林穿越和大雷雨的袭击，和远比这些自然的困难更难以对付的族人的自私、怯懦、失败主义情绪和麻木不仁，又使他成为了一位殉道者。他始而遭遇了来自族人的报怨——说他缺乏经验，"不能好好地领导他们"；继而遭遇了争相诋毁、责难式的审问和"该死"的诅咒。在抗争失败后，他无助又无奈地掏心自焚，引领族人成功穿越毒林。

他的行为是悲壮的，结局是悲惨的。在成功到达新的"自由的土地"之后，他成了一位受难者——他不但没有得到应有的呵护与起码的救助，更不要说英雄般的拥戴，反而立即被遗忘。那颗燃烧的心被一个胆小的族人践踏而熄灭，变成了草原上蓝色的火星。

他不是受困于自然的险阻，不是死于强敌的箭戟，而是死于同胞的无知、怨怼与麻木。这就不得不令人深长思之。英雄无悔自当颂，愚顽有违情难恕。

如果我们单纯以文本论文本，则不难发现作家无疑深刻地洞悉了彼时彼刻社会生活中精英与普通民众之间的一种微妙的关系，比如思想上的隔膜、行为上的轩轾、交流上的阻滞、情绪上的对立等。总之，两者处于一种互不信任的状态。这种情形，如果不遭遇某种重大的事变或利益的冲突，各自自处，也许尚难察觉；如果在某种特定的语境下两者必须团结共处，方能纾难解困的话，那么矛盾则不可避免。也许这就是作者为什么要采取一种特别的叙事策略——融传说、神话、寓言多种文学样式因素于一体来编织文本的原因吧。其目的是让读者在一种非常态的文本形态下来阅读，使得隐藏在生活中的问题更显突出，同时在阅读的过程中也能获得多样的审美享受。

面对这样的国民与同胞，一国一族的民族精英们该如何自处与共处，如何引领与超拔，使他们成为不仅有能力享受自由快乐的同胞，而且成为不自私、不保守、觉悟自新、身心强健，能够面对现实、明辨是非、敢于行动的国民与同胞，这很有一点类似中国许多现代小说中改造"国民性"的大问题。新国族、新社会必赖于新民之诞生。从这个意义上讲，与其说文本提供了某种价值判断，不如说它提出了寄望新生的国族不得不面对的启蒙问题。从另一方面来说，也是通过这样一个小说文本为国族民胞立此存照，所谓"寓教于乐"。这样的理解可能比简单地讲小说通过什么故事歌颂某种精神，批判某种劣根性，或各打五十大板的所谓辩证思维似乎要来得深刻得多。更不是所谓青年人应该树立什么样的人生观、生活观之类主题归括可以相提并论的。

教师用书的编写者实际上就是持后一观点的。为了证明自己解读的正确性，他们还对同一时期高尔基的创作以《伊则吉尔老婆子》名集的三篇小说做了内在逻辑关联的解读："三个看似不相关的故事……丹柯一心为公的形象既与傲慢而自私的腊拉，又和白白挥霍青春的伊则吉尔形成了鲜明的对比，巧妙的构思使作品具有强烈的艺术感染力。"[1] 这充其量只能说明作者通过不同的艺术形象表达了对生活的思考。"傲慢而自私的腊拉"、"白白挥霍青春的伊则吉尔"如果可以作为丹柯对比形象来解读，那可不可以作为《丹柯》中族人们的类比形象来解读？任何解读如果不从文本出发，强加主题，只顾一点，不思其余，一经追问，都难免会产生捉襟见肘的尴尬，都有悖于文学审美既有明确的规定性，也不乏开放性的规律；都不利于阅读教学唤起学者体验、引导学者思考、开发学者潜力、开阔学者眼界和丰富学者思想目标的实现。

就笔者个人的理解来说，是比较偏向国民性问题这样一个主题的，因为如果"启蒙者本身的道德水平及教育的自觉程度，对被教育者道德意识的成熟起决定性的作用"[2] 这样的观念是可以接受的话，那么，文本中作为启蒙者的丹柯，正是符合这样的要求的，他自始至终的表现没有任何可以指责和挑剔的地方。既然这样，谁来为悲剧承担责任呢？

6. 寻宝的故事与成长的寓言

—— 《炼金术士》主题探究

《炼金术士》讲的是一个牧羊少年寻宝的故事，但不是什么现代社会流行的财经小说，而是一部关于成长的寓言小说。这类小说的"主题是主人公思想和性格的发展，叙述主人公从幼年开始所经历的各种遭遇。主人公通常要经历一场精神上的危机，然后长大成人，认识自己在人世间的位置和作用"[3]。成长小说在不同作家的著作里有不同的故事，有历险的，如美国作家马克·吐温的《哈克·贝利芬历险记》；

---

[1] 《语文·外国小说欣赏·教师教学用书》，人民教育出版社 2007 年版，第 40 页。

[2] 陈少明：《经典世界中的人、事、物》，上海三联书店 2008 年版，第 71 页。

[3] ［美］艾格拉姆斯主编：《欧美文学术语词典》，朱金鹏、朱荔译，北京大学出版社 1990 年版，第 218 页。

有漫游的,如歌德的《威廉迈斯特的漫游时代》;有复仇的,如莎士比亚的《哈姆莱特》(早期更本色的译名即《王子复仇记》);有取经的,如中国的《西游记》(《西游记》从某种意义上讲,实际上就是一只灵猴成佛的故事);有寻宝的,如教材节选的《炼金术士》(又名《牧羊少年的奇幻之旅》)。无论故事怎样不同,文本的结构范式却大致相同,大多与古老的成人仪式同构。

古老的成人仪式通常都安排有离开家庭,离开熟悉的社团,到偏远的隐秘地方隔离;接受种种生死的考验(生存的经验、生活游戏规则的训育,死亡则通过恐怖游戏、刺青、疾病等危险的方式替代)等环节,让一个人经历从自然的人变成社会的人的种种"磨难",以缓解其在成长的过程中必然会遭遇到的文化与人格、社会与个人的冲突。所以,成长小说既可以被当作少年成人的仪式来观赏,也可以看作是拉美等前现代化国家在现代化努力中主体成员自觉意识的寓言,是民族国家的一种成人礼,或现代国家中少数土著融入国家主流社会的隐喻,也可以说是人类经历成长的象征。从比较深层的阅读心理需要来看,它在某种意义上可以看成是缓释现代社会教育理性加剧文化与人格、社会与个人冲突的减压阀。这就是为什么它既是小孩子的故事,但又适合做所有年龄层次阅读者的枕边书,能广泛影响不同民族、不同国家、不同肤色、不同意识形态、不同宗教背景、不同教育背景的读者的原因。换句话说,成长小说在某种意义上延续了消失已久的古老的成人仪式,从心理上满足了现代人成人仪式缺失的遗憾。

什么是成人仪式呢?在正式进入文本之前,我们不妨看看台湾北部地区泰雅族古老的成年礼。

在泰雅族的村落中,每年或隔年的春天,村落中的长老就会召集即将成年的少年们,聚集在一起参加仪式前的准备,他们通常被带领到村外的小屋去,在那里聚集在一起而与家人隔绝。这种隔绝的生活要维持一两个月之久,在那里长老教给他们种种成年人应具备的技能,包括打猎、出草、部落传统等等,但是更重要的是在这里,长老们要为少年人刺黥,也就是纹身。泰雅人的男子纹身是在上额与下颌,有时也在手臂上。纹身的方法是用铁针先刺文,再涂以黑灰,等到伤口好了以后,黑灰就留在皮肤里而呈青黑色,所以一般也叫刺青。刺青在当时是很危险的事,刺后两三天内即开始感染灌脓，不仅肿得很大，而且疼痛发烧，甚至有生命危险，所以对少年人来说是很难忘记的经验。但是没有人不刺青，因为不刺青就不能结婚，那等于是不成熟的表现。

女孩子们也一样，到了年龄就由长老的妻子为她们在脸上刺青，否则是嫁不出去的。青年们在隔离的小屋中住到纹身的伤口都愈合，各种训练都完成后，再由长老带回村落来，于是村落中便举行饮宴仪式，欢迎他们重新回到村落来，成为村落中成年的一员。[1]

这是一种成人仪式，是一种成长象征。我们从中不难发现古老成人仪式的基本要素与环节：

远离家庭和社团—生活技能和经验的学习—生死考验（刺青）—回归。

英文中仪式（Ritual）的意思，是指一套手段与目的并非直接相关的标准化行为，是一个人由自然人转变为社会人的象征，虽然并不产生什么实际直接的作用，但是其保护社会基本结构和传承社会基本价值的深远目标或企图，却是显而易见的。在村外小屋的隔离生活，正是新旧两个阶段的象征。在新的阶段人们可以享受成人的权利，也必须尽到成人的义务，承担成人的责任。这种义务有来自村落的、家庭的等，总之，是一些传统的东西。这一点与我们下面要讲到的现代成长小说故事的寓意也许正好是相反的。

现代公民社会，要求公民能自立、自我、自由和自觉。因为"现代化的首要任务是对主体的重塑或再造。现代社会要求它的成员自觉意识到，自己既不是神（或某种超自然存在）的奴仆，也不是家庭或社团的附庸，而是个人生活理想的设计者与自我价值的实现者"[2]。但小说的叙事结构却是与之遥相呼应的。或者说"成长小说或教育小说，以文学特有的虚拟的、变形的方式，为我们重现了远古时代盛行的成长仪式，释放了现代人心理中积淀的原始的无意识欲望"。《炼金术士》正是一部典型的含有成长仪式原型结构的成长小说。教材中节选的部分只是整个小说的冰山一角，课堂上的学习也只能是蜻蜓点水，但愿能有窥斑见豹之功。

为了加深对节选文段的理解，我们不妨将整个故事情节略作梳理，以明确节选

---

[1] 李亦园：《人类的视野》，上海文艺出版社 1996 年版，第 310 页。
[2] 张德明：《西方文学与现代性的展开》，中国社会科学出版社 2009 年版，第 61 页。

部分在整个文本中所处的时空位置。

　　西班牙英俊少年圣地亚哥是个善于幻想的牧羊人，在连续两个相同的梦境中，他梦见自己走过西班牙大草原，漂洋过海来到非洲的大沙漠，在一座金字塔旁发现了一笔财宝。在吉卜赛老妇人和撒冷之王麦基洗德的引导下，他踏上了寻宝之旅。

　　一路上他遭受了种种意想不到的磨难和心志的考验，如被人骗去全部的钱财让他心灰意冷；在水晶店里的小富即安差点让他放弃继续寻宝；沙漠姑娘法蒂玛的爱情也曾让他萌生退意……正是这种种的磨难和考验让他终于领悟到了财宝埋藏的地点。

课文节选的正是圣地亚哥出发之前求助吉卜赛老妇人、接受撒冷王指点和抵达梦想实现的地方时遭遇劫匪、顿悟宝藏所在两个部分。我们先看第一部分，姑且给它一个命名"梦即天命人少难知，撒冷王释梦"。

梦中的情景是冥冥中的神谕，是圣地亚哥的"天命"，这一点是一个少年难得知晓的。在中国，人的成长有一个进序，每一阶段都有人生的任务，所谓二十加冠成人，三十而立成家立业，四十不惑有定力，五十知天命、知道此生往道、通神谕，六十耳顺、无可无不可、旷达安命……一个牧羊的懵懂少年富于幻想，若能在无人点拨、没有历练的情况下就知晓梦境中事即此生天命，放弃种种诱惑，规避一切磨难，当无此可能。可是梦中的事又让他难以释怀。于是出现在他人生中的一些人，帮助他的人、加害的人，还有他自我人性中的种种优点和劣根性，种种有助寻宝成功、成就理想、自我实现的一些助力和不但无益反而有害于他成功的一切阻力都会以故事的方式出现在文本中，而首先出现的便是帮助他理解其梦境意义的人。

梦和现实的人生必须要有联系才有意义，否则，它就没有任何意义。这句话我们读到本节选最后一个部分的时候还会提到。文本会用故事中的人和事来为我们作诠释，也许到那个时候我们对它的理解会深刻得多。

在世俗的、不确定的世界里，特别是前现代社会的世俗生活中，帮助芸芸众生理解神秘世界的不是自然科学家、心理学家、人类文化工作者等专家，而是一些半神半人的形象。在全世界各个民族的文化传统中都有类似中国神秘文化中的巫婆、神汉、相面师，或者高人、神仙。前者常常就是人们身边的一些奇异之人，他们和普通人一样过着世俗的生活，只有当他们处于一种神秘的工作状态的时候，其言其行才异于常人。他们常常是人群中为人们所不屑之异类，然而在关键的时候却又是为人们排忧解难的奇人。人们对他们的态度一般是畏而远之。相手算命的吉卜赛老妇人就是小男孩生活中的这样一类人。

这个老妇人只不过是个算命看相的吉卜赛人，她自己坦言只能解释睡梦中上帝使用的普通语言，不能解释上帝解释使用的灵魂的语言，也就是说，她与神沟通的能力是有限的；她也不是什么博通天文地理的达人，连世界上有没有埃及这个地方也不知道，她坚信有之的理由是："既然（梦中的）那个孩子让你见到了金字塔，那金字塔就一定存在。"其释梦之语含混不明，有如重复少年梦境，加之吉卜赛人恶名在外——居无定所、"四处游荡"；"以欺骗他人为生"，"诱骗小孩"为奴——这些都增添了少年的恐惧，种种原因决定了其言其行无法取信于少年，少年也权当碰碰运气。这就是在第一次求助之后，少年决定再也不理梦中之事的原因。因为他委实不清楚梦与他的人生到底有什么切实的关系，这个愿景对他而言似有若无，他只是受本能的好奇心的驱使去求助老妇人的。但老妇人确实勘破了少年梦中的天命。

也许对这个老妇人，读者和少年在情感认知上并不一致。少年认为她是令人害怕、值得警惕的骗子，是愚蠢的吉卜赛人，其人其言完全不可信。读者因为身处局外，能比较客观地看待两者的交往，加之对双方的情况处于全知的有利位置，所以可能与少年的看法全然相反。在读者眼中，这个吉卜赛老妇人坦诚、轻财，虽不亲和，也不乏友善，仿佛邻家老奶奶。她表现得很自知诚恳，甚至坦言："这是一个很难理解的梦。在生活中，那些简单的事情却是最异乎寻常的，只有智者才能理解二者之间的关系。"她承认自己"并不智慧"，也"不知道怎样把梦想变为现实"，不知道金字塔在哪里；她也不像人们传说中和少年想象的那样为了钱财去骗人，反而对于钱财很淡然。对于少年"可以省下一笔小钱"的沾沾自喜和"如果我不去埃及会怎么样"的反问，她很淡然且不失幽默，"那我就得不到我的咨询费了"，并且补充道："这可不是第一次了。"可见她常常因为问卦算命之客的轻诺失信或不按卦中指引践行而失财，以至于要靠女儿接济为生。她也不乏智慧，她不仅勘破了少年梦中的上帝之言，释梦正确，而且懂得"简单的事情却是最异乎寻常的"道理。

现在我们要思考的是，作者为什么要让读者与少年对老妇人的认识反差那么大呢？这与表现少年的成长有什么关系？

　　我们说人的成长是多方面的，识人知人也是一种成长的经验。高尔基的自传体小说《童年》中就有一段故事讲述他在一次与人打交道之后收获的识人经验。有一次，因为手上没有钱，他凭机灵上了一条船，由于逃票的原因，他总是想法躲避查票的人，他想最好的办法就是混到船员中去。这群人中有一个长相难看又不苟言笑的人，高尔基开始认定这不是一个好人。没有想到的是，一路上其他的船员总是欺负他，而每次出来护佑他的都是这个面目难看的人。到了目的地后，那位面目难看的人不仅送他东西，还交代他在外生活要小心的人与事。高尔基依依不舍地与他告别，心生希望能再见到他的愿望，同时反思这一段生活，认为识人知人不能以貌取人，也不能以衣帽取人。

　　文本中出现少年识人与读者认知的反差，要突显的就是少年的识人之失，他缺少经验，不懂得识别。识人是需要阅历和智慧的事。中国人的生活经验与学问观是："世事洞明皆学问，人情练达即文章。"智慧老人告诉我们的方法是："听其言，观其行"，要把一个人的言行对照起来看一个人。为什么要作这样的比对呢？因为人所说的话是不能全然相信的，言行之间是有距离的。孔子说观人要"视其所以，观其所由，察其所安"，如果做到了这样，则"人焉瘦哉？人焉瘦哉"（《论语·为政》）。他要我们看人的时候，首先要观察一个人行为的样态，所谓"其所以"；然后要考虑其行为的动机或者具体的起因，所谓"其所由"；最后还要推断他这样做会安于什么样的状态，所谓"其所安"。如果能按照这样一套方法去考察一个人的话，那么，无论这个人多么善于隐藏，其真实的本性都无法掩盖，所谓"人焉瘦哉？人焉瘦哉"。

　　回到文本中来，少年由于失识，对老妇人失望，"决定再不把梦当一回事了"。读者对少年"失望"，但有阅读经验的读者知道这一次的求助无果，其实埋下了有智慧者出现，和男孩可能会重拾梦想的伏笔。生活中有刚开头就结了尾的人生，小说中却没有刚开头就结尾的故事。

　　由二梦生奇，到求助释梦，少年其实已经开启了寻梦之旅，老妇人只是少年寻梦之旅遇到的第一个助而无力的人。少年从寻梦的路上走向了第一条歧路，"带领自己的羊群继续赶路"，去寻找那个商人的女儿。

　　这个时候，撒冷王出现了。尽管一开始少年也不待见这个妨碍他一心思考怎样俘获商人女儿的老人，但老人却是不动声色地要将他从情思中拉回到寻梦的轨道上来。当然，这也是要经过艰苦的说服、劝诱和引导过程的，所以，作者基本上是采用"场景"这一叙事手段来编织这一段故事的。因为这是决定少年能否真正踏上寻梦之旅的精神准备，以及怎样看待寻梦途中一切遭遇的心理准备所必要的铺垫，也是进一步叙事的动力所在。

老人识字知书的博学、善于洞析人心的智慧、奇特的衣饰、撒冷之王的神秘的身份都足以让少年对这个老人另眼相看。尽管其间少年也经历了片刻的怀疑，但老人"我是撒冷之王"的正告，和对少年身世及其现况的神机妙算，又让他肃然起敬。

在接下来的对话场景中，经过老人晓理动情的开导，和少年的质疑反诘，少年开始在老人的一步步引导下，渐渐朝着被说服的方向发展。这在双方都是一个彼此建立信任、坚定信念的必要过程，也是一个艰难的过程。因为这于少年而言是选择成为牧羊人——商人之婿，还是成为精神上物质上真正富有者的重大人生抉择，用我们今天时髦的话讲，是核算机会成本的重大决策。对老人而言，他深知这个少年正处在一个有可能放弃天命的"转折点上"。

老人为了让少年相信"在这个星球上……不管你是谁，也不论你做什么，当你真心梦想着什么的时候，你最终一定能成功"这个"伟大的真理"，他近举小贩为实现外出旅行的梦想，买爆米花车，"慢慢攒钱"，"当他老了的时候，他会去非洲玩上一个月"的例子，说明千里之行，始于足下的道理；远取矿工寻找"绿宝石"永不放弃终获成功之譬，说明坚持到最后对于实现梦想的意义，并且以坚持收取"羊群十分之一"回报的方式，让少年明白"生活中的一切都有其代价"的道理。

节选文本的最后一个部分，也是全书的最后一个部分，描述了少年寻宝最后遭遇的磨难。我们姑且将之命名为"少年心事终玉成，披尽尘沙始是金"。

当他抵达非洲大陆那个神秘的国度，策马穿行沙漠，向着"财富所在之处"、"心灵所在之处"进发的时候，他已历经种种磨难与考验，是一个相当成熟的少年了。他开始在内心编织故事来反思他身后的足迹，自我提醒"那个让你流泪的地方"，就是"我之所在"，亦"财宝的所在之处"。他回忆一路走过——要感恩的"圣王"、"水晶商人"、"一位英国人"、"炼金专家"，还有那个永远不会让自己逃离自己天命的"沙漠姑娘"。

男孩告诉他自己，在实现自己天命的旅程中，他已经学会了他需要知道的一切，经历了可能梦想到的所有事情。

他提醒自己，只有当目标达到之后，一项任务才能够算是完成。

然而，最后的考验来临了。当他遭遇最后的劫匪，面对要失去生命还是要失去财宝的考验时，他想起了炼金术士的话："如果你死了，钱财对你还有什么用呢？钱财能够保住一个人的命，这可不是常常发生的事。"于是，他大智大勇地做出正确的决策——弃财保命。他不仅赢得了生命，而且保住了财宝。这就是上帝对一个勇敢而又智慧者最好的奖勉。

特别有意味的是，当他将藏宝的地方如实相告的时候，劫匪头子不无讽刺地训导他：

> 一个人不应该如此愚蠢。两年前，就是在现在这个地方，我也做了两次内容相同的梦。我梦到，我应该旅行到西班牙的原野上，去寻找一处破败的教堂……在圣器室的位置上生长着一棵桑树……我将挖到一批密藏的财宝。但是，我不至于蠢到为了一个做过两次的梦，而穿越整个沙漠。

小说戏剧性地让少年遭遇这位本来可能和他一样成为物质和精神双重富有者的劫匪，因为过于聪明和实利，失去人生重大机遇，终致以劫为生。这样的故事，在让少年庆幸自己坚持理想、正确抉择人生道路的同时，也给读者良多启示。

让我们再回头来想想撒冷王的那番感慨吧："人们很早就开始学习生活的道理，也许正是因为如此，人们早早地放弃了自己的梦想。人生就是如此。"一个本来可以成为物质和精神上双重富有的人，因为早早地放弃了梦想，结果就只能靠抢劫为生了。

西班牙少年的寻梦之旅结束了，他成长的故事却成为千千万万读者的人生教科书。

在结束本课学习之前，让我们再一次重新温习一下那些闪耀智慧光芒的箴言吧。

> 有些书籍是不值得相信的，它们说："在我们生命进程的某一时刻，我们的生活便脱离了我们的掌握，而被命运所控制。"不要相信这样的弥天大谎。

> "天命就是一个人总梦想着去实现的事情，每一个人在他年轻的时候，

都知道他自己的天命是什么。""在生命的那个阶段里，所有的事情都是清晰的，所有的事情也都是可能的。在那个时候，人们敢于去梦想，也敢于去企慕那些他们希望发生在自己生活里的奇迹。但是，随着时光的流逝，一种神秘的力量试图证明，实现天命是不可能的事。"

怎样看待这种"神秘的力量"呢？

"这种力量似乎是消极的、否定的，但实际上它是在教导你怎样去实现自己的天命。它会锻炼你的灵魂和你的意志。"

"在这个星球上，有一个伟大的真理，那就是，不管你是谁，也不论你做些什么，当你真心梦想着什么的时候，你最终一定能够成功。因为这个梦想植根于宇宙的灵魂。这个梦想就是你在这个星球上的使命。"

"人们很早就开始学习生活的道理，也许正是因为如此，人们早早地放弃了自己的梦想。人生就是如此。"

不要把还没有到手的东西许诺给他人，"如果你一开始便把自己还没到手的东西预支给别人，那你就会失去为之奋斗的愿望。"要知道，"生活中的一切都有其代价。"

第四章　人物的类型：圆型人物与扁平人物

　　小说中的人物属于故事的核心要素，各种叙事理论都有关于人物的讨论，一般而言，现代叙事理论比较注重人物的功能，传统的叙事学比较强调从心理意识的角度去讨论人物。教科书节选文本中的两个主要人物，其中的一个是娜塔莎。娜塔莎是列夫·托尔斯泰的长篇巨著《战争与和平》中的一个贯穿小说始终的女性形象，也是关涉小说中几个主要人物形象情感世界的核心人物，无论是人生的旅程，还是情感世界的发展都相当复杂，课文节选的三个部分组成的一个教学文本只是人物全部故事的冰山一角。管中窥豹，从文本中读者既可以发现人物内心世界的复杂，感受这个情窦初开、充满青春活力的贵族少女单纯、热烈、丰富的性格特征，同时也可以领略托尔斯泰通过爱情的维度开启人物心灵之窗，通过心理关注来塑造人物，使其血肉丰满、真实可触的艺术匠心。

　　另一个人物是一个不幸的印度少女形象，泰戈尔笔下的素芭。在一个无声的世界里，她用眼神、体态和行为讲述她的美丽与哀愁、善良与无辜、寂寞与渴望，以及悲苦难言的人生命运。

　　两个少女形象，一个明眸善睐、顾盼多情、心口如一、热烈单纯，一个沉鱼落雁、闭月羞花、静默无声。将她们放在同一个单元组来学习欣赏，在收获各自的那份审美愉悦的同时，我们对于人物命运的感慨与牵挂，还有那种边际的审美创获也许会长久地萦绕不散。

　　不仅如此，如果我们从作者塑造人物的手段上考察两个人物形象，则不难发现，同样是为了达到人物内心世界的真实可信这一艺术旨归，两位大师选择的创作技术手段基本上是不同的：托尔斯泰主要是通过直接塑造法来展开叙事的，而泰戈尔采用的基本上是间接塑造法。教科书编写者在挑选文学文本构成教学文本的时候，并不是随机而为，而是有目的的，即希望一线师生在有限的教学时间里获得关于人物塑造手段的更多的感性认识。

两类人物与两种人物塑造手法。关于人物类型的分析在不同的小说理论家和小说理论流派那里有不同的观念。现代小说理论关于人物大致有这样几种不同的说法：一是"人物特性论"，这是一种在表面上看和传统小说理论人物个性化和典型论较为相似，但实则有本质区别的人物理论。因为其所说的特性不只是指人物的个性或某一类别的典型样本特征，而且还是一个框架。特性的言语表征是位于连系动词之后的形容词，比如莫泊桑小说《项链》中的玛蒂尔德，这个人物特性是"美丽动人"。小说文本说："她也是一个美丽动人的姑娘。""美丽动人"就不仅只是一个人物的特性，而且成为一种叙事的框架和叙事的动力。我们从开始看到终篇，会发现玛蒂尔德美丽动人的外表，是她自信又自怜的原因，在舞会上大出风头是因为美丽动人，吸引部长和所有宾客的自然是外表的美丽动人，为了那一个晚上的"美丽动人"而付出了十年艰辛的故事，从某种意义也是展示的"美丽动人"另外一个方面的机缘，不过这是继外表的"美丽动人"之后的更能唤起人们思考和更能吸引读者的一些内在的诸如诚实、勤劳、勇于当担、守信等美丽的品质和让人感动感慨的人生。这种由外到里、深入拓展的特性变化，也是符合特性论的。因为特性论认为人物的特性，不仅同一特性可以通过不同的事件来表现，而且甚至可以消失，而为另外的特性所取代。

另一种比较有代表性的人物理论是福斯特在他的《小说面面观》里提出来的"人物分类说"。福斯特分类的一个重要依据也是人物的特性。他根据人物的特性，将小说中的人物分为"扁平人物"和"圆形人物"两类。

所谓"扁平人物"是只有一种特性或很少几种特性的人物。我们在前一个单元中讨论过的高尔基笔下的丹柯这一人物形象就属于"扁平人物"。他的一举一动都与"义勇"连在一起，危难时刻受命族人，是义勇；忠于职守，横遭指责，说服不成便掏心引路，是义勇；到达目的地后，迅速被族人遗忘，丹心遭踏，却化为草原之星，也是义勇。"扁平人物"是某种精神、理念、品质等的载体，他们的特征往往经过放大后特别醒目，易于为读者记住，他们在文本故事中的命运也很容易推测。一般而言，神话、传说、寓言等文学体裁中的人物，大多数都是"扁平人物"。

教科书本单元所选泰戈尔《素芭》中的人物素芭在某种意义上也是一个"扁平人物"。她是泰戈尔批判印度种姓制度的一个类型化的人物形象。同样的人物形象在泰戈尔的其他小说中也存在。《河边的台阶》中 8 岁出嫁即守寡，18 岁就投河自尽的库苏姆；《借债》中的妮鲁；《摩诃摩耶》中的同名主人公等都是种姓制度下被侮辱与被损害的类型化的妇女形象。

素芭的性格特征和表现这种性格特征的技术是我们接下来要讨论的。

与"扁平人物"相对应的是"圆形人物"。这种人物具有多种特性，有些甚至是相互矛盾和相互冲突的性格特征。下面要讨论的娜塔莎基本上就是属于这样的一个人物形象。这个在原著中第一次出场亮相不过 13 岁的小姑娘，黑眼睛、大嘴巴，天真活泼，并不漂亮。随着岁月的陶冶，她出落得漂亮美丽。小说中人物个性鲜明，性格丰满，这一点在教科书节选的文学文本中也可见一斑。

她以坦荡的胸怀接受着丰富美好的生活，本能地渴望生活得更加充实，完全不愿意拿别人的行为来对照自己。在她的生命词典里没有这样的原则，这是她自童年时代就形成的品质——内心的自由和直率。她不能从纯理性的角度考虑自己的行为，对周围世界的认识和自身的情感有怎样的刺激、提示，她就怎样行事。

她没有那种不正常生活产生的不切实际的趣味，她的行为动力是真实的人的感情，能够攫住她那颗心的是真正的人的激情。急性、感情外露、充满活力这样一些行为表征，是她充满崇高精神的自然率真的表现，她以这种态度认识世界并真诚地生活其中。

她的坦荡使她能够积极地接受她日常生活范围以外的事物。正因为如此，在伯父家的晚会上，她才能够真正轻松自由地欣赏民间舞蹈，并沉浸其中，当场手之舞之，足之蹈之，"做着那样的动作，做得那么准确，做得那么一模一样"。她的即兴表演表现了这种民间艺术的整个精神和色彩，"以致这时递过跳舞用的披巾的阿妮西娅·费德罗夫娜含笑地望着这个纤细的、娇媚的、与她如此不同的、穿着绫罗绸缎长大的伯爵小姐，一面流着眼泪，因为这位伯爵小姐居然能懂得她阿尼西娅及其父亲、母亲、姑妈和每个俄罗斯人心中的一切"[1]。

虽然置身于上流社会，这位贵族小姐却对一切虚伪的、矫揉造作的东西天生敏感且反感。回想一下观看歌剧的那个场面吧。当看到"在明亮的灯光下那些穿着奇装异服的男男女女，令人奇怪地移动着说话和唱歌"时，她"知道这一切要表演的是什么"，但是当展现在她面前的舞台上的一切都缺乏真实性时，她近乎本能地感

---

[1]　[俄]列夫·托尔斯泰：《战争与和平》，第 10 章，第 268 页。

到歌剧演出中的奇巧别致和荒诞不经的东西与生活的格格不入，令人产生某种异乎寻常的、鲜明迷人而又明显失真的感觉。她的这种敏感使得她不同于别的贵族小姐，也是她单纯、敏感、率真的性格特征的另一种表现。

她能敏锐地察觉人们的欢乐，也能由衷地同情人们的忧愁和痛苦。当莫斯科即将被放弃，军队和居民准备撤出莫斯科城，而大批伤兵将不能随着一起撤离时，他们的命运引起了娜塔莎深深的不安。她对有能力撤离莫斯科却置伤兵们于不顾的行为非常愤慨。

"我认为这非常可鄙、非常可恶、非常……我不知道是什么！她的嗓子由于哽咽而痉挛地颤抖起来。"

"妈妈，不能这样，您看一看院子里吧！"她喊道，"他们被撇下了！……"

"你怎么啦？他们是谁？你要干什么？"

"就是那些伤兵！妈妈，不能这样；这太不像话了……不，我的好妈妈，不是那个意思，请原谅，好妈妈……妈妈，要带走的东西，这在我们算得了什么呢，您只消看看院子里……妈妈！……不能这么做！……"

娜塔莎坚持的结果终于取得了胜利。

婚后的娜塔莎在精神面貌上发生了很大的变化，她由一个"富有诗意的小孩儿"变成了贤妻良母，一心为家庭操劳，对家居生活的甘苦十足地热心。这是人物在生活中经历了复杂的演变和急剧的转折之后的自然回归，也是她一贯热情和易受诱惑的性格特征的延续，不仅符合人物性格发展的逻辑，也符合生活的逻辑。

仅就情感一维而言，娜塔莎虽然终获美满婚姻，但情路坎坷。这样的遭遇既有外在的原因，也有她自身性格和成长过程中把握不住自己的内在原因。教科书节选的部分正好是她在不成熟的状态下两次恋爱的心理反应，即幸遇真爱时的欣喜于色，误入歧途后又执迷沉溺的两个场景。从这两个场景的对照中，读者不难发现她的性格特征和内心世界。

这就是我们在看了全部《战争与和平》之后对其中一个主要人物的基本性格特征的一个大致了解。她的性格是丰满的、复杂的、变动不居的，随着生活的滚动，她会不断表现出新的特点，但又有一些一以贯之的特征始终伴随着她，成为她性格特征的底色和基调。这些特征在人物生活的不同时期，在不同的事件上表现出来，使人物性格特征真正是属于她而与别人是完全不同的。这就是一个"圆形人物"。

7. 爱与爱的歧途

——《娜塔莎》解读

一般来说，对于重要的作品，能够阅读整个文本的应尽量阅读，因为无论怎样好的节选文本，毕竟还是残缺的，充其量只能成为诠释某种文学原理和概念的一个例子，所以，在比较有限的教学时间限制下，做点作品概述和人物素描的功课是十分必要的。否则，总会给人丈二和尚摸不着头脑的感觉，做任何的分析都会前后失据。在文学阅读这样的问题上，想通过一滴水看世界的想法是不现实的。《战争与和平》是列夫·托尔斯泰历时七年完成的长篇巨著，完整的汉译本洋洋 170 余万言。严格意义上讲，区区几千字的节选是很难说有什么作用的，哪怕是用来做单纯的人物分析的例子也是不够的。所以，在进入教科书节选的文学文本之前，我们有必要对与之相关的部分作一个概述，对娜塔莎这个人物来幅素描。

《战争与和平》这部史诗性的小说，艺术地再现了法俄战争背景下在俄罗斯大地上上至皇族王公，下至贩夫走卒的生活图景。要用寥寥数语为这部涉及上千人物，有名有姓者近 600 人的作品作概述是很难的，可以说几乎不可能。我们只能选择与教科书文学文本节选有关的人物及相关情节作一个概括。

1805 年，拿破仑征服欧洲，剑指俄罗斯，法俄两国兵戎相见。年轻的安德烈·保尔康斯基将怀孕的妻子托付给退居"秃山"领地的父亲和妹妹玛丽亚照料，自己作为库图佐夫将军的副官上了前线。他希望通过上战场实现自己的光荣与梦想。

安德烈公爵的好朋友彼尔刚刚留学归来，作为别竺豪夫伯爵的私生子，继承了伯爵全部的遗产，成为莫斯科数一数二的资产家、社交界的新宠。居心叵测的监护人拉金公爵计划将美艳而品行不端的爱伦小姐嫁给他，结果如愿以偿。

这一年的十一月，安德烈公爵所属的俄军在奥斯文特里茨战役失利，他擎着军旗独自冲入敌阵，不幸受了重伤。当他抬头看到那片永恒的蓝天时，深深被那份庄严静穆感动，顿觉心目中伟大的拿破仑和过去那些勃勃野心及名誉都变得微不足道了。

而婚后不久的彼尔因妻子爱伦与好友多勃赫夫有染，为了名誉不得不与之决斗，虽然击倒对方且与爱伦分居，但从此却陷入人生的困境——善恶与生死思辨的困扰与苦闷中，直到认识了互助会的领导人后，才进入到新的信仰生活中。

一直被认为已经阵亡的安德烈公爵突然回到秃山的那一晚，其妻莉莎正值生产，这个不幸的女人诞下一名男婴后离开人世，安德烈万念俱灰，决心终老领地。

1807 年 6 月，战争结束，法俄言和，和平的生活重新开始了。

1809 年的春天，安德烈公爵因贵族会之事拜会托罗斯托夫伯爵，结识了年轻而充满活力的娜塔莎小姐，并被她深深地吸引。之后不久在一位要人举办的有皇帝出席的家庭舞会上，两人翩翩起舞，互道爱慕，互允终身（即教材中节选的一个部分），无奈由于秃山老公爵的强烈反对，两人只好相约暂缓一年。尔后，安德烈出国，年轻的娜塔莎难耐寂寞，在彼尔之妻爱伦的撮合下，与她的哥哥阿纳托尔结识，经不住阿纳托尔的诱惑，决定与之私奔。娜塔莎与安德烈公爵的婚约有始无终。

1812 年，俄法两国再度失睦，战火重起。安德烈公爵在多勃琪战役中身受重伤，俄军节节败退，莫斯科朝不夕保，弃城已成定局。在娜塔莎的坚持下，罗斯托夫家将原本用来搬运家产的马车改派去运输伤员，娜塔莎在伤兵中发现了将死的安德烈公爵。她万分羞愧，向他谢罪并倾心看护他，但一切都来不及了，安德烈公爵离开人世。

彼尔化装成农夫，准备伺机刺杀拿破仑，事不遂且为法军俘虏。其妻爱伦在战火中放荡如旧，终因误服堕胎药而伤身。

经过几番艰苦的战斗，俄国终于赢得胜利。彼尔在莫斯科邂逅娜塔莎，两人结为夫妇；安德烈公爵的妹妹玛莉亚也与娜塔莎的哥哥尼拉克成为眷属。

假如要问谁是《战争与和平》的主角，这的确是一个很难回答的问题。因为它是一部非单一情节的小说，涉及人物千余众，有名有姓者近 600 人，所以，很难明确说谁是主角。但从全书综合考察，大多读者倾向于娜塔莎，教科书节选部分更是以娜塔莎对两段情感生活的反应为中心，因此，我们有必要为娜塔莎作一幅素描。

娜塔莎是一个天真烂漫、毫不做作、率性坦诚的女性。身为伯爵家的大小姐，她本该深居简出，或者周旋于上流社会的交际圈。但是，她与一般的贵族小姐却有殊多不同。狩猎后，她不仅能栖居贫穷的地主伯父家，而且还能和当地的老百姓同歌共舞。她超凡脱俗的魅力，让万念俱灰、退隐领地的安德烈公爵重新焕发青春的活力，认为自己的人生并未结束，重拾人生的信念。她是一位真正的俄罗斯女子，是俄国文学所描写的女性群像中最富生气、最有魅力者之一。

19世纪现实主义小说家们非常注重发掘人物的内心世界，托尔斯泰无疑是他们中的翘楚。在《战争与和平》的成百上千个人物形象中，娜塔莎"被赋予了崭新的视觉色彩，她将自己精神生活的全部复杂性和独特性展现在读者面前"。教科书节选组成的文学文本，一共有三个部分，分别是第二卷第三部的第14节、第16节和第二卷第五部的第15节。在讨论中涉及文本章节的时候，我们按教科书编选的文本样态，分别以第一部分、第二部分、第三部分指称。

下面简要概括这三个部分的内容：第一部分描写娜塔莎第一次将赴一位要人举办的大型家庭舞会前激动、期待和兴奋的心理及行为状态；第二部分写娜塔莎在舞会上的期待，以及与安德烈公爵共舞，并双双埋下爱情的种子；第三部分写娜塔莎受美男子阿那托尔的诱惑，背叛安德烈公爵后近乎失控的精神状态。连缀起来看，是描写16岁的娜塔莎遭遇爱情和激情时的心理状态和外部表现。

整个《战争与和平》，无论是宏大场面的叙事，还是涉及个人私密情景的描写，基本上都是通过全知叙述的策略来鸟瞰的。所谓全知叙事，是指作为观察者的故事讲述人处于故事之外，既说又看，可以从任何角度来观察事件和人物，甚至可以透视任何人的内心活动。正是在这种视角模式下，第一部分实际上是写了两个场景。

第一个场景是要人大型家庭舞会迎宾的现场，第二个场景是娜塔莎母女在家中闺阁里为盛装出席舞会紧张忙碌的现场。这涉及两个空间，很好理解，但在时间上就不好说了。小说文本的时间安排和读者阅读是有先有后的；先描写迎宾现场的气氛，和往来宾客侍从的活动，还有现场观礼的观众活动；后写娜塔莎家中准备的情形。这是叙述故事的时间安排，而真实的故事，情况很有可能是这两个场景里发生的事情在时间上是同一的，是重合的，甚至娜塔莎们在家中的忙忙碌碌在先，也有可能。而文学的表现却不能像非文字介质的其他艺术比如电影一样，通过蒙太奇的手法让观众同时看到在不同空间（地方）、同一时间内发生的事件。两个场景叙事时点的选择也是有讲究的，对迎宾现场的描写选在一切准备就绪，宾客将要陆续进场的当口，离舞会开始已经不多时，迎宾的侍者彬彬有礼的工作和观礼者们窃窃私语的议论，成为了全知视觉叙事的内视角，即叙事者是故事中人和旁观者。这样一个时刻对于那些尚在家中忙碌，准备工作还未停当的受邀者当然是一个不小的压力，因为舞会开始的时间就快到了。娜塔莎一家人就是这样的宾客。所以，故事的主人公娜塔莎小姐出现在读者面前的时候正忙着一团。作者正是通过这样一个时刻，用人物形象自身的活动来告诉读者她是怎样的一个人物。

通过设计活动和情境让人物自己表演来塑造人物的方式，在写作技术上叫作间接塑造，它的特点是"通过具体手法对人物形象进行多维度描述，包括人物行动、语言、外貌、环境的描写，以及通过人物关系来映衬人物性格"[1]。换言之，人物的性格特征未经叙述者阐明，需要阅读者仔细去观察、推测。

这是娜塔莎"赴她生平第一次的大型舞会。整天都在狂热的兴奋和活动中。她的全部精力，从早晨起就集中在一点上，就是他们全体，她，妈妈，索尼亚，都要穿得不能再好"。为了这一点，她忙不过来：先是帮索尼亚改变缎带的样式；接着帮妈妈用别针别帽子，吻她的白发；最后才来打理自己的长裙。临出门，她还向妈妈嚷道"帽子还要偏一点"，甚至急得不行，一边嚷着，一边"冲上前去"，以致"衣边的一块纱被撕了下来"。一个贵族少女的兴奋焦躁、热情活泼、直言快语、求善尽美的性格在此展现得淋漓尽致。

让我们来回顾一下那些描写她行为动作的动词和言谈语调吧。

> "不是那样的，不是那样的，索尼亚！"娜塔莎说……"彩带结得不好，到这里来。"
>
> ……………
>
> "啊，我的上帝，等一下！这就对了，索尼亚。"
>
> "你们快完了吗？"伯爵夫人的声音说，"马上就是十点了。"
>
> "就好了，就好了……您准备好了吗，妈妈？"
>
> "只要用针别上帽子了。"
>
> "让我来吧，"娜塔莎大声说："您不会弄！"
>
> ……………
>
> 梳妆完毕后，娜塔莎穿着从下边露出舞鞋的短裙，披着母亲的短宽服，跑到索尼亚面前，看了她一下，然后跑到母亲面前去了。她转动着母亲的头，用针别了帽子，刚刚吻到了她的白发，她又跑到替她在缩短裙子底边的女仆们面前去了。

---

[1] 申丹、王丽亚：《西方叙事学：经典与后经典》，北京大学出版社 2010 年版，第 60 页。

整个过程，她像一个导演兼主演。小说塑造人物形象主要是通过让人物自导自演的方式来进行的。

第二部分描写在盛装舞会上，两情人种下爱的种子。作者基本上是通过心理描写加外在行为表现描述方式展开叙事的。

舞会一开始，特别希望首先出场受人关注的娜塔莎显得十分焦虑，眼看别人已翩翩起舞，她"几乎要哭了，因为跳第一圈华姿舞的不是她"。这是叙事人对娜塔莎的表情和内心世界的点睛之笔。而在这一笔之前，作者对司仪副官和别素号娃伯爵夫人炫舞的全部过程描写得十分细腻，从举手致意，邀约下池，到抚肩搂腰；从举步轻舞，到旋转炫舞；从鞋刺声韵到绒衣飘举；从神情到舞姿丝丝入扣。那么是谁关注得如此细致、真切呢？——"娜塔莎望着他们"。原来，这一切都是娜塔莎看到的，是这个企盼关注、争强好胜、希望自己的美艳获得认同、舞姿获得欣赏却又暂失机会，正为此焦虑不安的少女看到的。读者看到的情形是通过娜塔莎的眼睛看到的，也只有处在这种心理状态下的相关者才能观察得如此细致真切。这样的观察视角在叙事学上叫内视角，即通过故事内人物的视角来观察。采用这样的叙述视角一般都是因为故事内的某个人物由于某种特殊的便利，或者因为与事件和相关人物有高利害的关系，或出于某种需要而特别关注。所以，来自这样一个视角的观察就成为其他观察不可替代的选择。这里作者选择通过娜塔莎的眼睛来描写第一对下池炫舞者的情形，是因为娜塔莎很想第一个被人邀请表演华姿舞，然而第一个受到邀请的却是别人，这对企盼关注、争强好胜的少女无疑是个不小的"挫折"。所以，她比在场的任何人都关注这对舞者，来自她的观察也就特别真切。

当长久（这里所言长久并非真实意义上的时间长度，而是一种心理感受的时间长度）的期待将要实现时，对于等待者而言，那样一种满足和释然一定会在神貌情态、言语行为、心理反应方面有不同寻常的反应。反应方式的不同，正是人物性格特征的表征。

当安德烈公爵彬彬有礼地邀她共舞时，娜塔莎不仅是"忽然明朗起来，露出了快乐、感激、小孩子般的笑容"，而且直言快语道："我等你好久了"，并且"似乎是用她那含泪的眼睛里所流露出来的笑容这么说"的。这完全是一个落落大方、毫无城府、一点也不矜持、心直口快的少女形象。然而，正是这样的性格特征，所谓的"她的魅力之酒"赢得了安德烈公爵的爱。尽管作为少女的她和那些身心都已成熟的女人比较起来，"她的光脖子和手臂又瘦又不好看"，"肩膀是瘦的，胸脯是不明显的，手臂是细的"。

然而，真正的爱情并不只是肉身的迷恋，而是精神气质的彼此契合和吸引。娜塔莎吸引安德烈公爵的正是她的诚恳、坦荡。后来，当安德烈为了实现自己入伍和参加军事远征干一番大事业的理想上了前线，在鲍罗金诺战役前夕回想起娜塔莎的时候，还满怀深情：

> 我了解她，不仅了解她，而且爱她身上的那种精神力量，那种诚恳，那种坦荡的胸怀，爱她那颗心，那颗好像被她的身体裹着的心……爱得那么强烈、那么幸福……

第三部分整体上是通过典型的对话场景来描写娜塔莎性格的另外一个侧面的：涉世不深、易受诱惑、热烈单纯。

这一部分需要稍加前缀的情节插说，即荒淫无度的爱伦·别祖霍娃准备将娜塔莎吸引到上流社会生活的一切"美妙"和"秘密"中来，就安排她与自己的兄弟阿纳托尔交往。娜塔莎一方面依恋安德烈公爵，一方面又狂热地迷上了阿纳托尔。她并非没有意识到自己在走一条邪路，正在做一件傻事。但是这种想法在她当时非常尊敬的人们中间得不到支持。在这些所谓值得尊敬的人的劝诱下，不正常的东西仿佛变得正常，不自然的东西也变得自然起来。于是就有了教科书节选中的这段叙事。在进入这段叙事之前，我们必须就本部分的另一个人物作必要的分析，这个人物就是索尼亚，这是一个很重要的"陪衬人物"。

"陪衬人物"不同于传统小说理论中的"次要人物"。在传统小说理论中，"主人公"、"主要人物"、"次要人物"的分类是"根据人物与情节发展关系的轻重对人物进行分类"的。[1] 现代小说理论中的"陪衬人物"是具有叙事功能的，它"属于主人公和社会环境之间的一个中介，通常和主人公在认知能力、性格方面形成一种对照：主人公不知道的信息，'陪衬人物'看得清清楚楚"，"陪衬人物"的"另一个叙事功能在于引导读者对主人公尚不明白的某种'陷阱'予以注意"。[2] 我们中国有一个成语，叫"当事者迷，旁观者清"，意思是说当事人因为往往陷于主观，

[1] 申丹、王丽亚：《西方叙事学：经典与后经典》，北京大学出版社2010年版，第59页。
[2] 申丹、王丽亚：《西方叙事学：经典与后经典》，北京大学出版社2010年版，第59页。

所以常常不及旁观者看得清楚。从某种意义上讲，这正好是"陪衬人物"理论的一个中国化的理解。

在娜塔莎与阿纳托尔的"爱情"游戏中，娜塔莎太幼稚、太狂热、太盲目，沉溺太深，她甚至完全不了解对方已经结婚的情况，而索尼亚从知道事件的那一刻起，就完全明了这对于娜塔莎意味着什么。所以，当"她（索尼亚）发现……阿纳托尔的信"的时候，"抓着胸口，避免气闷，她脸色发白了……坐在圈椅上流泪"。面对熟睡的娜塔莎，她百思不得其解：

> 我怎么一点没有注意到？怎么这件事会弄到这个地步呢？难道她不爱安德烈公爵了吗？她怎么会让库拉根这样？他是骗子，是恶徒，这是很明显的……她爱他，这不可能的！也许她打开了这封信，不知道是谁寄来的。也许她生气了。她不会做出这种事的！

当娜塔莎迫不及待地要与她分享自己"爱情"的喜悦时，索尼亚明确地表白：

> "不，我不能相信这个……你在说笑话。"
> …………
> "你怎么能让他弄到这个地步？"她带着恐惧和难以掩饰的憎恶说。

当娜塔莎不但不听劝阻，反而以绝交明誓时，索丽亚"为她的朋友流下了羞耻和怜悯的泪"，并且开导娜塔莎看清这件事情中隐藏着不可告人的秘密：

> 为什么他不到家里来？
> 为什么有这些秘密？
> 为什么他不到家里来？
> 为什么他不直接向你求婚呢？
> 你想过没有（可）能有些什么样的秘密的原因吗？

出于对姐妹和朋友的忠诚与责任，索尼亚甚至决定要亲自给阿纳托尔写信，要求他不要再来打扰娜塔莎，并且扬言要告诉父亲。索尼亚的清醒和理智正是娜塔莎感情用事、头脑简单性格的映衬。托尔斯泰笔下的这个陪衬人物也是光彩照人的。

与索尼亚的冷静、理智相比，娜塔莎就是被"爱"冲昏了头脑、失去了理性的一个任性的小姑娘。她不仅认为自己拥有了真正的爱情，而且要迫不及待地要和朋友分享自己的幸福。当朋友表示不解与怀疑时，她也毫不掩饰自己的感情：

> "我没有意志了，你怎么不懂得这个：我爱他！"
>
> "假使你要说，你就是我的敌人……你想要我不幸，你想要我们分裂……"
>
> "你什么也不明白，你不要说蠢话否。"
>
> "我爱他一百年了……他是我的主人，我是他的奴隶。"

而这一切盲目到经不住任何哪怕最基本的审视，当索尼亚追问娜塔莎，你既然如此爱他，"他为什么不到家里来求婚"，是否有"什么样的秘密的原因"时，她"惊讶的"表情说明"显然她是第一次遇到这个问题，她不知道怎么回答"，只是一个劲地重复："不能够怀疑他的，不能够，不能够。"对于索尼亚"他爱你吗"的问题，她一点把握也没有，只是带着可怜的笑容重复说："你看过了信，你看见过他。"她甚至不愿意去思考朋友的提醒，决绝地表示："除了他，我什么人也不需要，我什么人也不爱。"并且不理会索尼亚的哭泣，径直走到书桌前，给安德烈公爵的妹妹玛丽亚小姐写信毁约。

为了展示娜塔莎的性格特征，作者将她放在一个特殊的情感环境下，让这个少女以自己的言行展示她在面临人生重大决策时刻内心的矛盾和冲突、苦闷与疯狂、简单与草率。

怎样评价娜塔莎的这段感情和她的行为特征呢？俄罗斯文学批评家说，这是"人的感情在不道德的环境影响下被歪曲了，虚假的好像成了真的，谬误好像成了真理。托尔斯泰很少设法去保护自己的主人公，使他们避免困难和谬误。娜塔莎经受的考验不仅说明了她的感情的力量，而且也说明了她性格的完整性"[1]。

8. 无声世界里的美丽与哀愁

——泰戈尔小说《素芭》人物形象写真

说到欧美之外的外国文学，中国人最熟悉的亚非作家非泰戈尔莫属。大多数人对于他作品的了解一般总是诗胜于小说，小说多于戏剧，小说又以中短篇胜于那部

---

[1] ［苏联］米·赫拉普钦科：《艺术家托尔斯泰》，刘逢祺、张捷译，上海译文出版社1987年版，第126页。

有名的长篇《戈拉》。中国的一般读者，对于印度种姓制度下青年男女的婚姻悲剧和童婚制度下女性不幸的了解，也多得益于泰戈尔的中短篇小说。一种根深蒂固的种姓文化和野蛮的婚姻制度剥夺了世世代代无数青年男女的幸福。这种悲剧带有强烈的民族性和地域特点，是我们观照人类命运不可或缺的一个维面。这也印证了中国人常说的一句老话：越是民族的，越是世界的。

然而，《素芭》所讲叙的故事，人物的命运和不幸的人生似乎带有更广泛的意义，收获了更普遍的同情。尽管其中不乏对印度民族文化中最落后的种姓制度的抗议与批判，但笔者认为这不是最主要的，它在文本中几乎只是某个情节的原始驱动力而已，是素芭父母最后骗嫁弃女的一个小小的因果暗示，甚或只是素芭父母"心安理得"的一种掩耳盗铃的自我安慰。而作者对人性深层的关注似乎远远超过了前者，对于在一种制度养育和文化浸泡下的普遍的国民性的麻木、冷漠与隔膜的曝露，似乎更令人深长思之。而小说中人物悲剧命运不露痕迹的展示，和人物美好形象与命运的巨大反差，正是产生这种深层阅读冲击的原因。

如此强烈的艺术感染力，如果细究其理，从某种意义上说，很大程度上得益于作者对三重情感差距的有效调控。这三重情感差距就是作者、文本中素芭的父母和其他人，以及读者对素芭命运的不同态度。在作者是冷静的叙述"素芭的悲惨世界"；在文本中素芭的父母是不顾女儿的意愿和未来遭遇，弃女骗嫁且心安理得，其他人是冷漠的关注；在读者是强烈的反应，这种多元情感的错位产生了巨大的艺术张力。有些文学批评家认为通过"人物情感的多层错位"是小说作者惯用的一种带有普遍意义的创作技术。对于作者而言，"要让作品有震撼力，就要让人物命运和读者的同情发生逆差。读者越是同情，作家越是要折磨他（或她）"[1]。

故事叙述人讲述素芭的故事、父母对她的态度以及周围的人们对她遭遇的反应和素芭对自己遭遇一切的反应，虽说没有达到所谓"零度写作"的冷静，但基本上没有鲜明的情感态度的陈述。

素芭是一个"家境不算差，有鱼有米，不愁吃喝"家庭的第三个女儿。在印度农村，女婴是非常受歧视的，因为养育女儿意味着父母要为她准备一大笔的彩礼。这是印度的传统，新郎有权向新娘的父母索要巨额的陪嫁，印度俗语"国王有五个女儿也会变成穷人"说的就是这类事。陪嫁让很多养育了女儿的家庭倾家荡产。

[1] 孙绍振：《文学性讲演录》，广西师范大学出版社 2006 年版，第 392 页。

泰戈尔的小说《借债》为我们提供了一个借婚敛财的样本。新娘尼鲁的父亲卖了房子加四处举债，才满足了新郎一万卢比的要求。即便如此，她在夫家也没有获得起码的尊重，仍然是受尽欺辱，并且很快就病死了。旋即，男方第二次娶亲，再婚索要的陪嫁是两万卢比。

素芭的两位姐姐也是在"费尽了周折，破费了钱财"之后，才"好歹出阁嫁了人"。素芭因为不能说话的原因，对这个家庭的影响就已经不只是钱财这种物质上的压力，还有其他更大的族群生存的威胁。随着小素芭一天天长大，文本渐次推进，可能的问题慢慢就变成了一个现实的事实。随着这个问题的现实化，人物命运也就走向了更大的悲剧：这些并无大恶的邻人乡亲，不允许一个美丽善良、已经不幸而不能说话的女孩子孤独平静地在这个生于斯、长于斯的村子继续待下去，这个无辜哑女成为村人们仇视这个富裕之家的一个借口。于是素芭父母极端不合情理的骗嫁弃女行为在一种特定的文化背景下就具有了某种内在的合理性。当这种内在的合理性与整个人类现代社会基本的、普适的价值理念产生严重冲突的时候，其言理之荒谬、其行为之荒唐也就不言而喻了。在小说中，故事讲述人无论是对这种文化价值，还是对自觉不自觉践行这种文化价值的人们没有一言半语的批判与谴责，然而，正是这种冷静的、不露声色的叙事产生了无与伦比的正义感召。它比任何疾言厉色的批判与谴责具有更大的引爆力，能产生更大的冲击波。

所以，"小女儿素芭犹如一块硕大的无言石头，重重压在父母的心田上"（吹毛求疵的话，这个地方的翻译似乎有点瑕疵。"硕大的无言石头"似乎译为"硕大无言的石头"更好。没有查到原文，不知译者遭遇了怎样的语言难处，只是凭汉语的语感，发表意见）。这实际上是一种伏笔，给人一种一般常理下的想象空间。一个漂亮的哑女，可能因为生理的残疾遭遇生活和婚姻上的麻烦，但没有印度种姓文化知识的读者绝对想象不到，这种麻烦竟然是文本结尾所呈现的悲剧。这种悲剧所产生的文化上的认知和审美心理冲击是绝对称得上一种阅读的高峰体验的。这是作者在编织文本时故意通过因果断裂和叙述空白，还有延迟交代造成一种"隔"的效果，所形成的一种阅读牵引和后视愉悦的阅读效应。

在素芭和周围的人们之间存在着一种特别的相互感知和特殊的互动关系。人们因为她不会说话，于是在她面前什么话都可以说，"毫无顾及地对素芭的前途，发表了各种各样令人担忧的议论"。"然而，聪颖的素芭从小心里就明白"，于是在内心祈祷"众人若把她遗忘",在行为上"始终设法躲避众人逼视的目光"。"寻常的男女孩子都对她怀有一种敬畏的心理,不敢接近她,和她一起玩耍。"好不容易"在高等动物里"有一个"了解素芭的禀性,十分尊敬她",且"掺进了几许爱的成分,亲热地称呼她为'素'",也曾让素芭产生过美好遐想的小伙子帕勒达帕,然而,在她被弃远嫁,离开这个生于斯、长于斯的村子时,唯一可以相对无言、唯有泪千行的人对她的不幸却无动于衷。不仅如此,还"面带笑容问素芭:'喂,素,我想说,你有未婚夫,你准备赴加尔各答结婚?可别把我们忘得一干二净!'"素芭的感受是,"犹同中了箭的鹿一般,怀着令人怜悯的目光望着猎人"。

与其他人相比,素芭父母的态度与言行也是符合人之常情者少,让人不可思议与宽宥者多。在文本中读者所能看到的素芭父母对他们这位哑女的关爱不多,只在开始有一笔带过的概述:

> 与自己其他的女儿相比,父亲巴尼康托更爱自己的小女儿素芭,而母亲却把她视为自己胚胎的污点。

素芭是孤独的,她只有与叫萨尔帕迪和班尔帕迪的两头牛成为"知心朋友",不仅有"爱抚"、"叱责"和"哄劝"它们的深层交流,而且相互之间有亲昵的肢体接触。

> 当素芭钻进牛栏,用双臂抱住萨劳的脖子,把自己的脸颊紧紧贴在它的耳旁,亲热地磨蹭,那时班劳就用爱抚的目光注视着她,用嘴舐她的身子……真不知它们凭着哪种朦胧的洞察力,领会了素芭内心的痛楚,然后贴近她的身子,用犄角轻轻地摩挲她的臂弯,竭力用无声的同情,安慰她。

素芭的朋友"除了两头牛外,还有一头山羊和一只小猫"。而素芭在"高等动物里"的那个"同伴",那个虽然会说话,"通过日常接触,了解素芭的禀性,十分尊敬她",且"掺入了几分爱的成分,亲热地称呼她为'素'"的小男孩帕勒达伯,不过也是和其他人一样漠视她的孤苦和恐惧的人,对于她即将被骗嫁遭弃的命运连一言半语的安慰也没有。素芭不仅"每天为帕勒达帕带来一个槟榔包",而且总想着"做些什么,帮帕勒达帕一把",甚至"从内心祈求造物主赐予她非凡的力量,她借此一念咒语,就会出现奇迹"。文本中这个"同伴"的出现,在很大程度上是为了突显素芭对人的失望。这一个"同伴"的故事，占据了全部六个自然分节的两个部分，并且是最长的两个部分，可见这个"同伴"在素芭心中的地位，以及这个人物形象在作者心目中的分量。他给素芭带来了巨大的欣悦和深重的失望。他出现在素芭的故事里是乡人漠视一个美丽少女不幸命运的浓重的缩影，是冷漠、麻木的群体形象中的一个清晰的剪影。这个"高等动物"世界与那个无声的自然世界，和同样无声却能够通过眼睛和肢体交流的动物世界，形成了一个鲜明的对照。

文本增加悲剧感染力的另外一个手段，就是写出了素芭平静外表下丰富的内心世界，以及她聪颖善良美丽动人的神貌，特别是那双美丽动人的大眼睛。这是一个散发隐匿世界信息的通道，也是她的观察者和读者透视她心灵世界的视窗，更是她表达哀怨情愁、无奈愤懑情绪与这个世界交流的平台。它是多棱镜、多维视窗。作为一个无法用声音交流与表达的人，她同这个世界的联系全有赖于它。所以，在文本中作者甚至以故事讲述人的口吻不无抒情地指出：他们的眼睛异于常人："语汇是无比丰富，无限深沉，就像大海一般深沉，就像蓝天一样清澈。"

> 素芭不会说话，却有一双长长睫毛掩藏着的大黑眼睛；她的两片嘴唇，只要获得心灵情绪的少许暗示，就会像两片娇嫩的新叶，颤抖不已。
>
> …………
>
> 一双又大又黑的眼睛，任何时候都不需要翻译，心灵自个儿会映照在这双黑眸里。心灵的感触在这黑眼睛的阴影里，时而伸展，时而蜷缩；这双黑眼睛时而炯炯有神，燃烧着；时而灰心丧气，熄灭了；时而犹同静悬的落月，目不转睛，不知凝视着什么；时而若同急疾的闪电，飞速地向四周放射光芒。

在素芭渐渐长大，父母为操办她的婚姻大事焦急不安，村人们纷纷传递流言蜚语的时候，素芭以她特有的敏感似乎意识到什么，可是没有人告诉她，和她商量。但她那双黑眼睛似乎看到了什么，于是"睁大了自己的黑眼睛，目不转睛地死盯着他们"。当帕勒达帕漫不经心地告诉她一切的时候，她仿佛"怀着令人怜悯的目光望着猎人"，"直盯盯地望着帕勒达帕"。她坐在父亲的脚旁，"盯着父亲的脸"。当无人可别的时候，她来到牛栏，"两眼汪汪地向它们道别"。当母亲装扮她时，"眼泪大把大把地从素芭眼睛里淌下来"，她的眼泪甚至让不明就里的新郎误会，以为"那颗心想到将要与父母离别而痛苦不堪，那么明儿也会对我如此"。当一切真相大白，"婆家的所有人都恍然大悟，新娘是个哑巴"的时候，"她的眼睛已经明明白白说清楚了一切"，"素芭是没有任何过错的"。

如果说素芭的心灵是一座宝藏，那么，她的眼睛就是打开这个宝藏的深邃的通道。这双美丽的黑眼睛无与伦比，无物可匹，无论在父母家里、在村上、在帕勒帕达的身边都没有人发现它的美丽。在陌生的新郎家中，"她（也）没有发现那些从她降生以来就领会哑女语言的熟悉面孔"，只有那美丽的大自然。在大自然的一切有生命的反应中，素芭是美丽的，在素芭眼中的大自然也是美丽动人的。文本通过素芭的眼睛让读者看到了大自然的美丽与生机，它仿佛与这个美丽无言的少女犹如一体。

在处理人物与自然环境的构图上，文本先以大特写的方式推出人物，在第一部分将人物的基本情况概述，结尾突出一双美丽深邃的黑眼睛；在第二部分用电影蒙太奇的手法，从一双黑眼睛过渡到整个村庄自然环境的描写，中心的视点是一条奔流不息的小河，村舍、草棚、牛栏、谷仓、芒果园、木棉和香蕉园一切都围绕它展开。它是那样的富有诗意：

> 村子的名字叫做琼迪普尔。一条孟加拉尔小河犹同家里可爱的小女儿，流经村旁……仿佛它与两岸村庄的所有人，保持着无法言说的亲密关系……一条乡村的拉克什米小河，怀着无比喜悦的心情，迈着急疾的步伐，为数不胜数的善事而忘我地奔流不息。

这是人物活动的主要自然空间，"那位哑巴姑娘一旦干完活儿，获得几许空闲，马上就走到河岸坐着"，听"小溪的絮语、村人的喧哗、船夫的哼唱、鸟儿的鸣叫、树叶的簌簌声"。作者之所以这样浓墨重彩地铺陈各种声响，仿佛合奏出山声的交响，都是为了衬托一个无声的世界。只有无法言语的哑女，才会对各种声音充满好奇，才有可能把声响当作语言。这种语言也对她产生了巨大的冲击，当上述种种声响"汇合在一起，与四周的颤动融合在一起"的时候，产生了"犹如大海波涛"一样的力量，"拍打着女士们姑娘永恒孤寂的心灵彼岸"，甚至成为了她的语言：

> 大自然的各种响声、不同的语言和多彩运动，就是这位哑巴姑娘的语言，就是长着黑眼睛和长长眼睫毛的素芭的语言。这种语言包罗万象，从蟋蟀鸣叫的草地到星空无言的世界，只有手势、表情、音乐、哭泣和叹息，

充盈在那广阔的语言世界。

这是一个哑女对声音的渴望，是无声世界的精彩。

假如没有了这个沉浸在自然世界里的哑女，自然界的这一切还是那样富有生机和诗意吗？文本没有做这样的假设，但细读文本则不难发现，作者分明又做了这样一个设喻。这个设喻是从更广大的人类活动与自然的关系而来，而最后又落脚在"大自然"和"女孩子"的关系中。其中的关系若仔细回味，可以作如下的解读：自然之美乃是源于美丽而善感的心灵；诗意的自然描绘，是为了突显哑女的美丽。在这里景情关系、人物与环境的关系颇有深意，它不是按一般意义上人物和环境关系的写作需要来进行编织的。环境作为人物活动的空间和形象参照，而有着更为复杂的哲学意义上的审美阐释。我们不妨将这段表面看来没有特别之处，细读起来却很耐玩味的文字抄录于兹，略作分析：

> 晌午，渔夫和船夫都匆匆赶回家吃饭，村人正在午睡，鸟儿停止啼鸣，渡船停泊在岸埠。人类忙忙碌碌的世界，仿佛停止了自己的一切活动，蓦然间它变幻成一座可怖且孤寂的塑像。那时辰，在炎热炙人的辽阔无垠的天空下，唯有一个无言的大自然和一位无言的女孩子，面对面静坐着——一个置身于炎热的阳光之下，一个静坐在一棵大树的绿阴底下。

如果我们认为前面的文本在人物活动与环境描写中存在一个内在的逻辑机理的话，那么理解这一段就有了一个比较好的基础。问题的关键也许是突破一个代词"它"。

> 人类忙忙碌碌的世界，仿佛停止了自己的一切活动，蓦然间它变幻成一座可怖且孤寂的塑像。

从语法分析来看，这是一个省略了关联词的假设条件关系的简单复句。因为前后两个分句的主语不同，后面的"它"肯定不指代"人类世界"（"人类忙忙碌碌的世界"是定语间隔了主语，正常的词序是"忙忙碌碌的人类世界"）。如果往上追溯，上一段的主语是"大自然"，再往上溯就是"村庄"。究竟哪一个是"它"的所指呢？从下文"那时辰，在炎热炙人的辽阔无垠的天空下，唯有一个无言的大自然和一位无言的女孩子，面对面静坐着——一个置身于炎热的阳光之下，一个静坐在一颗大树的绿阴底下"看，"它"不可能代替"大自然"。这样"它"称代的就是"村庄"。没有了"人类世界"（这里的"人类世界"是与"自然世界"相对应的）的活动，"自然世界"的一切便不复存在意义，尤其是审美的意义。文本作这样一个设喻的目的，第一是为了突显素芭的孤寂，因为作为一个活生生的人为人群所拒绝，被迫只能与大自然去交流，是永远无法排遣内心的孤寂的；第二就是我们上面分析的两美合一美：大自然的美丽是美丽聪颖的哑女多情善感的结果，也衬托了这个哑女的美丽聪颖。

文本最后落脚在关键词句上，"一个无言的大自然和一位无言的女孩子"。这一描写虽然不无诗意，然而产生的阅读震撼不过是乐境悲情，突出的是这个无辜的女孩的孤苦和寂寞，突显的是家人和乡人的冷漠。

结尾是让人割舍不下的一种挂念。当素芭的父母"因为他们终于保住了他们的种姓和美好的来世"而"踌躇满志"地"踏上回村的归途"的时候，女儿的命运已经不再成为他们关心的问题了。然而，读者反而因此更担心骗局之后素芭的命运。高明的作者这次不准备让他笔下的主人公受难，却反过来折磨他的读者。他只写了"婆家的所有人都恍然大悟"，却没有写他们后续的进一步反应和行动，反而写了素芭的感受："她观察了四周，她没有获得诉说自己心灵的语言，没有发现那些从她降生人间以来就会领会哑女语言的熟悉的面孔。现在，在这位姑娘永恒沉默的心灵里，响起一种无法言说的哭泣声，除了心灵探索者，谁也不会去听那种无声的哭泣。"那么她的受了欺骗的丈夫是那样的"心灵探索者"吗？

文本给出了答案："这次，她丈夫用自己的双眼和双耳，非常仔细地察听，相了亲，娶了一位会说话的姑娘。"这种人物走出故事讲述人视野和读者视野的结局，使人物命运成为一个永远的谜，也成了读者永远的牵挂。这种结局我们在莫泊桑的《项链》中见到过。作者在"福莱斯埃太太非常激动，抓住了她的两只手。'哎呀！我可怜的玛蒂尔德！我那串可是假的呀。顶多也就值500法郎！'"之后戛然而止结束全篇，造成了一种更强烈的想象激励。这种结尾和那种"有去无回"式的结尾比较相近。中国当代作家马原认为这种结尾"是故意走向虚无的一种美学方式"，在阐释这种美学方式的时候，他还举了圣埃克絮佩里的小说《夜航》的例子。

　　一个试飞员在执行越洋试飞的任务时，飞机的操纵开关失灵，与地面指挥部门失去联络，而这时油箱里也只有有限的油量。他一直往前飞，前途漫漫，我们只知道他飞出去了，却不知道他究竟怎样结束。根据一般的经验绝对值判断，他应该是坠海了，但是谁也不愿意简单地把结局定位到坠海。[1]

同样，泰戈尔和素芭的父母一样，就这样把素芭给撂下了，没有写她未来的命运如何。

综上所述，整个文本都是通过这种冷静叙事呈现出来的原生态的生活样态，来激发读者对素芭的深切的同情、对周围人们冷漠麻木的愤怒、对其父母无视亲女悲苦、自私且懦弱的哀伤，以及对导致这种悲剧的文化制度的思考，来达到揭露和批判的目的，产生文化自觉与反思冲动的。

---

[1] 马原：《小说密码》，作家出版社 2009 年版，第 228 页。

第五章 情节的经纬：明确的向度与摇摆的振幅

这个单元的话题是情节。这里有一些长期以来纠缠不清的概念需要做基本的厘清，不然的话，在教与学的过程中都会感到迷惑。对待一些复杂难以理解的东西，有时候一个比较简单的比喻能帮助我们获得一个大致的印象。比如说关于"故事与情节"的关系，同样可以用一个比喻来帮助理解。

　　故事是海，情节是海里行走的船。

这当然只是一个比喻，是就故事与情节关系作的一种形象的说明。概念是逻辑学术语，词语是语法学术语，它们的关系表现为概念是通过词语的形音义来表达的。同样的词语有时候会表达不只一个概念，这就出现了一个"貌同神非"的问题。形、音同构的一个词，意义却不相同。比如："漂亮"这个词在不同的语境中，意思可能会迥然不同。夸赞活干得好，说"你干得真漂亮"，这里的"漂亮"是指干净利索且质量高；碰见美人夸赞说"您真漂亮"，这里的"漂亮无非是指长得好看。一个"漂亮"其实是两个概念。

当然，我们也可以说，随着人们对事物认识的深化，概念的内涵和外延都发生变化。因此，无论是对概念的认识，还是对词语的理解，就都存在一个语境和时间的问题。对于"情节"和"故事"，过去有一种说法叫"故事情节"，在这种表述中，情节是为故事所有的。从人们叙述情节的表达中不难发现，它具体的内容是关于故事发生的时间、空间、人物及事件等等的一个集合。比如：故事发生在某年某月某日某时刻的某地方，某人干什么了，其过程、结果如何。可是，如果今天我们还这样表述一个情节的话，可能就会被认为表述者没有搞清楚故事梗概和情节的区别。前面的表述方式，充其量不过是故事的梗概罢了，即只是故事的大概的内容，绝非情节。

　　那么，什么是故事，什么又是情节？这在叙事学里是一个必须要搞清楚的问题。

　　按照汉语的理解，"故"是"旧"、"过去"的意思，"故事"就是过去的事。所以，它必须用过去时态或过去完成的时态来讲述。但从严格意义上说，过去的事又不都是故事，有很多过去的事只是过去的事件。"事件往往指事情的原发状态，而故事是事后对事件的叙述。但故事既可以是对事件的陈述，也可能是对情节的虚构。"[1]就文学而言，只有那些在现实的尺度上虽然已经不复存在了，但还有文学意义，让人有复述冲动的事，才能进入故事。被讲述的"故事"，一定不会是它曾经发生过的那个样子。因为即使叙述者亲身经历，作为当事人，也有可能因为各种原因而被蒙蔽，不了解事件的真相，更不要说由于陈述动机不同带来的差异。在中国文化史上"孔子困于陈蔡"的故事，可以帮助我们很好地理解这一点。

　　孔子穷乎陈、蔡之间，藜羹不糁，七日不尝粒，昼寝。颜回索米，得而之，几熟。孔子望见颜回攫其甑中而食之。孔子佯为不见之。选间，食熟，谒孔子而进食。孔子起曰："今者梦见先君，絜而后馈。"颜回对曰："不可，向者煤炱入甑中，弃食不祥，回攫而饭之。"孔子曰："所信者目也，而目犹不可信；所恃者心也，而心犹不足恃。弟子记之，知人固不易矣。"[2]

　　这是出自《吕氏春秋》中的记载。同样的事件在《孔子家语》中也有记载。

　　孔子厄于陈、蔡，从者七日不食。子贡以所赍货，窃犯围而出，告籴于野人，得米一石焉。颜回、仲由炊之于壤屋之下，有埃墨堕饭中，颜回取而食之。子贡自井望见之，不悦，以为窃食也。入问孔子曰："仁人廉士，穷改节乎？"孔子曰："改节，即何称于仁廉哉？"子贡曰："若回也，其不改节乎？"子曰："然。"子贡以所饭告孔子，子曰："吾信回之为仁久矣。虽汝有云，弗以疑也，其或者必有故乎？汝止，吾将问之。"召颜回曰："畴昔，予梦见先人，岂或启佑我哉？子炊而进饭，吾将进焉。"对曰："向有埃墨堕饭中，欲置之，则不洁；欲弃之，则可惜。回即食之，不可祭也。"孔子曰："然乎！吾亦食之。"颜回出。孔子顾谓二三子曰：

[1]　陈少明：《经典世界中的人、事、物》，上海三联书店2008年版，第54页。
[2]　《吕氏春秋·审分览·任教》。

"吾之信回也，非待今日也。"二三子由此乃服之。[1]

即便故事叙述者主观上有强烈追求真实的愿望，也有可能因为种种原因而无法如愿。哲学上有个说法："人不能两次踏入同一条河流"，被讲述的"故事"，只能是讲述人对发生在过去之事的一种理解，没有谁能真正重建过去，过去只有活在当下才有意义。不要说故事，"即使是对事件的陈述，也可能因陈述者的兴趣、观察角度及信息的完整程度的影响，而导致差别"[2]。中国历史上的伟大文化英雄孔子有一段"厄于陈、蔡"的艰难时刻："绝粮七日，弟子绥病。"这一事件在《论语》中有记载，全文33个字，时间、地点、人物、经过及结果所有要素俱全。然而，就是这个事件，最后演变成故事的时候，有《庄子》、《吕氏春秋》、《史记》、《韩诗外传》、《说苑》、《孔子家语》等至少九个版本，各家从他们与儒家的关系出发，做了不同程度的想象加工，人物的行为及价值评判也就随之各个有异。连严格的历史学都有"一切历史都是当代史"的说法，这足以说明故事具有虚构的特征及事理逻辑了。

那么情节又是什么？"作为小说叙事结构中最重要的因素之一，'情节'是文学作品中的事件、主要故事的策划或设计。它是按照因果关系联系起来的一系列事件的逐步展开。"[3] 时间、空间、人物和事件固然是故事不可或缺的元素，但这些元素如何组织起来才有意义，就需要情节来发挥它的功能了。

关于情节，不同时期的文学理论对其认识不一样。亚里士多德认为："情节是行动的摹仿"，并且指出"它所摹仿的就只限于一个完整的行动，里面的事件要有紧密的组织，任何部分一经挪动或删削，就会发生整体松动脱节。要是某一部分可有可无，并不引起显著的差异，那就不是整体中的有机部分"[4]。这是对情节与人物和事件的关系的强调。对"行动的摹仿"，谁行动？自然是人物行为活动；人物的行动活动构成事件。此外，他强调情节的完整性和内在有机性，并且指出，"所谓'完整'，指事之有头，有身，有尾"。这在作者那里表现为对事件的安排。我们过去常常说的事件的起因、发展、高潮、结局，就是根据这种说法总结出来的。

---

[1]　《孔子家语》卷五，"在厄"第二十。

[2]　陈少明：《经典世界中的人、事、物》，上海三联书店2008年版，第54页。

[3]　《语文·外国小说欣赏·教师教学用书》，人民教育出版社2007年版，第68页。

[4]　北京师范大学中文系编：《文艺理论学习参考资料》（上），春风文艺出版社1981年版，第1128页。

　　这种情节观影响深远，在亚里士多德之后、结构主义叙事学风靡西方之前，对于情节问题的讨论大致有两个主要观点，一个认为"情节"是故事的一部分，一个强调情节结构的完整性。"情节犹如一个人的骨架，不如脸部表情或符号那样有趣，但它支撑着整个人的结构。"这是康普顿－伯尼关于情节的一个比喻的说法。[1] 这在某种意义上是就情节的结构功能则言的。情节具有故事没有的文学性，一个故事可能就是一个事件，但不是情节。"情节是叙事文学中动态的、具有序列的成分"，"叙事文学中的人物，或其他成分只有变为动态时，这些成分才能成为情节中的一部分"。[2]

　　比如入选高一必修教材中的海明威的《老人与海》（节选），其故事原本出自一个老渔夫向作者讲述他捕到的鱼怎样被鲨鱼吃掉了的唠叨。第二年，即 1936 年，海明威就在一篇通讯中复述了这件事：

> 有一次，一个老人独自在卡瓦尼亚斯港口外驾着小船捕鱼。他捕到一条大马林鱼。
>
> 那条鱼拽着沉重的钓丝把小船拖到远处的海上，两天以后，渔民们在往东的方向六十英里处找到了这个老人。马林鱼的头部和上半身绑在船边上，剩下的鱼肉还不到一半，只有八百磅。鱼在深水里游，拖着船，老人跟着走，一天，一夜，又一天，又一夜。等鱼浮出水面，老人划船过去把它钓住。鲨鱼游到船边袭击那条鱼，老人一个人在湾流的小船上对付鲨鱼，用桨打、戳、刺，累得精疲力竭，而鲨鱼却把那鱼能吃的部位都吃掉了。渔民们找到他的时候，老人正在船上哭，他丢了鱼，都气疯了，而鲨鱼还在船的周围打转。

　　这是一个真实的故事，发生在古巴海边。海明威按照事件发生的时间顺序记述了这件事。但要将这个故事创作成为小说海明威却花费了多年的时间。三年之后，即 1939 年，他就在给朋友的信中谈到他在做准备，并且还有乘船出海亲身体验的打算，想经历一下，看看在那样一种状态下一个人的感受和精神状态。很显然，老渔夫关心的是找鱼，海明威关心的是人的精神状态，捕鱼活动不过是人物精神活动的一个

---

[1]　转引自申丹、王丽亚：《西方叙事学：经典与后经典》，北京大学出版社 2010 年版，第 39 页。

[2]　申丹、王丽亚：《西方叙事学：经典与后经典》，北京大学出版社 2010 年版，第 39 页。

载体。小说尽管有对捕鱼细节的精准描写，但这样的努力其目的却不是向读者传授捕鱼的知识和经验，也不是单纯教人突破困境的智慧。作家不是教师，小说也不是知识教科书，更不是练习册，而是对人的困境和在困境中的精神层面的关注。

如果说对于"情节"我们应该要有重新认识的思想准备的话，那么"摇摆"则是阅读中遭遇的一个新事物、新知识。如果这概念并不陌生那也许是在物理学上接触过。

其实这个概念和我们过去熟悉的穿插多少有些接近。先看一个例子吧：

荷马史诗《奥德赛》讲述许多希腊英雄在战后都回到了自己的家乡，而奥德修斯却漂流到仙女卡吕蒲索的岛屿上，被留了下来了。奥德修斯的迟迟未归，给家乡的许多好事者留下了可乘之机。100多个贵族子弟聚集在他的宫中，逼着他的妻子改嫁。为解母亲所饱受的纠缠之苦，他的儿子只好外出寻找父亲。而此时天神宙斯已命令卡吕蒲索放奥德修斯回家。

奥德修斯历经千辛万苦终于抵达家乡伊萨卡，为了试探分别多年的妻子是否仍然忠诚，他乔装打扮成一个乞丐在自家门前行乞，结果被收留。按照通常的礼节，女主人吩咐给这位外乡人洗脚——这是向疲惫的流浪者表达好客的一个礼节，在几乎所有古老的故事里大都有类似的情节。结果女仆在给这个"乞丐"洗脚时，发现了他——奥德修斯——身上的一个秘密，就是他小时候打猎时小腿上留下的伤疤。

故事讲到这里，洗脚的故事戛然而止了。接着，史诗足足用了74句诗行讲述了这块伤疤的来历。

> 当年轻的黎明，垂着玫瑰红的手指，重现天际，他们外出狩猎，奥托鲁科斯的儿子们，带着狗群，高贵的奥德修斯和他们一起前往。他们爬上陡峻的高山，覆盖着森林，帕耳那索斯，很快来到多风的斜坡。其时，太阳乍刚露脸，将晨晖普洒在农人的田野，从微波荡漾、水势深鸿的俄开阿诺斯河升起，猎手们来到林木繁茂的山谷，前面奔跑着狗群，追寻野兽的踪迹，后头跟着奥托鲁科斯的儿子，偕同奥德修斯，紧随在猎狗后面，挥舞着落影森长的枪矛。树丛的深处，卧躺着一头顶大的野猪，在它的窝巢，既可抵御湿风的吹扫，又可遮挡闪亮的太阳，白光的射照，雨水亦不能穿透，密密匝匝，枝干虬缠，满地厚厚的落叶。人和狗的脚步呼呼隆隆，逼近野猪，

后者冲出巢穴，鬃毛竖指，双眼喷出火光，面对他们的近迫。奥德修斯最
先出击，高举粗壮的臂膀，大手抓握长枪，心急如火，准备击杀，无奈野
猪比他更快，一头撞来，掠过他的膝盖，用雪白的獠牙，裂出一长道豁口，
向一边划开，幸好不曾触及骨头。奥德修斯出手刺击，扎入右边的大肩，
闪亮的矛尖深咬进去，穿透击点，野猪嘶声狂叫，躺倒泥尘；魂息飘离了
躯干。奥托鲁科斯的爱子们收拾好野猪的躯体，熟练地包扎伤口，替雍贵的、
神一样的奥德修斯，诵起驱邪的咒语，止住了乌黑的血流，旋即回见亲爱
的父亲，回返他的王宫。奥托鲁科斯和他的儿子们精心治愈了他的伤口，
给他闪亮的礼物，送他高高兴兴地上路，很快回到心爱的故乡，伊萨卡地
方。父亲和尊贵的母亲满心欢喜，眼见他的归来，问他发生的一切，为何
带着痕伤，后者详细回答了问话，如何外出杀猎，被白牙利齿的野猪击伤，
爬上帕耳那索斯大山，偕同奥托鲁科斯的儿郎。

叙事诗的情节在中断了 74 行之后，才按照其内在的逻辑继续展开。

老妇抓住他的腿脚，在她的手心，摸及那道伤疤，认出它的来历，松
脱双手，脚丫掉入水里，撞响铜盆，使其倾向一边，泻水溅满在地上。欧
鲁克蕾娅悲喜交加，双眼热泪盈眶，激奋噎塞了通话的喉嗓。她伸手托摸
俄底修斯的下颌，开口说道："错不了，心爱的孩子，你确是奥德修斯，
我先前不知，我的主人，直到触摸在你的身旁。"

她兴奋地还来不及叫喊出声来，奥德修斯便轻轻捂住她的嘴，对她又是哄诱又
是吓唬，不让她出声，以免坏了自己的试妻之计。这是第 19 卷发生的故事，直到第
21 卷，奥德修斯与儿子一道，将计就计将众多求婚者全部杀死后，才撩起衣衫露出
伤疤。阔别 20 载的夫妻经过一番试探才最终相认，互道别情离苦。

历经千辛万苦回到家乡就是要与妻子团聚，到了家却又隐藏身份试妻。这在整
个故事叙事中就是一种摇摆。我们不妨将其称为大摇摆；而在具体的洗脚现伤的细
节上再次中断情节的纵向发展，出现新的更小的摇摆——穿插伤疤的来源。整个英
雄回乡、夫妻团圆的故事就是在这种摇摇摆摆中进行的。故事叙事正是因为有了这
样的经纬纵横才充盈而丰满。

这样的情节摇摆无独有偶，在我国宋代的北方戏剧《秋胡戏妻》中也曾有过惊

人的相似的一幕。不过这部剧主要是为了突出妻子罗梅英的光彩形象，丈夫秋胡的形象倒有些猥琐。

故事在两场戏剧冲突中展开。一场是因为反抗李大户的逼婚，梅英与丈夫新婚仅三天，秋胡就被迫当兵去了。这一去就是十年，杳无音信。梅英在家不仅要侍奉多病的婆婆，采桑养蚕，担水卖浆，维系一家人艰难的生活，还要与凭借钱势串通好了娘家父母，逼她改嫁的一干人周旋。

高潮出现在戏剧的第三折。秋胡做了大官，衣锦还乡，在桑园巧遇梅英。由于分别太久，夫妻彼此一下子没有认出来。秋胡见梅英长得漂亮，竟以黄金为诱饵，无耻地调戏她，遭到了梅英的严词痛斥：

> 你瞅我一瞅，瞪了你那额颅；
>
> 扯我一扯，削了你那手足；
>
> 你汤我一汤，拷了你那腰截骨；
>
> 掐我一掐，我着你三千里外该流递；
>
> 搂我一搂，我着你十字街头便上木驴。
>
> 哎！吃万剐的遭刑律！
>
> 我又不曾掀了你家坟墓，
>
> 我又不曾杀了你家眷。

明明是秋胡要回家探亲、夫妻团聚，情节却偏离了正常发展的脉络，穿插一段戏妻遭斥的戏。故事后来的发展也出人意外：真相大白后，尽管十年来她日思夜想着与丈夫团聚，秋胡也已是锦袍加身，高官在任，并且给她带来了金冠霞披，但梅英还是向丈夫索要休书。这从某种意义上讲，是为了进一步突出中国传统女性自尊自重、富贵不能淫，威武不能屈的坚贞，却也反映了秋胡作为官场之人的堕落。人物性格的丰满和戏剧深刻的思想正是在故事情节的摇摆中突显出来的。

从这些例子中不难发现，"摇摆"在文学作品中是一种古老而又常新的技术。它不仅能够增加波澜，为新的审美情味提供契机，而且能够丰富内涵、升华主题。

9. 自我的觉醒与成长的困厄

—— 《清兵卫与葫芦》的情节艺术解析

在我们对情节有了一个基本的新认识之后，如果能够通过教科书提供的小说文本对作者构筑情节的技术进行解析和感悟，那么应该是一项十分有趣有益的工作。笔者以为《清兵卫与葫芦》在情节构筑方面既有普遍的审美范式可寻，又有独到的审美趣味可圈可点，耐人回味。

首先，"痛苦"作为构筑情节的一种策略。

如果从题材类型的角度去归括，《清兵卫与葫芦》也可以说是一篇教育小说（或成长小说）。小说讲述了一个叫清兵卫的日本少年在成长过程中自我意识的觉醒以及由此不断遭受的粗暴对待，让人感慨痛心的故事。这里要对表述中的"不断"和"令人心痛"两个限定词略做说明，因为他们也是作者构筑情节的策略之一。

之所以要用"不断"来限定，是因为小说是通过一个现在完成进行时的时态展开的，它把一个过去的故事镶嵌在现在将要或正在展开的叙事框架内，用过去的矛盾冲突来暗示正在孕育、尚未充分展开的新的矛盾冲突。如果我们将小说的一头一尾接连起来阅读，也许会对上述的分析获得更充分的感受。

开头：

> 这是一个叫清兵卫的孩子跟葫芦的故事。自从发生了这件事以后，清兵卫和葫芦就断了关系。过了不久，他又有了代替葫芦的东西，那便是绘画。正如他过去热衷于葫芦一样，现在他正热衷着绘画……

结尾：

> ……清兵卫现在正热衷于绘画，自从有了新的寄托，他早已不怨恨教员和怨恨用槌子打破了他十多只葫芦的父亲了。

我们可以大胆地设想一下，将小说的开头和结尾互换位置，让结尾成为小说的开头，让开头成为小说的结尾，其他部分原封不动，看看小说在情节、主题表现、人物性格等方面有什么区别。尝试的结果可能是没有任何差别。

为什么会出现这样的阅读效果呢？难道小说创作也会产生类似现代达达主义诗歌的某种特征？这倒不至于，但至少说明了我们关于本篇小说上述的分析不错，小说文本是一个单纯看结尾，形似开放，首尾结合起来看其实是正封闭的一个圆形结构。而圆的结构特点是在圆周上的任何一点既是始点，又是终点。故事是有头有尾的，情节在这里却是头尾同质同构同值的。这种情节安排，会使得小说读者获得一个强烈的暗示：随着清兵卫的葫芦被父亲打得零零碎碎，对于他的新的绘画的喜好，父亲"又在开始嘀咕了"，"教育与反抗教育"、压制与反抗压制的矛盾又在一个新故事中发酵了。而这一次的结果会是什么样的呢？谁也不知道，但情节在回环，似乎又给读者进行了某种明确的暗示。

只要教育制度不加改变、不尊重儿童天性的社会文化不改易，孩子们什么样的兴趣和爱好都不会得到尊重，更不要说鼓励。由此可见，"不断"这个副词是与结构回环相关，与思想内蕴相连的关键词。

至于说"令人心痛"，是想提醒大家不要简单地理解痛苦，或者说这里的"痛苦"并非词典上的意义，甚至也不是情感意义上的意味。大而言之，它是一种编织小说文本的原则，小而言之是技术的术语。一般说来，编织情节内部的变化有"发现"、"反转"、"痛苦"三个原则。在《清兵卫与葫芦》中，"痛苦"一项被运用得很好。

什么是痛苦？痛苦是一个内在的、隐形的东西，让我们来看看这个原则是怎样被运用的。

简而言之，"作为情节的痛苦包括了所有的情节要素，一切的快乐、忧郁、绝望、幸福、期待，一种病态，等候，包括悬念，那些未绝的不仅包括命运，也含有喜欢与厌恶，痛苦是这一切的轴心"[1]。有些痛苦是看得见、摸得着的，读者特别容易感受得到，因为导致这种痛苦的根源是毁灭性的打击，是显形的。如托尔斯泰的小说《安娜·卡列尼娜》中安娜的卧轨、《复活》中卡秋莎的堕落。美好事物的丧失容易让人动感情，如《战争与和平》中安德烈公爵壮志未酬身先死，与他最后长眠在娜塔莎的怀抱；蒲宁在《安东诺夫卡苹果》中描述的俄罗斯农奴时代贵族美好生活的一去不复返。这些都能让人深切地感受到痛苦，煽诱起读者伤逝的美好情感。

此外，各种各样的伤害、冷漠、无视和粗暴也都有可能造成隐隐的，但却是深深的痛苦。所以说，"痛苦"是作者构筑情节的一个原则，也是煽情的一种很好的方法。

有些写痛苦的小说，字里行间寻不到一个痛字，也觅不到一个苦字，然而细细

---

[1] 刘恪：《现代小说的技巧》，百花文艺出版社 2006 年版，第 33 页。

品味却痛不欲生，苦不堪言。无法言喻的痛苦是痛中之极痛，无法言说的苦是苦中之绝苦。那是隐隐的、不绝于缕的丝丝痛、粒粒苦。《清兵卫与葫芦》运用的正是这样一种看不到一个苦痛之字而深味之又倍觉痛苦的策略：寓情热于平淡的叙事之中，融深思于日常的琐细之中。

下面来看看小说文本是怎样展开故事的，驱动情节发展的内在因由又是什么。

小说先写清兵卫对葫芦的喜爱、收藏，以及制作葫芦的娴熟与认真（第2段），文本中的描写不仅有量上的积累，而且有质上的描述，即制作技巧的完善：

从三四分钱到一毛五分钱一个的带皮葫芦，他已有十来个了。（量）

他能够自己把葫芦口切开，把里边的籽掏出来，技巧很好，塞子也是自己装上的。先用茶卤一泡，把气味泡干净了，然后就把父亲喝剩的淡酒装在里面，不停地把表面擦亮。（质）

接着写清兵卫对葫芦的痴迷（第3段），以至于走火入魔将一个老头的秃头错以为葫芦，觉察到错误之后连自己都忍俊不禁地偷笑着跑过了半条街。

有一天，他在海边的街上走，心里依然想着葫芦，忽然眼前看见一个东西，使他吓了一跳。原来路边背海一带都是摊户，这时候忽然从一个摊户伸出一个老头子的秃脑袋，清兵卫将它错看做葫芦了。"这葫芦真好！"

心里这么想着，有好一会没有看清楚——再仔细一看，连自己也吃惊了。那老头子昂着光彩奕奕的秃脑袋，走进巷子里去了。

这样的"错看"并不是偶然的，而是"他每次上街的时候，走过古董店、水果铺、旧货店、粮食店及专门卖葫芦的铺子或挂着葫芦的店铺，总是呆呆地站在门望"的思念沉想一定会产生的结果。

一个十二岁的孩子，由于对葫芦产生了这样一种兴趣、专注及痴迷，以至于在他幼小的心灵世界里除了葫芦就是葫芦，白天"也不跟别的孩子玩，常常一个人上街去看葫芦"，"一到晚上，就坐到起居室里收拾葫芦"，"第二天早晨"上学之前也要侍弄一番葫芦："看过之后，很郑重地系好络绳，挂在朝阳的檐廊下，然后上学校去。"每天几乎都要跑到街面上，"大概所有的葫芦"都要一一看过。

文本着力至此，至少有以下几个方面的作用：一是让读者了解清兵卫这个孩子的性格特征，二是为下面的矛盾冲突打埋伏，三是为清兵卫的痛苦和读者的痛心作铺垫。如果描写仅止于此，似乎显得平面。所以，高明的作者一定会冒似不经意地一笔带过一段常为粗心的读者所忽略的文字：

> 他对于旧的葫芦，没有多大的兴趣，他所喜欢的是还没有开过口的带
> 皮葫芦。而且他所有的大抵都是葫芦形很周正的平凡的东西。

这段文字之所以重要，是因为它是随后而来的诸多冲突的伏笔。如果没有这样一段看似闲笔的交代，那么不仅下面随之而来的冲突无法展开，而且小说还会丢失一些主题解读的可能性空间。这一点在后边还会说到。

清兵卫与周遭人们的关系，严格说来分为两个层面。这里之所以要说"人物关系"而不说"人物冲突"，是因为"人物冲突"不能概括小说文本所有人物之间发生的联系，在"冲突"的冠盖下，一定会有一些人物牵涉被遮蔽。比如，在《清兵卫与葫芦》中，我们如果只用"人物冲突"来分析"人物关系"，那么就只有清兵卫与客人、老师和父亲的冲突了，这是显性的人物关系，因为有正面的冲突，一般都能分析；而清兵卫与校役和古董商之间的这种隐性的、间接的人物关系往往会被遮蔽。如果缺少了这后一层人物关系，清兵卫的个性意义就逊色多了，对读者心灵的冲击也会小得多。因为说到底，这毕竟是一个可以从多个价值层面去解读的悲剧。悲剧的意味之一在于将有价值的东西毁灭给读者看，而清兵卫痴迷葫芦的价值，作者正是通过校役获得 4 个月的工资，而古董商又凭借这几只葫芦从富家获得超过校役 12 倍的利润这种世俗的价值计算体现出来的。清兵卫和校役及古董商之间并没有一种显在的、直接的人物互动关系，但又不能说完全没有关系，他们的关系是通过那几只葫芦建立起来的。这种关系从逻辑上来看，正好形成一个正—反—合的完整过程。如果说清兵卫醉心葫芦是正，客人、老师、父亲的否定是反，而校役和古董商收售葫芦的意外获得且获利之重超乎一般人的想象，则正是对清兵卫的喜好和独特审美眼光的肯定，即合。

这样看来，清兵卫与客人的口角、老师的冲突、父亲的冲撞就不仅仅是一个儿童天性与社会规约相冲突的问题，因为如果说所有的社会性都具有反儿童天性，那么人的自然性是不是永远要凌驾于社会性之上呢？清兵卫与上述三者的冲突显然不能仅仅简单地归入儿童天性与社会性相冲突的一类，而是应该别有归因，应该是成

人社会如何对待不同价值取向和异见的问题。把这样一个理念放在儿童成长的冲突情节中，虽然显得荒诞与滑稽，但正是在这种荒诞与滑稽中，主题解读才获得了最大的可能性空间：就笔者的理解，以下的一些解读都是不错的：

（1）当无知和麻木者拥有强大的话语权的时候，一切真正具有价值的人或事都会饱受摧残，或者说无知和麻木者对待他们不懂的事物总是专制和粗暴的。

（2）天才只有从那些理解天才的人那里才能获得起码的尊重，想要和那些无知、自私且自以为是的人进行真正交流与沟通，无异于鸡与鸭说，哪怕那些人是天才的父母、老师和领导。所以，天才注定是孤独的。

（3）当然，也可以理解为儿童们对家长和长辈的无知、麻木不仁且专横暴戾的不满却又无可奈何的心理。

（4）小说作者是否会借助这样一个成长故事，隐喻了自己身体力行的新生的文学流派处境？

（5）自然与美在恶俗的环境中总是处境艰难、倍感孤独的。

…………

清兵卫与客人、老师和父亲的冲突表面上看起来具体起因是不同的，而深层的矛盾又是同质的。客人并不是反感清兵卫对葫芦的喜爱，而是反感他不同于自己的葫芦美趣，因为清兵卫喜欢的葫芦形是"很周正的平凡的东西"。而客人对清兵卫的葫芦美趣的评价，尽管囿于客人的身份比较委婉，但绝对是不赞同的。他以一种轻蔑的口气说：

"真是小孩子呢，不是这种葫芦他就不喜欢。"

清兵卫的父亲其实也并不是讨厌儿子喜欢葫芦，而是讨厌他不认同自己喜欢的"又大又奇特"的葫芦就是好葫芦的观点。而父亲喜好何种葫芦的标准却并非自己真的有什么见解，而是在"春天开品评会时，有人拿出了马王琴的葫芦来做参考品"的一个标准，是人云亦云的标准。所谓矮人看戏何曾见，都是随人说长短。

老师讨厌清兵卫喜欢葫芦是因为他不是本地人，讨厌本地的葫芦文化，带着强烈的文化偏见和歧视。这种强烈的文化偏见和歧视，在一种葫芦地域文化的语境下本来是难以宣泄的，但他巧妙地利用老师的身份，利用清兵卫课堂上侍弄葫芦违反课堂纪律这一事件，很好地宣泄了他"对于本地人爱好葫芦的风气心里本来不舒服"的偏狭情绪，并且利用家访，让清兵卫父亲"使劲揍了一顿"清兵卫，"拿起槌子来一个一个地砸碎"挂在柱子上的葫芦，还趁势将其余的葫芦没收，"当做脏东西似的交给老年的校役，叫他去扔了"。

尽管三个大人欺负同一个小孩子的动机不一样，但他们无视一个孩子的精神存在，不见容异己新见的内在心理动因和作为长辈威权不容挑战的专制心理却是惊人的相同，正是种种偏狭和自私的合谋，扼杀了一个孩子的爱好。

排斥异己和新见，顺我者昌，逆我者亡。这样一个分析是不是过度解读，只要想想如果清兵卫是个"乖孩子"，附和客人关于葫芦的趣味，答应买几个"奇特点"的葫芦，满足父亲在春天评品会上听来的像"马琴的葫芦""那才是出色的"虚荣心的话，会出现怎样的情形，就一目了然。然而，清兵卫恰恰不是这样的"乖孩子"，而是有什么说什么的"不乖的孩子"：

> 那种葫芦我可不喜欢，不过大一点就是了。

正是这种坦率真诚招致了"什么话，你懂什么，也来多嘴！"的呵斥。清兵卫答语虽然直率，但不失真诚，他只表达了自己的喜好，且申明了理由，并没有不允许别人不喜欢，本不应该遭受指责。

至于老师的"这种小孩子将来不会有出息"这种有违师德的"酷评"，则更是无稽之谈。他的借家访挑动清兵卫父亲揍打儿子、打砸葫芦，也是别有用心，而不是出于真正关心而误解学生行为的可谅之举，而是出于一种偏狭的文化报复心理，假公济私、公报私怨，其动机本就不良。

> 这位外来的教员，对于本地人爱好葫芦的风气心里本来不舒服；他是喜欢武士道的，每次名伶云右卫门来的时候，平时连走过都不大高兴的新地的戏院子，演四天戏，他倒要去听三天。学生们在操场里唱戏，他也不会怎么生气，可是对于清兵卫的葫芦，却气得连声音都抖起来……

面对成人世界的强势，客人的轻蔑、父亲的呵斥，老师的威权，年仅12岁而生性胆小的清兵卫要么直言以对："这样的好呀"，要么"沉默"以对。对于老师有辱人格的"这样的孩子将来不会有出息的"恶评，和没收他"一心热衷的葫芦"的举动，他"连哭也没有哭一声"。只有当这位教员家访告状时，清兵卫才"吓得什么似的，哆嗦着嘴唇，在屋里缩成一团……心头别别地跳着。不过，这并不是因为担心老师的告状会引来父亲的一顿打骂，而是怕他（老师）会注意到"他身后"柱子上正挂着许多收拾好了的葫芦"。

而面对父亲"使劲地狠揍了一顿"、严词詈骂，以及"拿起槌子来一个一个地砸碎""柱子上的葫芦"的疯狂举动，"清兵卫只是脸色发青，不敢做声"。

这种冲突下的强弱失衡、以强凌弱，以及弱者一味隐忍、连哭都不敢哭的反应，比起哭天喊娘、哀告乞怜的表现反而更能激起读者痛心的感受，而校役和古董商的意外获财更增添了读者对孩子的无辜和悯怜之情。这样的阅读效果不能说不得益于情节构筑的痛苦原则。

下面再来看看"摇摆"与"危机爆发"在文本是怎样运用的。

"摇摆"是教科书提出来的一个关于小说情节运行的新概念。它的主要意思是：小说在运行时不是毅然决然地向前突奔，而是在绝大部分时间里出现犹豫不决的状态。大多数小说情节的运行并不是呈现一条直线。作家不会让人物选择捷径，一口气跑到底，总会在某处放慢速度、甚至停下来做点什么，然后再回到轨道，这就出现了情节的摇摆。[1]

这样看来，如果打一个不恰当的比喻，将情节比作树干的话，那么摇摆就是树枝。树干整体上总是笔直向上的，树枝大都是旁逸斜出的；枝干一体成就一棵树，有干无枝则大抵只能叫木。木与树的能指和所指应该都是不同的。

据此理解，《清兵卫与葫芦》的小说文本在哪些地方出现了摇摆呢？这些摇摆对小说文本和小说阅读又产生了什么影响呢？

（1）清兵卫在修身课堂上偷偷地在桌子底下摩擦葫芦，给级任教员看见了，教员很生气。如果按照情节的顺势发展，教员应该是对违纪的清兵卫进行校纪校规处理，要么批评清兵卫、没收葫芦，要么申明要家访什么的，还有可能被驱除出教室、到政教处罚站、反省、写检查。可是，小说并没有接着写这些，而是穿插了一段教员喜好与为人的介绍：

---

[1] 《语文·外国小说欣赏·教师教学用书》，人民教育出版社 2007 年版，第 69 页。

这位外来的教员，对于本地人爱好葫芦的风气心里本来不舒服；他是喜欢武士道的，每次名伶云右卫门来的时候，平时连走过都不大高兴的新地的戏院子，演四天戏，他倒要去听三天，学生在操场里唱戏，他也不会生气，可是对于清兵卫的葫芦，却气得连声音都抖起来，甚至说："这种小孩子将来不会有出息的。"

　　这段摇摆不仅让读者认识了教员，了解了他的文化偏见、狭隘心胸和以公泄私的卑下情操，同时也是新的危机爆发的原因陈述。

　　（2）在上述一段摇摆之后，叙事又回到原先的轨道上来，于是接下来就写到"教员挟着一只书包来访问他（清兵卫）的父亲"。情节在此再次出现摇摆：清兵卫的父亲不在家。于是就有了清兵卫母亲的惶恐（吓得战战兢兢地不敢出声）、清兵卫面对教员斥责的反应（吓得什么似的，哆嗦着嘴唇，在屋角里缩成一团）和一节心理活动：

　　　　在教员身后的柱子上正挂着许多收拾好了的葫芦。清兵卫心头别别地跳着，怕他会注意到。

　　这里不仅进一步刻画了教员的形象，反映了老师的威权，同时也为情节的进一步发展（父亲揍清兵卫、打砸葫芦）埋下伏笔。对清兵卫的性格特征也有丰富：老师大施淫威，清兵卫担心的并非自己，而是挂在柱子上的那些葫芦，他似乎并不惧皮肉之苦，而更担心心爱之物受损。这一摇摆可谓一石三鸟。

　　（3）清兵卫好不容易因为教员没有发现身后的葫芦而松了一口气，这时父亲回来了。最终的结果自然是前述情节的顺理成章：清兵卫不仅挨了父亲的揍，而且葫芦也被"一个一个地砸碎"。文本用"一个一个地砸碎"，突显了这一事件对清兵卫和同情孩子的读者的沉重打击。

　　这样看来，摇摆在情节运行的过程中所起的作用，主要表现在通过造成情节发展的延宕，根据具体的情形，不仅可以丰富人物形象、交代人物背景，而且可以为情节的发展作铺垫，使之波澜起伏、引人入胜。

10. 让灰色人生变得明亮的小人物

——《在桥边》的文本解读

若要问用一两句话来概括《在桥边》中的交通流量统计员"我"是一个什么样的文学形象，还真不是一件容易的事。战争让他健全的身躯变得残疾，战后的抚恤获得了一个单调枯燥的工作环境，过着毫无意义的数字生活，人生全部的意义就是生存下来，变成一个心为形役的单面人。这本来是生活为他预设的一条道路。然而，他却不甘于此，努力做着超越环境的努力，于是本来灰色的生活有了一丝亮色。本来让人悲悯的人生，因为小智小慧，也有了一份达观和俏皮。他不是超越环境的英雄，却是一个努力克服异化状态，力图摆脱理性羁绊，回归原始经验和精神世界的"小人物"。不错，他就是这样一个人：

> 努力克服异化状态，力图摆脱理性羁绊，回归正常生活和精神世界的"小人物"。

上一课我们提到了情节构筑的三个原则，并且以《清兵卫和葫芦》为例，就"痛苦"的原则进行了分析。现在我们拟以伯尔的《在桥边》就"发现"的原则作一番探讨。

"发现是指整个事态无论是作者，还是其中人物均不知道下一步发展是什么，随着情节展开给读者提供的认识路线是由不知到有知。'发现'是对人物、事件的发现，这表明人和事物均有伪装，或者伪装必须在关键或偶然状态下才能被认出来。"[1] "发现"在亚里士多德那里被解释为"标志"、"创造"、"回忆"、"推理"、"歪打正着"、"事件本身发展产生" 6 种模式。

尽管作为残废军退人员的"我"受制于自身身体条件和呆板的工作环境的限制，但"我"的"玩世不恭"，使得这一切在某种程度上被消解了。在无意义的生活中反抗无意义的空洞，这本身就是一种意义。由于有了这样一种生活的态度，所以"我"对自身境遇和基本情况的介绍，不仅没有低沉暗淡的色彩，反而呈现出一丝活泼与俏皮的轻松：

> 他们替我缝补了腿，给我一个可以坐着的差使：要我数在一座新桥上走过的人。

---

[1] 刘恪：《现代小说技巧》，百花文艺出版社 2006 年版，第 32 页。

一句介绍和交代，就将人物背景和故事背景做了一个了断，同时将"他们"（指政府或某种政府机构）和"我"推到了故事的前沿，并对立起来。第一段5行文字，总共191个字，"他们"一共出现了10次，共20个字；"我"出现了5次。

> 他们以用数字来表明他们的精明能干为乐事，一些毫无意义的空洞的数目字使他们陶醉。

在"他们"的"乐事"和"陶醉"中，"我""整天，整天""不出声的嘴像一台计时器那样动着……为了晚上给他们送上捷报"。"他们"把"我"变成了一台机械，"他们"把自己的乐建立在"我"的苦上。他们的得意和滋润是不言而喻的。在"我"看来，自我感觉"精明能干"、"陶醉"，每天的"捷报"让"他们""脸上放出光彩"，"容光焕发"、"心满意足"。这从修辞上看当然是一种反讽，而如果从故事情节方面着眼，正是这样隐藏的矛盾推动了事情向"他们"不可预知的方向发展。

"他们"千方百计地想获得精准的统计数据，不惜采取分时取样核查的方式检查"我"的工作，判断"我"是否是一个"可靠的人"。尽管"他们"做出了符合"我"利益的判断，但"我"自知"我不是一个可靠的人"，"人们对我有诚实的印象"都是由于"我懂得""怎样唤起人们对我有诚实印象"造成的。"我"反抗这种空洞乏味的生活，对付"他们"的方式全凭"我"的情绪状态：

> （我）有时故意少数一个人；当我发起怜悯来时，就送给他们几个……当我恼火时，当我没有烟抽时，我只给一个平均数；当我心情舒畅、精神愉快时，我就用五位数字来表示我的慷慨。

这样一个统计数据，他们居然如获至宝，"乘呀，除呀，算百分比呀"。不难想象，战后重建、百废正兴的繁荣是多么虚假，"他们"所期待的"未来完成式"也是多么不可靠的自欺欺人。"他们"对所有人生活的安排就是将他们加减乘除，从而"我"要拯救人们的方式就是让那些幸运的人们不进入"他们"的数据系统，而"永垂不朽"。

如果说《在桥边》是一个爱情故事的话，那么，上面所展开的一切无疑就是这段爱情故事的背景了。这是一场别开生面的恋爱，外表静悄悄，没有语言，但却不能说没有行动，然而，它又纯然是仅限于精神的轰轰烈烈的爱情。它让"我"单调枯燥、毫无意义的统计员生活变得充实而浪漫，也让"我"的故事在文本呈现上表现得活泼而明亮，不像前述的"我"与"他们"的故事那样，在文本上充满反讽、调侃，在情绪上充满揶揄与不屑。在表面的轻松下充满紧张与对抗。

"她"是一个每天要往来过桥上下班的姑娘，在一家冷饮店里工作。虽然"我"爱她，爱得那样的热烈："她一天走过两次——我的心简直就停止了跳动……所有在这个时间内走过的人，我一个也没数"，因为"这两分钟是属于我的，完全属于我一个人"。但聪明的读者都知道，这两分钟实际都是属于"她"的。虽然"我"如此地爱恋她，以至于要打听到她工作的冷饮店，但"我也不愿意让她知道"，因为"我"认为"她应该无忧无虑地、天真无邪地带着她长长的棕色头发和温柔的脚步"工作和生活。

当这幸福而激动的两分钟面临取消的时候，无疑是情节高潮的来临。"最近他们对我进行检查。"如何化解对姑娘的暗恋与统计工作的矛盾，这一问题考验着"我"的智慧和人际关系。虽然"坐在人行道那一边数汽车的矿工及时地警告了我"，"我"也"懂得唤起人们对我有诚实印象"的方法，但是爱情与强制生活的冲突还是无法解决。"因为我必须数，不能再目送她过去"，以至于"我的心都碎了"。

情为物役，痛何如哉？如何看待这种矛盾冲突的设计以及矛盾冲突的化解，也是考验读者阅读心智的时刻。表面上看，"我"为生计所迫，不得不压抑对姑娘的情感；"而在深处，则仍然是鲜活的情感和生活的真正寄托压倒了空洞无意义的职业——'我一辈子也不会把这样漂亮的女孩子转换到未来完成式中去'"。[1] 故意漏计的选择，四两拨千斤，轻松地化解了来自"他们"的压力，在智慧上获得了战胜"他们"的自信。

歪打正着的结局是，由于"我"诚实地工作，出乎意外地被调去数马车，赢得了更多和自己心爱的姑娘接触的机会。"我"的喜不自禁是不言而喻的：

> 数马车当然是美差。数马车是我从来没有碰到过的运气……这简直交了鸿运！
>
> 数马车该多美……我可以去散散步或者到冷饮店去走走，可以长久地看她一番，说不定她回家的时候还可以送她一段路呢，我那心爱的、没有计算进去的小姑娘……

战后如何重建？小说文本给笔者的启示似乎是：首先回归生活，重建精神，而不只是一味的物质满足。

---

[1] 《语文·外国小说欣赏·教师教学用书》，人民教育出版社 2007 年版，第 28 页。

第六章　结构的力量：延迟的快感与节制的优雅

　　本单元的话题是结构。其实无论选取怎样的小说篇章，都是可以用来分析这样一项写作技术的。因为没有哪一篇优秀的小说在结构上是没有说法和讲究的。

　　如果从结构的话题考察本单元的两篇小说，则卡尔维诺的《牲畜林》可归属于情节结构模式，以控制叙述节奏、尽情摇摆引人入胜；斯特林堡的《半张纸》则可归属于时空结构模式，以心理时间展开叙事结构的小说，特点鲜明、可圈可点。

　　结构的一般意思是组成、构成、形成。三个词的后边都缀着一个"成"，说明它是完成态的，这是从结构的名词属性上来说的；如果从结构的动词属性来看，则它应该是未完成态，有正在形成中的意思。说到小说的结构，则正好是一个双重意义的集合。在作者写作小说时，它的结构是未完成的；在读者方面，由于阅读文字在时间上的延续和空间上的展开都有一个过程，不可能让人有一目了然的直观，所以读者必须读完了整篇小说，才能超越纷繁的文字，感悟这个实际上支撑整个文本的东西的存在。要总结结构对于整个文本的意义，还需要认真的分析、推导和求证。有时候结构的秘密和意义甚至连作者本人都不知晓。

　　从宏观上讲，小说的结构由三个维度构成：一个是小说的外部结构，一个是小说的内部结构，一个是小说的文化—心理结构。

一、小说的外部结构

　　小说不是孤立的文学现象，它与世界存在广泛的联系。传统的小说在结构上都是有始有终的，无论是形式上的文本，还是文本中涉及的一件事、一个人物，总有关于它或他来龙去脉的交代，从发生讲到结束，从生讲到死，否则就不完整。这是因为那个时代人们认为世界是浑圆的，这一看法影响了小说家对小说结构的建构。

　　现代小说中出现了许多形式上"不完整"的小说，不仅形式上"不完整"，而且内容上也是断裂的，人物的出场和退场也是突兀的。他们的面目也不清楚，籍贯不明，背景模糊，连从哪里来、到哪里去、有什么样的社会关系都没有交代，仿佛我们走在路上突然从拐角处出现的一个人一样，留给匆匆一瞥，然后永远消失。因为从科学认知上讲，现在的人们知道，这个世界上除了有始有终的圆，还有从一点出发、没有终点的射线，以及无始无终的直线，双曲线等。这些都是人们对世界的抽象理解，在简约的表象下，隐藏着复杂的世界。这些看法或直接或间接都影响到小说家对结构的理解和经营。"在这一点上，文学是与人、与自然、与社会相结合的状态，也就是说，文学与它们均联系形成一定的结构方式，或者客观地移植，或者主观地反映、表现等等。"[1]

二、小说的内部结构

小说的内部结构，从某种意义上说，是一些结构模式和由小说实践而形成的一些结构理念。拿情节结构模式来说。像西方经典的"俄狄浦斯情结"，中国的"陈世美的故事"等。这样的结构模式成百上千，我国学者丁乃通最新统计多达 843 个，其中纯粹中国式的就有 286 个。[2]情节结构的有机整体性最重要的原则就是控制节奏，这一点在接下来分析卡尔维诺的《牲畜林》时再进行详细介绍。此外还有时空结构模式，虽然说这是一切小说结构的基本形态，但有些小说特别强调时空意义，甚至可以说，这类小说结构就是以时空为标的。在时空结构模式下，有时候时间指涉的是自然的时间，如弗吉尼亚·伍尔夫的《海浪》就是以海潮的涨落来构筑小说结构、推动情节发展的。关于这一点，我们在《墙上的斑点》的讲授中已有所涉及。这虽然是一部意识流小说，可以说，只要读者破解了这篇小说的结构秘密，整个小说就迎刃而解了。

三、小说的文化、心理时间结构

有的作者是以文化时间来构筑小说结构的，比如一切纪年体的小说；有的作者是以写作时间作为标志来结构小说的，这特别是表现在一些元小说的创作中，作者故意以写作时间的真实性来混淆小说文本中的时间指涉，造成两种时间的混淆和矛盾；有的作者是以心理时间来构筑小说结构的，本单元的《半张纸》就是这种时间

---

[1] 刘恪：《现代小说技巧》，百花文艺出版社 2006 年版，第 167 页。
[2] 丁乃通：《中国民间故事类型索引》，载《民俗研究》2006 年第 3 期。

结构方式。

11. 一支枪管被折弯的猎枪

—— 《牲畜林》的 "摇摆" 艺术解析

在准备进入这篇小说的时候，笔者想起了阿拉伯的民间故事《一千零一夜》，这部又名《天方夜谭》的脍炙人口的文学名著在故事集的开头做了这样的交代：

> 在古代印度和中国的海岛中，有一个萨桑国，国王由于王后行为不端，不仅杀了王后，而且每天娶一位少女做王后，翌日清晨即将她杀掉，以示报复女人的不忠。宰相的女儿山鲁佐德为了拯救无辜的同胞，自愿嫁给国王并开始给国王讲故事，每次讲到一个最动人的地方，天刚好就亮了。就这样，日复一日，夜复一夜，她一直拖了一千零一夜，然后讲到了从前有一位国王，由于王后行为不端把她杀了……

绕了一千零一夜之后，故事回到了它的起点。

这种结构故事的方式给西方的小说家以很大的影响。笔者这样说，丝毫也没有说卡尔维诺《牲畜林》深受《一千零一夜》结构方式影响的意思，因为我们不是在做比较文学的影响研究和平行研究，但西方人的确推崇东方故事的这类结构方式和叙述方式。它 "对西方各国的文学、音乐、戏剧和绘画都曾产生过影响。意大利薄伽丘的《十日谈》、英国莎士比亚的《终成眷属》、法国莱辛的诗剧《智者纳旦》、西班牙塞万提斯的《堂吉诃德》等名著，在取材和写作风格上，都或多或少、直接间接地受到《一千零一夜》的影响" [1]。高尔基指出："这些故事极其完美地表现了劳动人民的意愿——陶醉于'美妙诱人的虚构'、流畅自如的语句，表现了东方各民族——阿拉伯人、波斯人、印度人——美丽幻想所具有的力量。"并把它们誉为 "最壮丽的一座纪念碑" [2]。

从叙事学的角度来看，山鲁佐德通过把握叙述节奏的方式捍卫自己的生命，若叙事节奏失控就意味着生命的丧失。在这一千零一夜中，她必须用从一个故事到下一个故事的内在结构手段来造成时间上的延宕，这种结构依靠叙述节奏的把控把一

---

[1]　朱维之等主编：《外国文学简编（亚非部分）》，中国人民大学出版社1983年版，第138页。

[2]　朱维之等主编：《外国文学简编（亚非部分）》，中国人民大学出版社1983年版，第135页。

个故事与下一个故事连接上，而且必须是在既定的时间——天亮时分停下，巧妙造成"欲听后事如何，请听下回分解"的悬念，挑逗听者的欲望。

在这一点上，卡尔维诺的《牲畜林》的结构手段和叙事策略，可以说和山鲁佐德的故事具有异曲同工之妙。

德国鬼子进村扫荡了，这对于躲避扫荡去村避难的村民来说是一次死里逃生的危机。然而，文本呈现的"危机"下的逃难图景，却是超乎我们中国读者的经验的，特别是出乎有过抗日影视观赏和图书阅读经验的中国读者的意外（在中国读者的经验世界里，鬼子"扫荡"就意味着奸杀掳掠，村镇焦土，烧光、杀光、抢光）。而《牲畜林》中虽然也有这样的侵略行径描述，却透露出一丝集体胜利大逃亡的轻松：

> 树林里像集市一般热闹非凡。山间小路以外的灌木丛和树林中，赶着母牛和小牛的人家，牵着山羊的老太婆和抱着大鹅的小姑娘比比皆是。更有甚者，有人连逃难的时候还带着家兔。

这当然也是人与牲畜休戚与共的生活写照，只有农夫和牧民才能和牲畜有这样虽是大难当前，但却不离不弃的深厚感情。这在某种意义上也为下面即将出场的故事主人公朱阿·德伊·菲奇冒着生命危险返回村子，救出奶牛"花大姐"埋下伏笔，因为他同村子里其他人一样，对自己的"花大姐"牵肠挂肚，割舍不下；同时也为村民们为了自己心爱的动物一次又一次阻止朱阿开枪射击德军士兵做了必要的铺垫。人同此心，心同此理——自己心爱的禽畜落在德国人手里已经是大不幸，假如还有可能因为笨手笨脚、枪法不准的朱阿误射受伤或毙命，更是伤不起了。

在小说文本的开头，卡尔维诺不但没有叙写扫荡"应有"的紧张气氛，反而将其描述成了牲畜们的"节日"。

> 不管在哪里，栗树越长越稠密，膘肥体壮的公牛和大腹便便的母牛就越多，它们走在陡峭的山坡上简直不知道往哪里迈脚。山羊的处境则好多了。但最高兴的还莫过于骡子，总算有这么一次可以不负重地走路，而且还边走边啃树皮。猪专拱地，结果长鼻子上扎满了栗子壳。母鸡栖息在树上，可把松鼠吓坏了。

这样一种轻喜剧的氛围，为整个小说涂抹上了一层明丽的色彩，奠定了轻松愉快的基调。它也许在某种程度上消解了战争的残酷性，但从另一角度来看，则是人们打击侵略者、战胜法西斯的自信乐观的精神表现。

卡尔维诺说："文学应该有自己的角度。"

在文学角度下的战争与真实的战争是不相同的，在现实主义作家和现代主义作家笔下的战争也是不同的。因为他们选取的角度不同，读者从中看到的景观也就有异，但他们都是真实的。在卡尔维诺笔下，战争背景突显了村民保护和捍卫他们的生命财产——他们的命根子——牲畜的生命力就是人们克敌制胜的动力。故事就在这样一个背景和这样一种氛围中展开了。

与这种洋溢着乐观自信情绪的氛围和谐一致的是出现在文本中的人物都被卡通化了，无论他们的肖像、言为还是动作举止神情都带有几分滑稽。

线索性的人物朱阿不是什么抗击法西斯侵略者、保家卫国的英雄，相反，从相貌到言行，他都具有小丑的特征："矮胖子，圆圆的脸膛黑里透红。他头戴一顶绿色圆锥形毡帽（中国男人都不愿意戴"绿帽子"），一条带圆点的红围巾系住了打满蓝色补丁的裤子。"不仅如此，他还是个嗜酒过度的酒鬼，"是村子里最蹩脚的射手"。这一切都为他的数举难射进行了符合逻辑的铺垫。

那个德国士兵更是长得一副"农民模样"，"短短的制服遮不住那长胳膊、长脖子，他的腿也很长，拿着一杆像他一样高的破枪"，"扁平的军帽下，一张猪样的黄脸东张西望"。这也为他下面的愚笨、贪婪、不断地转换捕捉对象做了合乎情理的交代。这一对搭档真可谓亮相就是戏，未成曲调先有情。叙事的一次又一次"延迟"就是在这一对搭档的互动和村民们不断的鼓噪声中展开的。

当朱阿歪打正着地将德国兵"逼进"林子里后，他一共有六次射击的机会和准备射击的冲动，其中五次射击都因为各种各样的原因被阻止了。

第一次是他自己的"花大姐"，"他想对准德国人的胸膛，可准星正对着的却是牛屁股"，他不敢贸然开枪。

第二次是一头漂亮的红色小猪。在一男一女两个小朋友的挂泪乞求（"朱阿，请你瞄准点。要是把我们的小猪打死了，我们什么也没有了"）下，他"手中的猎枪又跳起了塔兰泰拉舞"。

第三次是一只山羊。当他正要扣动板机时，白胡子老牧羊人托起了他的枪，合掌祈求"朱阿，你只要打死他，千万别打死我的羊"，结果是朱阿糊涂到"连扳机在什么地方也不知道了"。

第四次是一只火鸡。朱阿在一位胖姑娘"如果你打死德国人，我就嫁给你。要是打死了我的火鸡，我就割断你的脖子"的激将下，不仅"羞得满脸通红"，而且"手中的猎枪像烤肉的铁叉一样在眼前转动起来"。

第五次是一只兔子。朱阿在小姑娘"朱阿，别打死我的兔子，反正德国人已经把它拿走了"的哀告声中没有了反应。

最后是一只老得不能再老，瘦得不能再瘦，秃得不剩几根毛的母鸡。虽然吉米鲁娜老太太催人泪下地说："朱阿，德国人拿走了我的鸡，那是我在世界上唯一的财产，这已经够使我伤心的了。现在要是你把鸡再打死，那我就更伤心了。""朱阿的手比以前颤抖得更厉害了"，可"他还是鼓足勇气，扣动了扳机"。

朱阿的一次次举起猎枪，表明了他对侵略者的痛恨；又一次次放弃扣动扳机，既有他枪法不准的主观原因，又有村民们一次次哀求弃射的客观原因，更深层的还有与他和其他村民们一样热爱和平、热爱生灵、热爱生活的精神气质有关。如果我们仔细阅读文本，不轻易地放过每一个细小的安排，就会发现作者细织密缝的诸多内在的逻辑机理。

从禽畜出场的顺序来看，奶牛—猪—山羊—火鸡—兔子—老瘦秃身的母鸡，就物理价值而言一个不如一个，但从生命的价值而言，再小的生命也有同等的意义，一次次的放弃就是出于对任何生命同等的珍视。

畜禽主人男女老幼，一个个地出场，神情各异、急缓有殊、诉求却无不相同：不要伤及无辜；珍爱生灵，不要屠杀。最后的两位"梳着辫子、满脸雀斑的小姑娘"和孤苦伶仃的老太太更是发出了人道的呼喊：

> "别打死我的兔子，反正德国人已经把它拿走了。"
>
> "德国人拿走了我的鸡，那是我在世界上唯一的财产，这已经够使我
> 伤心的了。现在要是你把鸡再打死，那我就更伤心了。"

其言下之意，是不要让已经发生的不幸发展为更大的不幸。而朱阿对待村民们的请求，在弃射的相同结果之下，每次的反应各不相同。作者在描述这一次又一次的不同反应时，又两次采用了选取温馨生活意象这一共同修辞策略。这对突出朱阿的性格特征、内在精神气质和揭示他选择弃射的真正内在动因都是必不可少的。

第一次的反应是因为顾及自家的"花大姐"，"不敢贸然开枪"；第二次是"手中的猎枪跳起了塔兰泰舞"；第三次是"糊涂得连扳机在哪里都不知道了"；第四次是"手里的猎枪像烤肉铁叉在眼前转动起来"；第五次根本没有写朱阿的反应；第六次是"手比以前颤抖的更厉害了"。对侵略者必欲射杀之后快的仇恨与不愿开枪伤及生灵的矛盾与纠结，表明他是多么的热爱生活，不愿意开枪。

作者就是通过这样一种不断重复的延迟推进文本前行，随着朱阿猎枪的一次次举起又一次次放下，将读者的阅读欲望一次次引向高潮又一次次回落到"失望"的低谷中，随着那4声枪响，故事进入真正的高潮。现在的问题是高潮之后，故事该怎样结束呢？这是一个问题。

如何善后，这是一个问题，卡尔维诺的表现堪称经典。4颗子弹没有伤着德国鬼子一丝一毫。德国士兵最终与树林中的鬼子——"一只凶恶的、专门捕食飞禽，有时甚至到村子里偷鸡吃"的野猫同归于尽了。邪恶与邪恶同归于尽，善良与善良的人们继续美好的生活。

就这样，朱阿这个劣等射手，受到了像全村最伟大的游击队员和猎手一样的欢迎。人们用公积金给可怜的吉鲁米娜买了一窝小鸡仔。

这样的结尾仿佛用一个欢快抒情的小调结束了一个充满紧张、恐怖、绝望的音乐插部。

12. 告别过去与昨日重现
—— 《半张纸》的结构解析

希腊神话中记忆女神摩涅摩绪涅（Mnemosyne）与众神之王宙斯生了九位缪斯，管理史诗、悲剧和琴歌等。记忆与文学有着天脉天缘，她是文学永远的主题，也是文学基本的叙事策略。

美国哈佛大学中国文学和比较文学教授史蒂芬·欧文说："在我们同过去相逢时，通常有某些断片存在于其间，它们是过去同现在之间的媒介，是布满裂纹的透镜，既揭示所要观察的东西，也掩盖它们。这些断片以多种形式出现：片断的文章、零星的记忆、某些残存于世的人工制品的碎片。"[1]

瑞典作家斯特林堡的微型小说《半张纸》里充当媒介物的东西就是"一张涂满字迹的小纸头"。一个又一个记忆的零碎断片，从那张小纸头上纷至沓来，将过去两年的生活囊括其中。虽说"小纸头"在小说结构中如此重要，但这不过是故事叙述人采取的一种讲述故事的策略，这个策略是作者为故事叙述者设计的。所以，"小纸头"就成为双重的结构要素：也是作者结构文本的要素，是故事叙述者展开故事的要素。

从以上的分析，我们不难发现整个文本结构的节制策略。

第一，精心策划，省略故事叙述者的一切信息，造成阅读最大的空白和悬疑，以至于粗心的读者根本忽略故事讲述人、事件见证者——"他"——的存在。但仔细阅读分析文本我们不难发现，"他"不仅存在，而且通过报告主人公行踪和思绪的方式时时导引着读者的阅读目光，而主人公也好像是知道有这么一个人在场的，这使"他"的行动多少受到窥视和时间的限制。故事开头说：

> 那位帽子上戴着黑纱的年轻房客还在空房子里徘徊。

"还在""徘徊"，可见，"他"已"徘徊"多时了，而叙述者也多少有些耐不住了，所以用了一个副词"还在"。正是因为耐不住主人公的"徘徊"又"徘徊"，所以"他"下面的行为就特别受关注，一举一动都在被关注下，尽在被讲述中：

> 他走到走廊上，决定再也不……他取下这张小纸……他将它铺平在起居室的壁炉架上，俯下身去，开始读起来。

叙述者连"他"扫瞄纸片上文字的顺序都没有放过。

> 首先是……接着是……接着是……现在……名单上第一次出现了一位亲戚……以后是……下面的项目无法辨认……

> 他拿起这淡黄的小纸，吻了吻，仔细地将它折好，放进胸前的衣袋里。

> 他走出去时并不是垂头丧气的。相反地，他高高地抬起头，像个骄傲的快乐的人。

作者自始至终采用第三人称的手法展开叙述，简直像一个全知叙述视角的现场

---

[1]　［美］史蒂芬·欧文：《追忆》，郑学勤译，上海古籍出版社 1990 年版，第 79 页。

直播。叙述者不仅在主人公追忆往事的此时此刻在场，目睹了"他"的一举一动，而且知晓他们过去生活的一切，所以，每当"他"看到小纸头上某一个数字如电话号码或关键词时，叙述者就知道这勾起了"他"怎样的往事记忆。仿佛叙述者事先已经拿到了主人公过往两年生活的一份卷宗，现在不过像对号入座一样清点历历往事罢了。所以，文本中分明有一位叙述人在场，但作者又没有给以交代。这个叙述者是谁呢？"他"与"房客"和"他们一家子"究竟是怎样的一个关系，"他"又出于怎样的目的关注"他"和"他们一家子"？作者让叙述人讲述"他"和"他们一家子"的故事，又对叙述人的身份不做任何的交代，将"他"悬置起来，把这个谜扔给细心的读者。这当然也是仁智之见的答案，笔者猜想，可能是房东。理由很简单：房东关注房客太自然不过，也太有条件。

第二，时间的安排。告别的时间点正是追忆的时间点，这两个时间点基本上是重合的。一个人在一个空间呆了足够的一段时间，特别这又是他人生中有重要意义的时间段，当他要离开的时候，特别是要永远离开——无论是主动的还是被迫的，都会有很复杂的情绪。往往可能的情况就是行为上的告别、空间上的转移之时，正是心理上的接近、追忆开始的时候。如果说这样就俗套的话，那笔者要说，《半张纸》在这个问题上还真没有免俗。作为一个银行小职员的主人公"他"也没有理由排斥这一普通人共同的情感特点。所以，从某种意义上讲，正是人物命运、性格和只属于他的故事选择了小说的结构，作者在编织文本的时候不过是发现了这个结构，并顺应了这样一个结构而成全了自己的文本。

在这样的一个时间节点上，遗忘与拒绝遗忘成为人物情感特别纠结的时刻。可以说现实制造了遗忘，又催生了它的反面——追忆；或者说现实告诉他必须理性，必须遗忘，可是生活坚持要他回到感情。还是让我们回到小说的文本中来吧：

他走到走廊上，决定再也不去回想他在这寓所中所遭遇的一切。

这说明在这次"决定再也不去回想他在这寓所中所遭遇的一切"之前，他已经反复下过几次这样的决心了，但每次都有这样或那样的甚至读者想象不到的什么东西勾起他的回忆而违拗了他自己的意志。这一次他会如愿实现自己的意志吗？接下来的"但是"告诉读者这似乎已不可能。尽管当"他"看到"在墙上，在电话机旁"这张"涂满字迹的小纸头"的时候，下意识地"决心要忘却""这纸片上的一切记录"——

"半张小纸片上的一段人生事迹"，但他还是本能地"取下这张小纸……将它铺平在起居室的壁炉架上，俯下身去，开始读起来"。

"他"的追忆正是在这样一种坚持遗忘与拒绝遗忘的矛盾推动下展开的。这种追忆已经不是第一次了，在这之前已经悄悄地进行开来了，文本制造的这一次追忆不过是一连串追忆意识流的一个横截面。所以，"半张纸"成为叙事起承转合的关键。它在单纯现在进行时态下的故事讲述中呈现了十分复杂的时态关系，至少是将现在时中的将来时、将来时中的现在时、将来现在时中的完成时、过去时中的过去完成时这四种复杂的时态交汇在一起了。

第三，作者工于追忆往事的内容安排。保罗·康纳顿说："记忆不是一个复制问题，而是一个建构问题。"[1] 如何建构？最基本的就是选择，选择什么东西该记下来，什么东西该遗忘。反映在小说文本中就是哪些东西应该讲述，哪些东西应该放弃。《半张纸》中作者通过一张纸头上的记载，强迫"他"的追忆仅限于纸上罗列的东西，不允许纸上没有的东西进入追忆的范畴。这样，昨天生活的记事卡就成了今天追忆的备忘录。文本中那个叙事者故事中的"他"的追忆，必须是有节制的、照章行事的。回忆的路线图就是纸片上的关键词。

艾丽丝—银行—出租马车行—鲜花店—家具行、室内装饰商—朋友—
修女—岳母—药房、牛奶厂等—承办人

每个关键词都成为一段人生往事的浮标，每一个浮标下都有一桩或温馨或伤痛、或琐繁纠结或明快爽朗、或感事伤怀或转瞬即逝、或一日百忙或偶有闲逸的生活。总而言之，无论怎样的生活，它都是他自己人生的一部分。

第四，文本在选择时空结构这样一个结构时，模式所指涉的时间至少可以从这样几个角度来看。一是故事时间，指的是小说或叙述人讲述的故事和事件的先后顺序。在《半张纸》中故事主人公"他"的故事时间即现在、此时此刻"他"离开寓所时的所思所想、所作所为。二是叙述时间是指叙述者讲述这些故事的时间。在原初的故事中，时间是按先后顺序展开的，比如《半张纸》中主人公的故事是先有两年的生活，然后才有这两分钟的生活。可是，叙述人在讲故事的时候却将原来的时序打乱了，进行了重新编排，从现在开始讲起，将过去两年的生活插叙其中，这就是叙

---

[1] ［美］保罗·康纳顿：《社会如何记忆》，纳日碧力戈译，上海人民出版社 2000 年版，第 26 页。

述时间。三是时间跨度，所谓时间跨度是"通过比较事件真实发生所需要的时间和阅读它们所需要的时间来衡量的"[1]。这个因素是由叙述的节奏来决定的，或者说叙述的节奏决定时间的跨度。《半张纸》是比较典型的例子。主人公"两年"的生活浓缩在"两分钟"的时间里。故事时间流逝了"两年"，叙述时间却只用了"两分钟"。四是时间体验，小说中表现出来的作者的或人物的时间体验和感受，比如时间存在形态的共时性、历时性、永恒感和流动感。比如，在《半张纸》中，故事主人公"他"在这间寓所里短短两年的时间，经历了人生的大欣大喜，也经历了人生的大悲大恸，但是，当他离开这间寓所，回头瞻顾的时候，当"他"的目光停留在半张淡黄色小纸头上的时候，"他"的感受是"两年间全部美丽的罗曼史"，所以，这两年是"短短的"。而当在两分钟的时间里回顾完两年生活之后，"他"的感觉是"在这两分钟的时间里他重又度过了他一生中的两年"，并且"走出去时并不是垂头丧气的。相反地，他高高地抬起头，像是个骄傲的快乐的人。因为他知道他已经尝到一些生活所能赐予人的最大的幸福"。

所以说，这种时间体验的意义不仅是小说形式上的，更是人的类本质上的。当代著名作家余华在谈到记忆文学的特征时说："一本关于记忆的书，它的结构来自于对时间的感受，确切地说是对已知时间的感受，也就是记忆中的时间。""人们在面对过去时，比面对未来更有信心。因为未来充满了冒险，充满了不可战胜的神秘，只有当这些结束之后，惊奇和恐惧也就转化成了幽默和甜蜜。这就是人们如此热爱回忆的理由。"[2]

最后，我们说说题外话，谈谈阅读本篇小说的意义。说到阅读，阅读的意义是我们这个时代的读者最为关心的事件，因为有限的时间不可虚掷。《半张纸》的阅读能给我们怎样的启示呢？

越来越物质化、体制化、同质化的现代社会，人们从外貌到内心变得越来越相似，个体化的情感体验日益缺失，也弥足珍贵。

通过回忆往事，追寻逝去的时间，将生活变成艺术，从而延续自己的生命，避免存在的遗忘，这是小说的一层意义；同时像小说的主人公一样，通过回忆往事，无论欣悲，都能让我们也可以获得面对未来的信心，这是小说蕴含的另一层意义。

[1]　[英]戴维洛奇：《小说的艺术》，作家出版社 1998 年版，第 206 页。

[2]　转引自吴晓东：《从卡夫卡到昆德拉》，生活·读书·新知三联书店 2003 年版，第 173—174 页。

第七章　情感的归属：多元错位与零度写作

这个单元的话题是"情感"，"情归何处"也是小说创作和小说阅读中的一个重要问题。把作家的写作和读者的阅读综合起来考察情感，大致可能就会出现以下几个方面的关系：

第一，作者和故事讲述者对待其笔下形象的情感态度以及处理情感的方式；

第二，文本中文学形象之间相互的情感状态；

第三，读者对文本中形象的情感以及对故事讲述者表达情感方式的感知。

这几种关系中，就作者创作的技术层面读者阅读感受的关系而言，虽然也有同情共鸣的时候，但整体上呈现错位逆行的规律。

理论是灰色的，创作与阅读的实践之树常青。让我们还是从具体的文本入手来进入话题吧。

> 　年过六旬的老父亲面对患有孤独症的儿子忧心如焚，可儿子偏偏不领情。老人每天站在走廊里怜爱地看着儿子。儿子上街或到海边去散步，他就偷偷地、远远地跟在后边。儿子对生活一直没有信心，他总是想方设法安慰他，一遍又一遍宽慰道："从前不易，现在也不易，这就是生活。"冬日里，老人两脚站在冰冷的海水里，帽子一次又一次被海风吹落，他上气不接下气地追赶着儿子，不断地抽泣。

这是马拉默德《我的儿子是凶手》里人物之间的情感关系：一个无私的爱，一个毫不领情。这样的情感逆差让读者为老人深深地难过。作者自然也是同情老人的，他知道读者也和他一样同情老人，可是他就是要折磨这个老人；并且读者越是同情老人，他就越是要想方设法折磨老人——让老人的付出受到漠视，让老人的双脚浸泡在冰冷的海水里，让老人跑得上气不接下气，让老人不断地抽泣……

接下来要讲到的一篇小说——《山羊兹拉特》是涉及人与动物关系的。在此之前，让我们回顾一下幼儿园老师讲给小朋友的一个动物故事——狼和羊：

> 狼看见小羊在河边喝水，想找个合理的借口吃掉他。他站在上游，责备小羊把水搅浑了，让他喝不上清水。小羊回答说，他是站在岸上喝水，而且站在下游，不可能把上游的水搅浑。狼撇开这个借口，又说："可是你去年骂过我爸爸。"小羊说："那时我还没出生呢！"狼于是对小羊说："即使你善于辩解，难道我就不吃你了吗？"

想想当初我们听老师讲故事时候的感受，一定是很为小羊担心、难过。小羊驳斥狼的理由越是充分，我们越是感到安慰，它的命运就会越是糟糕。我们希望小羊摆脱危险，就希望他说理越充分；而事实上是它说理越充分，狼就可能越不讲道理，它被吃的可能性就越大。这则故事蕴含的道理本来就是"对于那些存心作恶的人，任何正当的辩解都不会起作用"。

这就是文学文本中情感逆差的一个例子。有的文学批评家这样总结这种文学现象：

> 作家要让作品有震撼力，就要让人物的命运和读者的同情发生逆差——读者越是同情，作家越是要折磨他。人物的命运越是和读者的希望有反差，就越是有吸引力。[1]

换言之，作家在编织小说文本的时候将感情降至"零度"，是一种写作的策略。

"零度写作"，在不同的语境或者不同的时期，内涵是不相同的。它源自法国后结构主义批评家罗兰·巴特的一部同名著作《零度的写作》。他从字词的内涵与形式之间的偶合性、任意性及人为性，而非天然性、必然性的论证出发，进而得出语言形式的独立品质高于一切，字词既是独立的客体，又是独立的主体的结论，并由此而揭示古典语言在意义和字词之间虚构明确关系的真正目的在于隐喻现行法则的合理性。而在这样一种语言学基础上的文学写作，采取的一系列文学策略比如过去式的历史写作所表明的秩序、第三人称写作所创设的旁观者的安全地位等，都力图表明世界的确定性、客观性的虚伪性，揭开了古典写作中处处标榜的"真实"和"自

---

[1] 孙绍振：《文学性演讲录》，广西师范大学出版社 2006 年版，第 394 页。

然"，以及文学是现实客观再现说法的欺骗性。所以说，罗兰·巴特的"零度写作"，强调的是由字词独立品质所带来的多种可能性和无趋向性。

今天中国大陆文学界流行和标榜的"零度写作"，基本上被窄化或矮化为一种文学写作的策略，是一种以"零度"的感情投入到写作行为当中去的状态，或者说是写作者通过隐藏或者冷却自己的情感，以便能以更客观、冷静和从容的态度进入叙事的技术。

13. 情感的错位与复位
——《山羊兹拉特》写作的情感策略解析

动物有兽性，人性有弱点。动物的兽性源于自然性，而人性的弱点又当如何归因呢？

美国作家艾萨克·什维斯·辛格的这篇小说以"山羊兹拉特"命名，在某种程度上就表明了写作者的情感倾向。

要不是那一场暴风雪，山羊兹拉特早已成了"城里的屠夫弗佛尔"的刀下鬼、市人饭桌上的盘中餐了，而它的主人硝皮匠勒文也就正在用它换来的"八个盾"，"买灯节用的蜡烛，以及土豆、煎鸡蛋薄饼的油、给孩子们的衣物和全家过节的种种开支了"。

尽管作者为勒文卖掉兹拉特找了很多合情合理的理由："它老了，挤的奶也很少"，换的钱也不多，"城里的屠夫弗佛尔答应给他八个盾"，可以暂时接济贫困的家计，让孩子们过一个像样的"灯节"，但是读者还是不能原谅勒文的决定，为这头与他们无缘无敌的牲畜抱委曲、鸣不平。有道是恻隐之心，人皆有之，读者对兹拉特的情感正是基于这样一种最基本的人性，而且勒文不被读者谅解也正是由于他违背了这一基本的人性。何况兹拉特是"哺乳"了这一大家子人的"功臣"，这使得勒文的决定更显得不近人情、令人反感。

事实上，家里其他人都舍不得把兹拉特卖给城里的屠夫。"母亲不禁泪流满面"，"小妹妹安娜和米丽昂也哭了起来"，阿隆也不愿意，"可他只得听从父亲的命令"。所以，"当阿隆给山羊套上绳索时，全家人都出来向兹拉特告别"。文本中这些人物对兹拉特的感情以及表现，更加深了读者对兹拉特的同情和怜悯。这是作者煽情的结果，也就是说作者写家人对兹拉特的感情是为了调动、诱发或加深读者的同情心。

　　而更让读者动情闪泪的是，兹拉特对自己即将遭遇被卖、受戮的悲惨命运全然无知，不仅如此，它"还像往常一样，显得那么温顺那么可亲"，"舔着阿隆的手，摇晃着它下巴上那小撮白胡子"，"对主人充满信任"。上路之后，它虽然一度有所怀疑，但马上又"想通了：一头山羊绝不应该提什么问题"。

　　整个故事就是在这样一个多维的情感错位下开始的。勒文对兹拉特的无情，家人对兹拉特的同情，兹拉特对主人的信任，读者对兹拉特怜悯和对勒文无奈的理解但无法谅解等感情交织在一起，制造出了巨大的情感动力。

　　这多重情感的复位、达到情感和谐的转机有赖一场突如其来的暴风雪。这场暴风雪之大之猛之突然，完全超出了阿隆这个 12 岁牧羊少年的意料。

　　　　十二岁的阿隆见过各种各样的天气，但他还没见过这么大的雪。漫天的雪花，被大风戏谑着，顷刻，整个大地被白雪覆盖。通往城里的路本来就又窄又弯，这时根本看不清路了。

　　迷路、寒冷、饥饿，前不着村、后不着店的境况，将阿隆和兹拉特置于共同的生存困境。为了加剧这种困境，作者继续加大对暴风雪的描写：

　　　　寒风怒号，掀起阵阵雪旋……一股白色的雪尘从地面飞起。兹拉特……固执地把蹄子牢牢地扎在地里，咩咩地叫了起来……

　　　　雪已深及阿隆的双膝，手脚冻麻了，脚趾也失去了知觉，呼吸困难，鼻子似乎是木制的。

　　这些描写为接下来草堆中的人畜互济、人畜互信做了充分的铺垫：

　　　　兹拉特吃饱后，坐在后腿上，它似乎恢复了对人的信任。阿隆吃完了他那两片涂着奶酪的面包，他仍觉着饿得慌，突然看见兹拉特乳房胀鼓鼓的全是奶。于是，他立即靠着山羊躺下，对准奶头，使他挤的奶直接射进嘴里。

　　　　…………

　　　　现在，兹拉特在他的眼里，简直就像是他的妹妹。

　　外面的世界"始终是一片乌黑"，而草堆内人畜的心里却是越来越亮堂。他们深情的对话达成了一个共同的默契：

> 我需要你，你也需要我。

一场雪灾改变了人畜的关系，大灾大难让人们认识到了他们与那些同他们朝夕相处的动物休戚与共。勒文一家从此把兹拉特当作家中平等的一员对待。在来年持续8天的灯节里，这个依然贫困的家庭却充满和乐：

> 阿隆的母亲也能每晚做些油煎鸡蛋薄饼给孩子们吃，兹拉特也有一份。尽管兹拉特有自己的羊圈，不过，一到晚上，蜡烛点着的时候，它需用角敲厨房的门，让人知道它要进来。每次，大家都放它进来，吃完煎饼，阿隆、米丽昂和安娜玩陀螺。兹拉特也不离开，坐在炉旁，在闪亮的烛光里，看着嬉笑玩耍的主人们……

至此，勒文及家人与兹拉特的感情互动也会深深地打动读者。作者、读者、文本中人物对待兹拉特的感情高度谐和起来，所有情感关系恢复到正常的轨道上来，皆大欢喜，是谓情感复位。

以上我们从情感这一维度对《山羊兹拉特》做了多个向度的分析，至于这篇小说究竟表达了怎样一个主题却几乎没有涉及。无主题阅读还是有悖于我们的阅读习惯的。所以，在最后我们仍然有必要就我们这篇小说的主题进行一番探究。

有研习者认为：

> 作者是否想用小说情节情感酝酿发展的轨迹来揭示这样一个主题：只有当人成为一个大写的人的时候，人和羊（动物）的相处，才能构成美好的境界，人和羊（动物）才能组合成一个"美"字，构成人世间的大美。

这样一个归括不仅表达很富有诗意，而且很巧妙地利用了汉语中"美"的构成来描述文本的意境，在"人"、"大"、"羊"与"美"之间建立了一种"内在"的关系。这样的联想虽然值得称道，但有一个常识也值得注意。

传统主流的说法认为"美，甘也。字从羊、大"是来源于《说文》，但应知道"美"的产生并非没有别说。实际上从"美"的古文字字形考察，"美"并非"羊"、"大"的合体，而是一个头戴羽饰，形类舞蹈之状的独体"人"字。从古音考察"美"字，则"美"并非今之"měi"音，而是"wěi"音，这一点可以从《经典释文》、《广韵》、

《玉篇》中皆可获证。在上古汉语中，美与舞不仅音同，而且形近。"美"字的来源与演变当然不是三言两语即可说清楚的，也不是此处要弄清楚的问题，提及这一点，目的是为了说明对主题的归纳有诗意和巧借汉字造字以连缀文字都无可厚非，但特别要注意的是，不能为巧而巧，弄巧成拙。

《语文·外国小说欣赏》认为，作者表达了一个悲悯的主题：

> 作者不仅将悲悯的目光投向困境中的人，更把关怀的温情给了绝境中依然忠心耿耿的纯洁的山羊。

用"悲悯"来作为文本主题的关键词是一个比较高的定位，它在某种意义上是站在一个哲学的高度来看文本表达的人文意义的。需要搞清楚的是，这样一个主题究竟是作者赋予文本的，还是研究者或读者自己从文本中获得的。作者肯定有创作理念，小说也是承载理念的一种特殊的载体，问题是如果做这样的主题概括，且申明是作者的立意的时候，就一定要小心，至少要拿出证据来，否则，好心可能办坏事。如果作者有知也会说"NO"，因为他可能认为你利用他的名誉强加自己的解读作为文本的解读。如果你说"我以为文本表达了"应该是没有问题的。

《语文·外国小说欣赏·教师教学用书》在分析这个文本的时候，不只一处分析到小说的主题，自然也就出现了不只一种主题的归括。比如在某一处编者指出：

> 从某种意义上，这是一场情感与贫困的较量，它显示了人类在物质和情感之间的选择，只不过，这段情感发生在人与动物之间。所以，在没有彰显出自己的独特价值前，山羊兹拉特依然走在通往死亡的路上。它的命运和小说的情节产生逆转的时机则有待大自然的启示。
>
> ············
>
> 山羊的品格为它赢得了人们的敬重与友爱，也为它赢得了与人平等的生命权利。情感再一次战胜了生活的困难，人们选择了与羊同甘共苦，厮守下去。

若是将主题定位在情感、贫困、较量上，也是不错的。应该说这也从某一个层面揭示了人类生活的某种困境——在情与利、义与利不可兼得的时候，舍什么，取什么，这确实是一个问题。以文本为例，接下来"八天的灯节"勒文家的孩子们过得还算不错，山羊兹拉特也同孩子们一样。这样一个物质困境的暂时解脱，作者用了一个"因为天气变得寒冷，村民们重又需要硝皮匠勒文来帮忙"来自圆其说，满足了既要开放又要自足的文本要求，也成全了情利两得、情义双获的圆满结局，不过这多少回避了"情利"、"情义"的矛盾冲突问题。这是教学用书主题概括的一个待解的问题。

另外，"在没有彰显出自己的独特价值前，山羊兹拉特依然走在通往死亡的路上"一语让人费解。山羊兹拉特的独特价值究竟是什么？是危难之处显身手救人吗？笔者看未必。笔者以为山羊兹拉特的价值同别的山羊一样，就是吃的是草，挤出来的是奶。这奶除了供养羊羔之外，就是供养人。

在第二处，教学用书对本篇小说的主题概括是：

> 爱是成就《山羊兹拉特》这篇小说的重要因素。可以说，没有硝皮匠全家和山羊兹拉特之间的深厚感情，这篇小说就不会是目前这个面目。在这篇小说中，爱是双向的，在情节发展的不同阶段，爱有着不同的走向……爱在人与动物之间的互动，使得小说的情感主题不再单调乏味，而是呈现出和谐完整的独特格局。

笔者以为人与动物之间的感情，与其说爱，还不如说依赖。在彼此的需要中，人与动物相互依赖，当大家都意识到谁与离不开谁的时候，这种依赖便成了信赖。再来回顾一下劫后余生的阿隆吧：

> 有时，阿隆问它："兹拉特，你还记得我们一起度过的那三天三夜吗？"
>
> 兹拉特用角搔搔颈背，摇摇长着胡子的脑袋，发出它那唯一的声音：
>
> "咩——"

所以，要说一个真正开放的文本表达了一个怎样的主题，并不是一件很难的事情。难的是要找到一个唯一正确的主题，因为这也许永远不可能。但正因为如此，经典永远耐读。

至于说到笔者自己阅读这篇小说的感受，笔者很想用"拯救"来作为关键词。谁拯救了谁？兹拉特拯救了勒文吗？当然可以这样说，至少它使他们免于自己良心和人性的审判。他们为什么"此后，全家人谁也没有再提起卖兹拉特的那件事"，因为这在他们是不光彩的事；是阿隆拯救了兹拉特吗？似乎也说得过去，没有阿隆在暴风雪中掏筑的草堆，兹拉特也许活不过一个晚上，更不要说三天三夜安然无恙了。当然，没有兹拉特的体温和奶汁，阿隆也早已祭了那场暴风雪，也可以说是兹拉特救了阿隆。说到暴风雪，也许它才是最大的救主。它不仅救了兹拉特垂垂老已的性命，而且拯救了勒文一家，使他们免于良心的自责和人性丧失的谴责。谁拯救了谁，还不得看上帝怎样掷骨子。

笔者这样说，对人似乎有些低看的意思。难免会招致同类的怨诉与指责，所以，还是搬出几位大人物来看他们怎样看待人和人类。当然，他们愤激的表达出于某种特殊的情感和语境，所以，不无偏颇。

马克·吐温把整个人类——包括他自己在内——看作是一种最低级的动物，有人问他是否敢把人和耗子放在同一个水平上，他不无严肃地答说：绝不，那样对耗子是不公平的。

泰戈尔说得更露骨，当人是野兽时，他一定比野兽更坏。

14. 情感距离与道德追问
—— 《礼拜二午睡时刻》的多维解读

"情感距离"和"道德追问"是从创作技术与主题感受两个角度来预设本讲的内容的。这当然不排除还有其他写作技术和主题思考的可能性空间穿插其中，只是因为要服从单元话题的需要，所做的一个有限的规划。先聊聊题目吧。

一、对时间的关注

首先，让我们从小说题目来看小说对时间的关注。

"礼拜二午睡时刻。"面对这样一个时间名词片语，笔者有两点感想：一个是偏重形而上的思考；一个是偏重形而下的思考。

欧洲中世纪和新世纪之交最伟大的作家但丁曾经说过，"人的一生可以凝缩为一个个特别的时刻，他在每个人的生命中选取了一个时刻，并以这个特殊的时刻向我们描述了一个人的全部特征和他的全部生活"[1]。从某种意义上讲，时间不仅是存

---

[1] 石映照：《写小说读小说》，新世界出版社 2006 年版，第 283 页。

在的形式，而且就是存在本身。时间在现代作家的意识里，具有别样的哲学意味和特殊的文学旨趣。博尔赫斯说时间就是人自我："时间是吞噬我的河流，而我正是这河流；时间是摧毁我的老虎，而我正是这老虎；时间是焚烧我的火焰，而我正是这火焰。"[1] 其实，作为内容和形式同构同质的时间，不只对于博尔赫斯是如此，对于一切存在强烈自我意识的人都是如此，对于我们即将要接触的加西亚·马尔克斯和他的小说《礼拜二午睡时刻》里的那位母亲也不例外。

礼拜二的"午睡时刻"，这不是作者设置的一个时间，也不是故事叙述者设计的一个时间，而是文本中的人物母亲挑选的一个时刻。文本中的人物不仅是有生命的，而且是有个性的，有时候故事的叙述者和作者必须服从人物安排，因为他（或她）有自己的人生和生活逻辑。故事叙述人也罢，作者也好，只是在转述人物的故事，记录人物的故事，也就不能由着自己随意编造。居斯塔夫·福楼拜在写到包法利夫人死的时候，泪流满面，嚎啕大哭。旁人问他原因时，他哀伤至极地说："她死了，她死了。"可见包法利夫人的死是作为创作者的福楼拜事先未曾料到的。作家没有安排他笔下的人物去死，但文本中的人物有自己的命运，到她非死不可的时候，作家也无法改变她的命运，让她免去一死。

这个时间的选择，从小说文本提供的信息可以猜测得到的目的来看，是这位母亲为了祭奠一周前死于非命的儿子时不致引起围观，而特意选择的。她不愿面对那些复杂的眼光。她的儿子在一周以前的一个凌晨，被一个老寡妇开枪打死在她的门外，被当地的人们认为是一名小偷，这并不是一件荣誉的事件。所以，她远途奔丧，也许不仅不会获得些许的同情，反而会受到无声的谴责。而按照当地人们的生活习惯和生活节奏，"在这个时候，镇上的居民都困乏得睡午觉去了"。

> 从十一点起，商店、公共机关、学校就关了门，要等到将近四点钟火车返回的时候才开门。

而她和她的女儿正好在这个时候到墓地里祭奠了她们的儿子和兄长，之后乘坐3点钟的火车返回。这是一段少有人活动，也少有人关注的时刻。这也可能就是为什么神父让她们"三点钟以后再来"，而她虽然"声音还是那么温和"，但"口气很坚决"地拒绝的原因。虽说"火车三点半就要开了"是一个事实，并非完全是一个

---

[1] 转引自石映照：《写小说读小说》，新世界出版社 2006 年版，第 284 页。

借口，但从她那"流露出各种各样的复杂感情"的表情来看，也不是没有趁着人们午睡时刻到墓地祭奠亡儿，以减少尴尬的考量。

所以，人们有时候所说的和他们真正想要表达的意思之间，隔着或近或远的距离，言语是个极不可靠的东西。按照罗兰·巴特的观点，字词和字词的组合存在不确定性和无数的关系。既然如此，阅读小说文本时，要考察言语和意义的关系，除了要看表层的形式结构和意义关系外，还要考察深层的形式结构和意义关系。深层的形式结构和意义关系的一个很重要的方面就是从心理的角度去丈量语言的意义。

这样一个精准的时间意义，对于"那个女人"意味着，既能在人们午睡之时乘隙祭奠了儿子，避免了面对那些"复杂的眼光"和不必要的尴尬，又能乘三点钟的火车返回故乡。为了很好地掌控这个时刻，这段不同寻常的旅行对时间的关注特别多且特别准确。每个大的时间点，甚至火车停站的时间都被计算在内。明确提到的时间一共有 4 次，隐性的时间计算至少有 3 次。它们分别是：

> 这时候正是上午十一点。
>
> 十二点。
>
> 快两点了。

如果按相同规模的火车站停靠的时间基本上是相同的常识来判断，火车一共经过了 5 个站，最后一个站比前面的要大一些。前面的车站一般停车十分钟——"火车在一个荒凉的车站停了十分钟"——"火车慢腾腾地行驶着。又在两个一模一样的镇上停了两次"——"这个镇子也和前面两个一模一样"——"火车已经开进一个镇子。这个镇子比前面几个要大一些，然而更凄凉"。除去火车停站时间的将近一个小时，从读者第一时间在火车上看到三等车厢的母女俩，到母女俩最终到达终点站，火车一共运行了两个小时。

故事的讲述人为什么如此关注时间呢？答案很简单，故事中的人物——母亲特别关注时间。这也就是讲述者不断提醒读者时间的一个内在的原因。

可是天不遂人愿，当她们在和神父办理进入公墓手续、获取钥匙的时候，这个通常不会有人的"钟点"，"现在不光孩子在街上，在杏树下面还聚集着一群群的大人"，"窗子外面净是人"。

这让笔者想起了博尔赫斯《小径分岔的花园》中的一段话：

时间是永远交叉着的，直到无可数计的将来。在其中的一个交叉里，
我是您的敌人。

"礼拜二午睡时刻"正是成了这样一个交叉的时间。围观的人群围住了神父家，
从临街的大门到院子的窗外。故事的讲述人说道：

直到这个时候，那个女人好像还不知道出了什么事。

好在他用了"好像"这样一个表示猜度的词因为他后面的讲述马上就彻底颠覆
了前面的猜度。

她透过纱门朝大街上看了看，然后从女孩子的手里把鲜花夺过去，就
向大门走去。

由当初的准备回避，到义无反顾的面对，这中间母亲并没有犹豫。也许有些事
情真是没法去预料的，就像她的儿子一样，艰难地求生，来到一个举目无亲的小镇，
却无辜地丢了性命，还背上了一个所谓的道德污点。这也许是上帝的意志吧！听听
神父怎么说的：

哎！上帝的意志是难以捉摸的。

所以，从某种意义上讲，这是一篇关于时间的小说。

二、多重的情感距离

接下来我们看看作者怎样处理小说文本多重的情感距离问题。

回到情感的话题，我们来看在这篇小说中涉及的几个情感维度或几重情感关系。

首先是故事的叙述人对人物情感的态度，即讲述人对待"那个女人"所作所为
的态度、对待神父兄妹的态度、对待寡妇枪手的态度、对待围观者的态度、对待被
打死的"小偷"的态度。

其次是文本中人物与人物之间的情感关系，即他们彼此之间的情感对待。在小
说中表现为母亲对待殇子的态度、对待神父兄妹的态度、对待老寡妇的态度、对待
围观者的态度；神父兄妹对待"那个女人母女"的态度、对待老寡妇的态度、对待
围观人群的态度、对待"小偷"的态度；老寡妇对待"小偷"的态度；围观者对待"小
偷"的态度、对待"那个女人母女"的态度等。

除此之外，还有一个叙述人综合地对待文本中所反映的法律现实、人伦道德的态度、文化氛围的态度，这是一个涉事的态度，事关小说的主题解读，我们将它单独作为一个命题来讨论。

　　从总体上来说，故事的叙述人对待故事中各方面的人物，无论是单个的还是群体的，基本上采取的是"不偏不倚"的中立态度，即只陈述事情的来龙去脉，描述相关的情状；只提供事实，不做评价；既不提供立场标准，也不提供价值标准，一切让读者根据文本去作判断。从情感距离的角度来看，故事的叙述者与故事中所涉及的各个方面的人物之间的关系是等距离的。

　　如果将本次的阅读比拟为一个卷宗的阅读，我们可以进行一个法庭沙盘的推演，则此案相关各方角色定位大致相当于：故事的讲述者是公诉人，"小偷"及其母亲是被告，老寡妇和围观者是原告，神父兄妹是陪审团，读者是法官。作为法官的读者所依据的事实，就是作为公诉人的故事叙述者提供的小说文本，他所依据的法律准绳是普适的原则；原告被告则以他们在文本中的言为行动替自己辩护；陪审团依照当地宗教文化、人文风俗等背景资料发表自己的看法。

　　所以，故事的叙述者在讲述这个故事的时候，是尽量不带个人感情的，以保证提供的事实是客观、公正、准确的。这大概就是我们今天所说的"零度写作"。当然，作家加西亚·马尔克斯选择的叙事策略感情视点远不止于此，我们在接下来的主题分析中对此还会有具体涉及。

　　作家为了最大限度地不干预"生活"，还原故事的"真相"，选取了一个特殊的叙述视角，这就是第三人称的有选择的全知叙述视角。我们分别就几个定语来作说明。这说明这个第三人称的叙述视角并不是一个全知视角，而是一个选择性全知外视角。

　　"外视角"，即观察者处于故事之外，他不是故事圈里的一个什么角色。全知视角是指"作为观察者的全知叙述者处于故事之外，因此可视为一种外视角"，"这种模式的特点是叙述者既说又看，可以从任何角度来观察事件，可以透视任何人物的内心活动，也可以偶尔借用人物的内视角或佯装旁观者"。[1] 选择性全知视角选择限制自己的观察范围，有时候仅仅揭示一个人物的内心活动，有时根本不去讲述人物的内心活动，而是只讲述自己看到的一切外在的行为表征，人物的内心活动则

----

[1]　申丹、王丽亚：《西方叙事学：经典与后经典》，北京大学出版社 2010 年版，第 95 页。

由读者通过人物的外在表征去进行推测。本篇的叙述视角基本上就是"选择性的全知外视角模式"，叙述人对各方的情况都是知道的，所以，在应该介绍的地方，就他所观察到的都进行了介绍，但对所有人物的心理活动、内心世界都没有讲述，而是通过人物的外在表现描写让读者自己去体会、猜测。无论是对"那个女人"、"神父兄妹"、"老寡妇"，还是对"看热闹的孩子"及"围观的人群"，都只描述了他们的神情、行为特征，而没有对其内心世界作直接的描写，也没有对人物活动的动机和目的进行交代。他始终尽量保持一个观察者的客观态度，如实讲述自己所看到的、听到的，让读者自己去作判断。

这样的讲述不带有讲述者自己的主观态度和情感，比较客观。选择叙述者不干预故事人物行动、不进行评价的方式，用一个术语表达就叫零度写作。

叙述者对待文本中所有人物的态度，基本上都是保持客观冷静的描述，不进行任何道德的、价值的评判，只进行事实的描述和介绍。至于在看完或听完故事后对其中人、事得出什么样的评价，则是读者自己的事。

在故事讲述者这样一个情感态度下，读者看到的母亲、那个寡妇、那个神父、那群人是这样的一些人物。

母亲的言为行止主要表现在三个场合：

第一，在火车上。在这个时空中，从文本的肖像、衣饰、言为三个方面的描述综合来看，这是一位保持克制、自尊、安贫若素的女人，是两个孩子的母亲。她此行的任务是奔丧，儿子不仅被杀，且被视为因偷致杀。她是一个外表并不漂亮但神情安详的女人：

> 眼皮上青筋暴露，身材矮小羸弱，身上没有一点儿线条，穿的衣服像件法袍……显得太老了一些。在整个旅途中，她一直是直挺挺地背靠着椅子，两手按着膝盖上的一个漆皮剥落的皮包。她的脸上露出那种安贫若素的人惯有的镇定安详的神情。

她的言语不多，对女儿的要求严格而不失温良。由此可以想见她对儿子的教育并不放纵，这也为她之后在神父处为儿子的辩护做了前注，也是她坚信自己的儿子是"好人"的原因之一。在漫长的旅途中她和女儿一共说了三次话：第一次是吩咐女儿关上车窗，以免"弄得满头都是煤灰"，因为女儿是"第一次出远门"，这是生活知识上的传授；第二次是交代女儿"把鞋穿上"、"梳梳头"，既是提醒女儿到站了准备下车，也是教育孩子注重仪表；第三次是下车之前交代女儿要干练、坚强、自尊："要是有什么事，现在赶快做好！""往后就是渴死了，你也不要喝水，尤其不许哭。"

第二，在神父家里。在这个时空中，"那个女人"表现了她"温柔"、"执拗"、"勇于面对"、"善解人意"等诸多方面丰富的性格特征。正是她的这些品质，赢得了神父兄妹的理解和同情。

她"温柔"地坚持自己要顶着烈日去墓地的要求，"温柔"地婉拒神父兄妹的好心劝阻；她"执拗"地要在午休时间敲开神父家的门，"执拗"地要求"才躺下五分钟"的神父接见她，"执拗"地婉拒神父"等一会儿走吧"——以免围观——和"等太阳落山再去吧"的好心劝阻。

她并不因为是"小偷"的母亲而自卑，而是勇敢地面对一切可能出现的屈辱与尴尬，尽管从内心里她希望避免。对神父征询她的诉求，她三次的回答，一次比一次清晰。第一次回答"（要去看）卡洛斯·森特诺的墓"，神父没听清；第二次回答"卡洛斯·森特诺"，更简洁；在"神父还是听不明白"的情况下，她"不动声色地"放大信息量，进一步解释说："就是上礼拜在这儿被人打死的那个小偷，我是他的母亲。"面对神父"您从来没有想过要把他引上正道"的询问，她不仅"根本没有要哭的意思"，而且"神色自如"地辩驳："他是一个非常好的人。"且为此进行了理据充分的阐证：

> "我告诉过他不要偷人家的东西吃，他很听我的话。过去他当拳击手，有时候叫人打得三天起不来床。"
>
> "那时候，我每吃一口饭，都好像看到礼拜六晚上他们打我儿子的那个样子。"

这是她在整个小说中说话量最大、最集中的一次。她是"神色自如地"说出这番话来的，并不是为了祈求同情，只是如实地陈述她儿子的情况。这种冷静的陈述产生的感染力远远超过疾颜厉色的控诉或撕心裂肺的哭诉，以至于让神父无以为答地发出一声不无怀疑的"哎！上帝的意志是难以捉摸的"的感叹。

她也是"善解人意"的女人。当神父的妹妹向她解释说："神父才躺下五分钟"时，她以"火车三点半就要开了"坚持自己的要求，虽然"她的回答很简短，口气很坚决，不过声音还是那么温和"，且"流露出各种各样的复杂感情"。这"复杂的感情"，笔者的理解是含有切实的难处陈述，有不得已的强求，还有过意不去的歉意。当神父出于同情交代她怎样归还钥匙时，"那个女人注意地谛听着神父的话，然后向他道谢"。

在这样一个情节中，各种细节的综合，塑造了一个性格丰满、个性突出的女性形象，让人读后难以忘怀。

第三，走向大街，面对人群。这是本次扫墓之行的高潮。出现在大街上的，是一位果敢坚强的母亲形象。当神父的门前院后聚集了一群群的大人和孩子的时候，道德压力的想象就变成了道德压力的现实。然而，她不顾神父"等太阳落山再去"的委婉劝阻，"透过纱门朝大街上看了看"，"从女孩子的手里把鲜花夺过去"，毅然决然地"就向大门走去"，面对满街的人群，"挽着小姑娘的手朝大街走去"。这里出现了两个细节，一个是从小姑娘手中夺过鲜花，一个是挽着小姑娘的手，都是母亲护佑孩子的举动。而冒着比烈日更炽烈的目光走向墓地，不也是对死去孩子的护佑吗？小说到此结束。

从以上的文本分析，不难看出故事讲述人是怎样通过一种冷静、客观的讲述让读者认识母亲的：随着故事的展开，由初识，到了解，到理解，到同情，到尊敬。讲述人的叙述腔调越是冷静，读者的感情越是热烈。

至于神父，对母亲的态度也有一个发展的过程，大致经过了公事公办—同情理解—关心三个阶段，分别表现在开始的一般性询问、养成指责，到关心母女俩烈日中暑，最后担心她在精神上受到伤害。这也是母女俩此行获得的唯一安慰。

寡妇雷薇卡太太在雨夜的凌晨开枪打死了一个她认为是小偷的孩子，故事讲述人对她和她的行为也没有进行任何的评价，只是如实地陈述了她"二十八年的独身生活""产生的恐惧感"导致了这次开枪杀人，也没有讲到她杀人后的反应。在讲述人的陈述中，细心的读者是否会思考她这次防卫的正当性呢？"那一天"，她先是"在细雨的淅沥声中""听见有人从外边撬临街的门"，她既"没有开灯"，"也不是凭门锁的响声来辨认方向的"，虽然枪响之后，"她随即听到在门廊的水泥地上响起了金属的碰击声"，但伴随着的却是一个"低哑的、有气无力的、极度疲惫的呻吟声"。回顾一下那个女人在神父家里陈述的关于她儿子的教养情况，再考虑到风雨之夜、寡妇的恐惧生疑等多种因素，读者很可能会得出这次枪击作为一种正当防卫在没有充分证据的情况下，极有可能是误击的结论。

至于围观的人群，虽然是没有清晰面孔的一群人，也许职业不同、贫富不等、兴趣各异，但当他们在"礼拜二午睡时刻"共同出现在神父家门前围观一个祭奠儿子和兄长的母女的时候，他们拥有了一个共同的身份——道德法官。他们成了老寡妇身后的铁杆支持者，给本来弱势且正值居丧的母女形成了无形的压力。

那个"鼻子被打得粉碎"的卡洛斯·森特诺，故事因他而起。根据故事讲述人提供的情况，读者只知道他有一个怎样的母亲和妹妹。他的死不值得一如他的生的不值得。死的时候，"他穿着一件花条的法兰绒上衣"，和"一条以麻绳代皮带的普通裤子"，"光着脚"。活着的时候，他很听母亲的话，做过拳击手，曾经"叫人打得三天起不来床"，甚至"把牙全都拔掉了"，让母亲难过的"每吃一口饭，都好像看到礼拜六晚上他们打我儿子的那个样子"。当读者读完小说，重新梳理这个孩子的点滴人生的时候，又会产生怎样的一种感情呢？

三、道德的悬置与追问

最后，笔者想谈谈这篇小说主题归纳方面的问题，笔者想从道德的悬置与追问这一角度展开。

关于这篇小说的主题，教科书的解释是：小说表达了一种悲悯的情怀，"这种情怀超越了贫富与阶级"，"它是真善美的结晶，使人们在爱里忘记仇杀，忘记伤痛，是人类的疗伤良药"。"'礼拜二午睡时刻'里，母亲的镇定坦然与神父的关切之语，显示出的宽容和慈悲，超越了世俗与道德的樊篱，令我们在冷酷的现实面前感到一丝暖意。"[1] 这是教科书编者在教学文本中阐释小说中的"情感"这一话题时，举例涉及的关于本篇小说的主题表达，它的关键词是"悲悯情怀"。这从某种意义上也是在小说文本中有所体现的思想，且将问题提升到了哲学和宗教层面，但并不一定会为所有的读者接受。

人民教育出版社提供的配套《教师用书》则认为这篇小说的主题大致可以归纳为母爱。"'小偷'被世人唾弃，他的死似乎是不值得同情的。然而在母亲那里，却超越了道德、伦理等等价值观，只有无边无际的母爱。""母爱的无所畏惧与无

---

[1]　《语文·外国小说欣赏·教师教学用书》，人民教育出版社 2007 年版，第 88 页。

所不在，深深地感动了我们。"[1] 这当然是一个更贴近故事的主题分析，但多少显得过于局限。

以上两种主题概括虽说有实虚广狭之别，但有一个向度上的统一，那就是从人性的伟大向面来着眼主题的概括，也是紧贴单元话题——"情感"——的要求所做的归括，将故事归类为情感故事，然后再从故事主人公和次主人公的情感向度来归纳主题。但是，它们也有一个共同的问题，那就是忽略了整个故事所折射的社会问题以及由此而产生的道德批判的旨趣，而这可能是作家创作小说更现实的动因，是作家干预生活的一种努力，也是作家责任意识和社会良知的体现。至于选择怎样的故事，怎样编织文本来达到干预生活的目的，则是作家才能的体现。

所以，笔者以为就这篇小说而言，作家并没有悬置社会道德问题；而如果读者只读出了上述意义层面的主题，则有可能悬置了这样一个问题，下面就此略作分析。不妨再回到文本上来。

一条绵长的铁路线将一个又一个荒凉的村镇串通起来。"慢腾腾"的火车，破旧的、散发着臭皮子味的三等车厢，稀稀落落的乘客，构成了一幅沉闷荒凉的画面。铁路沿线的村镇景观大同小异，是"一望无际、两边对称的香蕉林"和"不时从车窗里吹进"来的"令人窒息的煤烟气"；与绵长的铁路线平行的是供牛车运送香蕉的狭窄小道；"镇子的一端……乐队正在演奏一支欢乐的曲子"，"另一端，是一片贫瘠龟裂的土地"。这样一个背景，正是拉美现代化过程中社会生活的一角。很多人生活在穷困中。故事中的母亲出现在读者面前的时候，与她的年纪相比较不仅"显得太老了一些"，而且"穿的衣服像件法袍"，故事的讲叙人不只一次地提到她随身携带的"漆皮剥落的皮包"。"安贫若素"从某种意义上讲，既是人物的一种情操，也是持久的贫困和改善无望的一种精神折射与之相对应的还有那个曾经做过拳击表演，让母亲食难下咽，异地谋生、被人疑为小偷击毙的儿子。故事讲述人通过特殊的手段——鼻子被打得粉碎——始终没有让读者看清他的面庞，却细致地展示了他死时的穿戴："一件花条的法兰绒上衣，一条普通的裤子，腰中没有系皮带，而是系着一根麻绳，光着脚。"

读者从故事讲述中收获的关于这位母亲和儿子的信息并不多，但却不难判断他们的善良、质朴、道德教养和为生活的艰辛付出。在艰难的物质生活窘境中，他们

---

[1] 《语文·外国小说欣赏·教师教学用书》，人民教育出版社 2007 年版，第 124 页。

并没有失去做人的尊严与自尊。如此良善的人民遭遇如此凄惨的人生，究竟是"上帝的意志有时候难以捉摸"，还是社会制度的道德缺失？前者是宗教家委婉的质疑，后者是作家无声的抗议。

寡妇因疑开枪致人死命后，文本并没有出现司法介入的情节，这是文本有意造成的缺失，还是司法缺失的生活现实在文本中的自然反映？这也给读者极大的想象空间：在有产者的财产与穷人的性命之间，究竟是怎样一个轻重关系？

围观的看客，由于好奇心的驱使，不谋而合地围观一位无辜的母亲。以道德的名义毫不负责地剥夺他人的尊严，以成虎之势、烁金之力损害一个弱者，这是否又是真正道德的表现？与神父兄妹的私德相比，大众的公德所代表的正义在这里也无不令人深思。作家既没有提出任何问题，也没有进行任何思辨。他只是通过叙述者向读者讲述了一个故事，读者从中收获了什么以及多少全赖自己。这是否也是"零度写作"的又一个例解呢？

第八章　虚构的本质：心灵的世界与真实的谎言

本章的话题是"虚构"，这是涉及小说本质性的问题。它关乎人们怎样看待小说、认识小说，也从生产技术层面牵连到作家与小说的关系，所以是一个很值得探讨、也是很有趣味的话题。

在进入有关"虚构"的话题之前，我们先看一个真实的故事。

故事发生在中国的宋朝，苏东坡参加省试的时候。宋代的科举考试分为三级，第一级叫解试；第三级叫殿试；中间的一级，即第二级因为是由尚书省主持的，叫省试。又因为当时的考试都是在春天举行的又称为春试或春闱。宋人说："科举之设，实用人材之根本，而省试最为重事。"[1] 这是决定考生前途最重要的考试。

苏东坡参试那一年考试的作文题目为"刑赏忠厚之至论"。他在作文中举例说："皋陶为士，将杀人，皋陶曰杀三，尧曰宥之三。"当时担任初试官的梅圣俞阅卷时，将这则引文拿给欧阳修看，欧阳修好生奇怪："这是从哪里看到的典故？"梅圣俞觉得文章实在太好，就打圆场："何必一定要有个出处呢？"放榜之后，欧阳修看到苏东坡榜上有名，又旧话重提："这家伙一定有所出处的，只恨我们记不得了。"等到苏东坡来谒谢的时候，欧阳修还是忍不住旧话重提，苏东坡当即回答："哪里有什么出处啊！"

原来东坡文中引经据典全纯虚构。后人评论此事说："东坡行事，大体事若可行，不必皆有故事。"[2] "大体事若可行，不必皆有故事"，并不是苏东坡胆大，其实是很多写作者崇尚的秘诀（这种文风也被人诟病），更不要说以虚构为能事的小说创作。

人为什么需要小说？从某种意义上讲，可能是因为我们对虚构着迷，而小说家恰恰沉醉于虚构。这样回答有点循环的嫌疑。说得简单一些大概有两个理由：一是

---

[1] 转引自祝尚书：《宋代科举与文学考论》，大象出版社 2006 年版，第 31 页。

[2] 出自刘熙载著《艺概》。

因为人生的有限性和世界的无限性，使得我们实际的生活太有限，能够经历和面对的东西太少也太局限。"因为实在生活绝对大的局限，造成了人们想知道'我'以外的世界还发生了什么（的想法）"。二是因为在这有限的生活中周而复始的重复又占了很大的成分。"一生要睡觉两万次，吃六万顿饭，上班走同一条路，购物看同一件商品，人生很多事都在无穷无尽地重复。""由于这些事情的重复，人类就强烈希望离开一下，打破一点，对虚构就有了需求。早期，人们对虚构的概念没有特别的意识，只需要知道一些别人的、非我的、别处听来的事情。后来发现，这些是不够的，所以，在历史上就有了一个特殊的职业，即讲故事的人。"[1] 也许人类的心性和心力所能达到的最远的真实其实就是虚构。所以，有人说："小说只该是一个虚构的世界，但它的虚构不同于虚假，而是尽量地靠近想象，为这个世界提供各种可能性，并保持住人类的想象。"[2]

如此说来，小说是一个"纯粹心灵的世界"，不是一个现实的世界，即使小说的故事来自现实，作家的很大一部分灵感源于现实，创作的动机在于干预现实。也无法改变小说的虚构特性。小说的"这个世界以其自己的价值、逻辑和理由存在着，你不能经历它，你的感受的真实性告诉你这个世界的存在不容否认"[3]。这种矛盾的表述大致可以简化为：

小说＝无法经验的真实＋体验的真实＝小说的真实＝不存在而又可感的真实＝虚构

所以，虚构成为小说最本质的艺术特征。小说既是虚构的，非真实的，又是可感的现实的。

15. 自我的迷失与欲望的悲剧

—— 《沙之书》虚构特征解析

题目"自我的迷失与欲望的悲剧"是对《沙之书》主题的一种解读。作者的创

[1] 马原：《小说密码》，作家出版社 2009 年版，第 163 页。
[2] 石映照：《写小说读小说》，新世界出版社 2006 年版，第 254 页。
[3] 李洁非：《王安忆的新神话》，载《当代作家评论》1993 年版，转引自王安忆：《心灵的世界》，复旦大学出版社 1997 年版，第 11 页。

作意图是难以猜测的，对文本所表达主题的理解也是因人而异的，所以，不妨将它放在后面讨论。首先还是让我们来看看文本是怎样构成的，并由此管窥其文本"虚构"的一些特征。

一、元叙述的开头方式

元小说、元叙述的一个重要特点就是强调自己的虚构性。有研究者认为，这其实是古代说书人讲故事时强调"本故事纯属虚构"、"本故事纯属娱乐，切勿自寻烦恼、对号入座"一类叙述策略的重新演绎。这不是我们今天要讨论的主要话题，是真是假，聊备一说。搞叙事学研究的学者说到"元叙述"，很少有不"言必称希腊"的，总以为它是绝对正宗的舶来品，其实元叙述在我国传统的曲艺相声中也是常见的。比如马三立先生的相声：

> 我是马三立，我是说相声的，我说相声……相声讲究说学逗唱，有单口、群口，有逗哏的、有捧哏的，有一天晚上，我去看电影，看电影……

这在有些人可能叫"忽悠"，就是起个头，把你绕进去，让你听他讲、听他说，让你从头到尾不掉线，一直跟到底，配合他把相声说完。

美国作家 J · D · 塞林格的《麦田守望者》的开头是这样的：

> 你要是真的想听我聊，首先想知道的，大概就是我在哪儿出生，我糟糕的童年是怎么过来的，我爹妈在我出生前是干吗的，还有什么大卫·科波菲尔故事的屁话，可是说实话，那些我都不想说。

作者故意挑逗读者的好奇心和知晓欲——"逗你玩"，然后又来一个"那些我都不想说"，来一个咱不奉陪，耍你一把。这就叫欲擒故纵。

小说既然是一种小说叙述的技术，它的存在就不可能是凤毛麟角的，而是俯拾即是的才对。毛姆的《刀锋》也是这样开头的：

> 我以前写小说从没有比写这一本更感到惶惑过。我叫它做小说，只是因为除了小说以外，想不出能叫它什么。故事是几乎没有可述的，结局既不是死，也不是结婚。死是一切的了结，所以是一个故事的总收场，但是用结婚来结束也很合适；那些世俗的所谓的大团圆，自命风雅的人犯不着加以鄙弃。普通人有一种本能，总相信这么一来，一切该交待的都交待了。

男的女的，不论经过怎样的悲欢离合，终于被撮合在一起，两性的生物功能已经完成，兴趣也就转移到未来的一代上去。可是，我写到末尾，还是使读者摸不着边际。

作者以一种平等的方式、平易的态度、讨论的腔调和读者娓娓而谈，仿佛谦逊的开场白，抛砖引玉；又仿佛话题超市，把无穷多的话题一下子全抖了出来，什么爱情、婚姻、下一代、大团圆等等。末了，却来一个"可是，我写到末尾，还是使读者摸不着边际"。说白了，就是给读者下套，说好听些叫请你参与，说得不好听叫让你往里钻。

中国上个世纪的先锋作家们也曾模仿过这种元叙述的方式，最突出的要数马原。马原有一篇小说，名字就叫《虚构》，开头是这样的：

> 我就是那个叫马原的汉人，我写小说。我喜欢天马行空，我的故事多多少少都有那么一点耸人听闻。

这就是同读者的一种交流，告诉你他在干什么——创作小说，又告诉你小说是什么——天马行空，为了绕你进去，还故弄玄虚高调声明——"我"的故事多多少少都有那么一点耸人听闻。抱着一种"我"把什么都告诉你，信不信由你的态度。这实际上是一种交往的策略。

以上这些都是元叙事的一些例子，其总的特征都是通过强调或说突出"真实性"来强调小说文本的虚构性。这有一点打心理战的意味。我们要讨论的《沙之书》也是这样的。作者一开始就把"我"构思故事的开头告诉读者了。

> 线是由一系列的点组成的；无数的线组成了面；无数的面形成体积；庞大的体积则包括无数体积……不，这些几何学概念绝对不是开始我的故事的最好方式。如今人们讲虚构的故事时总是声明它千真万确；不过我的故事一点儿不假。

这个开头说白了就是一句话——"我"的故事和别的故事一样，是虚构的，但别的故事没法和它比，因为它是真的。明眼人一看就知道故事讲述人在耍噱头。在这个噱头之前，作者还故弄了一个玄虚，从线面体积的关系展开讲述。这是最几何的知识，然而却是最老套的民间故事形式，想想哪一个古老民族没有"从前有座庙，庙里有两个和尚，一天大和尚对小和尚说，我给你讲个故事。从前有座庙，庙里有两个和尚……"告诉你"我"怎样开始构思故事、讲述故事，通过一点不瞒你的方式，把你绕进去，这就是元小说的元叙事方式。不仅作家在编织文本的时候给读者下圈套，而且故事中的人物——那个《圣经》推销员推销《圣经》也采取了一种攻心为上的营销策略。

他一开始便直言不讳："我卖《圣经》。"面对"我"不缺《圣经》的优越感，他顺带着（其实是事先就策划好了的）给"我"看了另一部"圣书"，面对"我"的"兴趣"和询问，他始而是答以"不知道。不清楚"，继而以"仔细瞧瞧。以后再也看不到了"相蛊惑。

对"我"接下来的进一步询问或疑惑，他不是"声调很平和"，就是"像是向我透露秘密似的压低声音"，引导"我"找第一页，再找最后一页。采用"低声说"和"像是自言自语地说"这样一种鬼祟的言说姿态和方式制造一种神秘感，再辅以一系列斩钉截铁的回答、一个娓娓道来的陈述和两段不无哲理的雄辩，长短相济、软硬相协、情理相谐地把本来优越感十足的"我"搞得自愧弗如，在买不起的窘态下，心甘情愿地用"刚领到的退休金"和一本"祖传的""花体字的威克利夫版《圣经》"这样高昂的成本交换。

我们不妨回顾一下这段可以进入营销学案例的营销情景：

"我卖《圣经》，"他对我说。

我不无卖弄地回答说：

"这间屋子里有好几部英文的《圣经》……你瞧，我这里不缺《圣经》。"

他沉默了片刻，然后搭腔说：

"我不光卖《圣经》。我可以给你看看另一部圣书，你或许会感兴趣。我在比卡内尔一带弄到的。"

他打开手提箱，把书放在桌子上……我拿起来看看；异乎寻常的重量使我吃惊……

"看来是19世纪的书，"我说。

"不知道。我始终不清楚，"他回答说。

我信手翻开。里面的文字我不认识的……我翻过那一页，背面的页码有八位数……

那时候，陌生人对我说：

"仔细瞧瞧。以后再也看不到了。"

声调很平和，但话说得很绝。

……我为了掩饰惶惑，问道：

"是不是《圣经》的某种印度斯坦文字的版本？"

"不是的，"他答道。

然后，他像是向我透露一个秘密似的压低声音说：

"我是在平原上一个村子里用几个卢比和一部《圣经》换来的。书的主人不识字。我想他把圣书当做护身符。他属于最下层的种姓；谁踩着他的影子都认为是晦气。他告诉我，他那本书叫'沙之书'，因为那本书像沙一样，无始无终。"

他让我找找第一页。

………………

"现在再找最后一页。"

我照样失败；我目瞪口呆，说话的声音都变得不像是自己的：

"这不可能。"

那个《圣经》推销员还是低声说：

"不可能，但事实如此。这本书的页码是无穷尽的……"

随后，他像是自言自语地说：

"如果空间是无限的，我们就处在空间的任何一点。如果时间是无限的，我们就处在时间的任何一点。"

他的想法使我心烦。我问他：

"你准是教徒喽？"

"不错，我是长老会派。我问心无愧。我确信我用《圣经》同那个印度人交换他的邪恶的书时绝对没有蒙骗。"

我劝他……问他……那时……我说出了对于斯蒂文森和休谟的喜爱，我对苏格兰有特殊好感。

"还有罗比·彭斯，"他补充道。

　　我和他谈话时，继续翻弄那本无限的书。我假装兴趣不大，问他说：

　　"你打算把这本怪书卖给不列颠博物馆吗？"

　　"不。我卖给你，"他说着，开了一个高价。

　　…………

　　"我提议交换，"我对他说……

　　"好吧，就这么定了，"他对我说。

　　使我惊奇的是他不讨价还价。后来我才明白，他进我家门的时候就决心把书卖掉。他接过钱，数也不数就收了起来。

　　作者正是通过故事讲述者讲述"我"被惑上当受骗的故事将读者卷入其中，不仅听他讲述受骗过程，参与他一道反思，最后还掺入了自己的人生体验，走向更广阔的思考空间。有道是"故事里的事说是也是，说不是也不是"。这就是元叙事的虚构技术。

二、时间的虚构

　　所谓时间的虚构是指叙述时间、故事时间与日常生活时间的同事异构。日常生活时间就是自然的时间，生活的展开也是按照自然时间依序展开的。故事时间是虚构的，即时间顺序是根据讲述人的安排重新排序的，先讲什么、后讲什么是根据故事讲述的需要重新调整了的。先发生的不一定先讲，后发生的不一定后讲、正在发生的不一定"现场直播"。"叙事对时间的表述是毫无节制的，必定要经过精心的筛选和复杂的再组织。"[1] 所以，这里的时间是"紊乱的"、是"无序的"，总是呈现几种时态交织并存的状态。这就是叙述时间和故事时间所呈现的复杂关系。

　　在小说中，时间可以说是最重要的。"记忆必定与时间相关，时间只能通过叙事才能得到表述。"[2] "但丁就认为人的一生可以凝缩为一个个特别时刻，他在每个人的生命中选取了一个时刻，并以这个特殊时刻向我们描述了一个人的全部特征和他的全部生活。"[3] 而博尔赫斯更是操纵时间的大师，"因为他的每一部作品都包含有某种宇宙模式或者宇宙的某种属性，也就是无限性的、不可计数的、永恒的或者

---

[1]　张德明：《西方文学与现代性的展开》，中国社会科学出版社 2009 年版，第 146 页。

[2]　张德明：《西方文学与现代性的展开》，中国社会科学出版社 2009 年版，第 146 页。

[3]　石映照：《写小说读小说》，新世界出版社 2006 年版，第 283 页。

现在的、周期性的时间。"[1] 让我们回到《沙之书》的文本，感受叙事时间的奇妙吧。

在叙述人向读者讲述他怎样构思故事开头的时候，他运用的是一般现在时和现在进行时态。紧接着他就进入了故事，从"五个月前"开始，这是一个过去时。所有的故事都是过去时，这没有什么奇怪的。但是在这个过去的故事里，既有发生在当时的事情，比如他们的对话；而对话中还涉及了一些人和事，那些是一般人所共知的常识，比如某个作家、诗人的籍贯等，所以在直接引语中应该是一般现在时；而在对话中还有关于过去的内容，比如"《圣书》推销员"讲述他是怎样淘到这本书的："我是在平原上一个村子里用几个卢比和一部《圣经》换来的。书的主人不识字。我想他把圣书当作护身符……"其实就是关于这本书的来历，也是一段故事。这就是过去式中的过去式，本来应该是一个过去完成时，但因为是以引语的方式来展开的，所以只能是一般过去式中的一般过去式。在讲述故事的当下，故事已经过去一段时间了，而这段时间对当时的事又有反思，现在回想当时的情形，比当时对事情的判断要清晰得多，有一种恍然大悟的感觉。所以，在讲述中，讲述者有时候又穿插一些现在的感想和认识，让沉浸在过去故事中的读者又回到讲故事的当下，这实际上也是对读者的一种提醒，告诉你"我"在讲故事，过去的故事，"我"告诉你的是真实的。比如"我上了床，但是没有入睡。凌晨三四点，我开了灯，找出那本怪书翻看。其中一页印有一个面具。角上有个数字"，这是对过去的讲述；小说接着写道："现在记不清是多少，反正大到九次幂。"这个"现在"就是讲故事的当下，是个现在时；而"我有少数几个朋友，现在也不往来了"中的"现在"，又不是指讲述故事的当下，而是自从有了那本"怪书"之后的某一个时刻，是一个过去现在完成时。这种时态表述除此之外还有很多，比如"后来我才明白，他进我家门的时候就决心把书卖掉"。这是故事讲述人"我"事后的追悔，是一个过去现在完成时态；而"现在再找最后一页"中的"现在"虽然是过去发生的事，但在讲述故事的对话中属于直接引语，只可能是一般现在时。

这就是博尔赫斯处理时间的文学方式："多维的、偶然的、交叉的、非线性的"。这种时间方式的时间指向"最终是无线的"。[2] 看看这种无限性在故事中是如何展开的吧：

---

[1]　[意]卡尔维诺：《未来千年文学备忘录》，辽宁教育出版社1997年版，第83页。

[2]　吴晓东：《从卡夫卡到昆德拉》，生活·读书·新知三联书店2003年版，第202页。

……那本书叫"沙之书"，因为那本书像沙一样，无始无终。

他让我找找第一页。

我把左手按在封面上，大拇指几乎贴着食指去揭书页。白费劲：封面和手之间总是有好几页。仿佛是从书里冒出来的。

"现在再找最后一页。"

我照样失败；我目瞪口呆，说话的声音都变得不像是自己的：

"这不可能。"

那个《圣经》推销员还是低声说：

"不可能，但事实如此。这本书的页码是无穷尽的。没有首页，也没有末页。我不明白为什么要用这种荒诞的编码办法。也许是想说明一个无穷大的系列允许任何数项的出现。"

随后，他像是自言自语地说：

"如果空间是无限的，我们就处在空间的任何一点。如果时间是无限的，我们就处在时间的任何一点。"

博尔赫斯说："时间对于我们来说是一个颤抖的、严峻的问题，也许是抽象论中至关重要的问题"，"我们是由时间组成的，造成我们的物质就是时间"。[1]

三、虚构的故事

我们说作家要通过《沙之书》表达怎样的人生理念和智慧，这是一个存在多种可能性空间的一个猜谜游戏。文本究竟表达了怎样的主题也是可以有多解或无穷多解的，但有一点可以完全肯定，那就是故事是虚构的，是用来表达真实的思想和承载现实的主题的。"沙之书"是作家通过故事讲述人创造的一个意象，是无穷无尽的空间与时间的一个隐喻，也是人生种种困境的一个隐喻。时空的无限性是真实的，人生的困境或者说人类的困境是现实的，而"沙之书"则是一个虚构意象，"沙之书"的故事也是虚构的。但这个虚构的故事演绎的却是人真实的心理现实。

这是一场充满智慧的博弈。随着所推之物——书由买方市场变为卖方市场，在推销员和"我"之间的心理差位也在发生悄悄的变化，直到最后完全倒位。而这种

[1]［阿根廷］博尔赫斯：《时间》，载《博尔赫斯文集·文论自述卷》，海南国际新闻出版中心 1996 年版，第 196 页。

心理差位优势首先在"我"也不过是一种假象，因为推销员在推销《圣书》之前，是有意拿出《圣经》来推销的，所以"我"的心理优势是建立在他故意"散发着悲哀的气息"和卖乙推甲的障眼法基础之上的，而他真正要推销的却是另外一本"奇书"——《圣书》。关于这一点，"后来我才明白，他进我家门的时候就决心把书卖掉"。

我们再看看故事演绎了双方怎样的心理轨迹：

"我"始而"拒书"："我这里不缺《圣经》"，而且有各种版本的《圣经》。面对"我"的拒绝，推销员不动声色，"沉默片刻"推销员继而推出"奇书"："异乎寻常的重量使我吃惊"，"页码的排列引起了我的注意"，"记住地方，合上书。随即查找……再也找不到的神奇"令"我""惶惑"，像沙一样无始无终的神奇让"我"目瞪口呆，推销员两次追述书的来历和他的苏格兰籍贯已经让我不得不掩藏自己对它的"兴趣"。而对"我"这期间所作所为的一切，他始终如一，欲擒故纵，撩拨"我"的欲望——"换书"："占有的幸福感"、"怕它被偷"和"它并不真正无限"的担心困扰使"我成了那本书的奴隶"——"研书"：辨别真伪，临摹插画，"那本书是个可怕的怪物"——"惧书"："它是一切烦恼的根源"，"诋毁和败坏现实的下流东西"——"弃书"："把它付之一炬，但怕……"，最后"把那本沙之书偷偷地放在一个阴暗的搁架上"。

征服者被征服，占有者被占有。读者在领略这场有趣的心理游戏的同时，不是也被悄悄地征服了吗？这就是虚构的力量。

四、多维观照与无穷多解的主题

在传统的小说和小说阅读中，主题是一个通过作品中的一切形式和内容综合起来、表现出来的集中统一的意念和观点。但是，在虚构的作品中没有一个万能的解释是唯一合法的。虚构的作品，特别是碎片化的写作，在某种意义上本身就是对中心化的一种消解和反动。但是我们又不能完全回避对主题的言说，于是提出多维观照的问题，即对作者创作意图的猜测，对文本表达理念可能性空间的探究，尊重读者阅读感受和收获的考量。

作者的创作意图在没有"创作谈"、"访谈录"之类的文献作为依据的前提下，其实是无法猜测的。即便有猜测的结果，严格地讲也只是一种强加的臆测，所以，在此我们也无需做这种徒劳的游戏。文本是一个开放的结构，这种开放性包括它蕴含的主题也是开放的。而细读文本一定会有不同解读的收获。

从读者阅读来看，答案一定是丰富多彩的。就本篇而言，有的读出了"征服者被征服，占有者被占有"这样的道理你不能说不对；有的读出"许多时候，不是因为我们太自卑而被骗上当，而是因为我们太自信、太优越而上当"亦无不可；有的读出"学人最可怕的命运就是成为'书的囚徒'，而鲜有人对此自觉。'沙之书'可谓寓意深远"，也不能说是无感而发；还有的读出了"'沙之书'表达了永恒与轮回的观念，构成了对线性时间观和历史观的消解。因此，也可以说博尔赫斯的时间观构成了一种理论模式，这种理论模式几乎存在于博尔赫斯的所有作品中"。[1]

最后说一点真实的东西：一部"圣书"究竟值多少钱？笔者想起了陈寅恪先生的一则逸事。解放前夕，国统区物价暴涨，寄居重庆妹丈家的陈先生穷得连买煤取暖的钱也没有了。胡适得知此事，拟赠一笔美金以解陈家燃煤（眉）之急。陈先生不愿无功受禄，决定以自家藏书易取。季羡林受胡适之托，用胡适的小汽车从陈家拉了一车珍贵的藏书，陈先生只收了二千美金。据说拉走的书中，仅《圣彼得堡梵德大辞典》一书就远超此价。"圣书"之贵，可见一斑。

16. 卡夫卡式的个人化新象征
——《骑桶者》解读

卡夫卡的这篇小说可能是难以理解和分析的，这一点你只要看看教科书后面对"虚构"这一话题的分条阐释和分析就知道了。无论是在"'虚构'的意义"，还是在"真实与事实的区别"中，编者都没有对《骑桶者》有一言半语的提及。他们更愿意拿教科书没有入选的《变形记》、《城堡》来说事。为什么？因为那些已经被批评家反复言说过了，编写者方便信手拈来，而《骑桶者》言之甚少。

编者采取了一种详略策略。在你知道或者通过查找资料可以弄清楚的问题上就详讲细说，在你难于理解，又难于查找资料解决问题的地方，他就略讲或干脆不讲。以示详略得当。虽是笑话，却也是实情。我们还是言归正传。

如果说将卡夫卡的《骑桶者》（也有译作《木桶骑士》）按照传统的象征主义

---

[1] 后两种均见吴晓东：《从卡夫卡到昆德拉》，生活·读书·新知三联书店 2003 年版，第203 页。

评论范式来理解，则解读的实践可能会与象征的理论产生一些悖论，这要么说明了传统象征主义批评范式的局限，另外一个方面的可能性更大，即卡夫卡式的小说文本突破了传统象征小说文本的范式，为小说文本的构成提供了新的可能性空间。诚然，"卡夫卡的世界跟任何一个已知的现实都不相似，它是人类世界一种极限的、未实现的可能性"[1]。他不仅是20世纪最伟大的预言家，而且是20世纪小说新文体的创造者。米兰·昆德拉说："卡夫卡完成了后来超现实主义者提倡却未能真正实现的梦与现实的交融。这一巨大的发现并非一种演变的结果，而是一种意想不到的开放，这种开放告诉人们，小说是这样一个场所，想象力在其中可以像在梦中一样迸发，小说可以摆脱看上去无法逃脱的真实性的枷锁。"[2]

在接触文本之前，我们不妨先看看传统象征主义和寓言的特征。下面举一部作品为例。

比利时剧作家莫里斯·梅特林克有一部儿童剧——《青鸟》，就是我们古诗中"青鸟殷勤多探望"里的那个"青鸟"。剧情以蒂蒂尔和米蒂尔兄妹俩寻找青鸟为主要线索，讲述了他们在仙女宫、回忆国、夜神殿、森林、墓地、幸福乐园、未来王国等地方的所见所闻。在寻找的过程中，他们曾经几度获得又失去青鸟：第一次是在爷爷家里找到青鸟，但当他们告别回忆国时，青鸟已经变成了黑色；第二次是在夜神殿里找到青鸟，可是当他们捧着青鸟来到光明面前时，青鸟已经死了，因为这些青鸟只能活在夜间，不能活在白天；第三次是在未来王国找到青鸟，当时青鸟已变成了红色。就这样，兄妹俩要找寻的青鸟始终没有找到。

有一天，孩子们梦醒以后，意外地发现原来自家的那只斑鸠"就是我们要寻找的青鸟！"他们将青鸟送给邻居生病的小姑娘，小姑娘的病竟奇迹般地好了。可是，当他们要回青鸟再看一眼时，一不小心，青鸟又飞了。妹妹号啕大哭起来，蒂蒂尔安慰妹妹："我会找回青鸟的。"他向现场的观众喊话："如果有谁找到了它，愿意还给我们吗……我们幸福的生活不能没有它。"

故事的寓意是多方面的：

或曰：幸福是需要寻找的（这是一个最基本的理解）。

或曰：真正的幸福就在寻找的过程中（于是，作者安排了一系列寻找的故事情节，

[1] ［捷克］米兰·昆德拉：《小说的艺术》，董强译，上海译文出版社2004年版，第54页。
[2] ［捷克］米兰·昆德拉：《小说的艺术》，董强译，上海译文出版社2004年版，第20页。

在这一过程中，他们经历了、体验了、收获了，也成长了，这本身就是一种幸福）。

或曰：幸福就在日常的生活里（所以，蒂蒂尔和蒂米尔找了一圈，最终却看到自家笼养的小鸟羽毛变得越来越青）。

或曰：人们可以在日常的生活中体验到生活的真谛，但却不一定能够真正把握它（因此那只青鸟最终还是飞了，这就有那么一点神秘了）。

笔者以为，这样一个剧就是一个象征剧，因为它完全符合象征的特征。在技术层面上讲是基于两点：一是"（表层）故事本身表现出来的相似性，与寓意所有的相似性十分吻合、妥贴——从历经艰险的寻找，到发现于当下，再到丧失在自己手中，寻找青鸟如此，寻找幸福也莫不如此"[1]。可以说，故事本体和征体在结构和义构两个方面都是同构同质的关系。二是《青鸟》中出现了不下于 50 个意象，这些意象的本体和征体之间也呈现出稳定的统一性关系。比如狗象征人类的仆人，与它忠诚、恪尽职守的天性和主人对仆人素质的要求基本上是相吻合的；猫象征告密者，是因为猫主要活动于夜间的生活习性与告密者总是暗地里活动是有相似性的；又如光明象征引路人，森林象征敌人等等，其征体与本体之间的相似性都是密不可分的。

由此看来，凡有象征意象和象征结构的文本，都有一个"一体两面"的特征。这"一体"就是象征体，我们简称为"征体"；这"两面"一个是形构层面，一个是观念层面。形构层面就是具象的东西，观念层面就是抽象的东西，具象和抽象是一个互为前提的统一体。比如，龙的凌厉不可侵犯的特征使它成为一个骠悍 [注意；骠这个字有两读，两个意思。骠（biāo），马的一种，全身淡黄栗色，鬃、尾等长毛部分近于白色；汉代有骠骑将军的名号。骠（piào），勇猛的意思] 民族的图腾和专制皇权的象征；十字架是基督受难痛苦的记录，它象征基督。龙、十字架的具象形构与它们的象征物是一个统一的不可分割的整体，其象征意义的产生正是基于这种稳定的、统一性的特征。如果这种稳定的统一性不存在了，那么龙所象征的威严、勇猛和权利体系，以及十字架所象征的宗教意义就彻底崩溃了。

卡夫卡的小说充满象征，然而，这种象征并不完全是传统意义上的象征，他的象征之不同于传统象征"是由'现实'及其意义之间的分裂造成的。普遍公认的象

---

[1]　严云受、刘锋杰：《文学象征论》，安徽教育出版社 1995 年版，第 73 页。

征性或先验性的事物的秩序不存在了"[1]。由于卡夫卡独特的个人化表达，与整个世界先前的阐释经验发生了严重的冲突和断裂，读者于是很难再根据自己的经验找到象征的意义，"具体的小说符号表层到底象征了什么，已经很难说清"[2]。

但是这也不排除在通约失效的情况下，特别的、新的、十分个人化的象征出现。当然既然象征体征彻底地个人化了，而有人宣称说可以尝试一解，那么，这种解读也只能是十分个人化的。考察这种解读可行与否的标准只能是看它是否是基于文本而又能够自圆其说。

《骑桶者》的表层故事并不复杂，就是一个买卖（借煤）交往失败的故事。这个故事如果按照 A·J· 格雷马斯在《结构语义学：方法研究》中关于叙事情节结构"行动元"的理论来解析的话，则显得更为简明直观。整个交往包含 6 个"行动元"，即：

> 主体／客体
>
> 发送者／接受者
>
> 帮助者／反对者

在这样一组对应关系中，三个对立方由于它们的张力关系，又形成如下的基本模式：

> 寻找目标（主体／客体）
>
> 交往（发送者／接受者）
>
> 帮助或阻碍（帮助者／反对者）

如果将《骑桶者》故事中所有的"行动元"代入以上的关系式中，则呈现如下的情形：

> 主体是骑桶者——我
>
> 客体是渴望得到的东西——一铲煤
>
> 我发出求援信息；煤老板回应信息
>
> 老板娘阻断了信息

---

[1]［奥］埃里希海勒：《卡夫卡的世界》，载叶庭芳编：《论卡夫卡》，中国社会科学出版社 1988 年版，第 180 页。

[2]［奥］埃里希海勒：《卡夫卡的世界》，载叶庭芳编：《论卡夫卡》，中国社会科学出版社 1988 年版，第 39 页。

将上述关系式的意义完整连贯的表述则为："我"因为寒冷去向煤老板借煤，老板很想遂"我"之愿，但是由于老板娘的多方阻挠，"我"未能和老板直接交流就被老板娘撵走了。恶性当道，善缘难接，人得救的可能性在哪里呢？

根据经济学常识来一番机械的比拟，在市场行为中，如果是买方市场，则顾客是上帝；反之，如果是卖方市场，则老板是上帝。《骑桶者》所虚拟的交易故事情境，确定无疑是一个卖方市场。一是就"我"个人来说，"煤全部烧光了；煤桶空了；煤铲也没有用了；火炉里透出寒气，灌得满屋冰冷"，"我得弄些煤来"，还"必须快马加鞭"，"我可不能活活冻死"。为了弄到煤，"我"还必须采用特别的沟通策略，"必须向他清楚地证明……老板对我来说不啻是天空中的太阳"，来博取他的欢心；不，"必须像一个乞丐"，以博取同情。二是因为老板娘根据天气和经验判断，"看来明天我们又要忙了"。所以，在这样的情形下，煤老板成了不折不扣的"上帝"。

当我们走进故事，穿越故事后，即从机械的市场交往这样一个表层故事进入一个观念故事的时候，小说的象征意义似乎也不是不能理解了。

（1）在这个世界上，虽说人类是掌握了语言的最高级的种群，但是即使在这个种群的同一语言体系内的个体之间，由于所处经济位置、社会位置、文化位置的不同，或者知识结构的差异，要求得沟通也是非常难的。即使有愿意沟通的愿望，就像对于"我"的求援，老板已经做出积极反应，还是因为信道遭受破坏——老板娘恶意阻扰——的原因，最后也只能是功败垂成，老板的慈心无法施，"我"的苦难不得解。由于种种原因，这个世界上人与人的隔膜是无法消除的，更不要说身处弱势和贫困中的人们去希望得到强势和富有的人们的理解和同情。

（2）在世俗的社会里，个体与整体通融的可能性也是令人绝望的。在世俗的社会里，即使有正义的原则，有体现原则的体制，有在体制下代议的机关，有执行代议的政府和叠床架屋的机构等，也许制度的设计是良善的，也许人的苦难是无辜的，但是这良善的制度和个人无辜的苦难，却因为种种的原因，上情难以下达，下隐难以上传，以致造成个人和体制的不可通融、体制排斥个人的悲剧。

（3）人的悲剧也许在于人无法和神直接地沟通。在宗教的世界里，上帝是不容怀疑的。"我"之所以在没有钱的窘境下，明知"煤店老板对于我通常的请求已经麻木不仁"了，但还是抱着定有所获的侥幸前往求助，不正是因为上帝的权威吗？

煤店老板虽说非常生气，但在十诫之一"不可杀人"的光辉照耀下，也将不得不把一铲煤投进我的煤桶。

然而，上帝与他的子民之间总是存在一道神—人难以逾越的天堑，就像小说文本中"我"所感受到的一样："天空成了一面银色的盾牌，挡住向上天求助的人"，上帝的福音也要通过他的代言者、意志的执行者——教士、修女们才能播撒人间。谁又能保证他们不会像小说文本中的老板娘一样，打着替夫打理顾客的幌子，不仅对"我"的窘态视而不见，对"我"的乞求充耳不闻，以"什么都没有看见，什么都没有听见"一口回绝丈夫的探询，而且还"用围裙把我扇走"呢？这是不是象征了人的苦难和悲哀就是因为不能直接和神直接沟通呢？假如是这样的话，那么人就注定是悲苦的，人的幸福不过是偶然的幸运罢了，比如，遇到了一位尽职的上帝仆从。

（4）人的善恶是难以猜测的。当天寒地冻，处于断煤困境中的时候，"我"想象当"我"奉承老板，博取同情，以获取"一铲煤"会出现的情境，是这样的：

……由于饥饿难当，奄奄一息，快要倒毙在木槛上，女主人因此赶忙决定，把最后残剩的咖啡倒给我；同样，煤店老板虽说非常生气，但在十诫之一"不可杀人"的光辉照耀下，也将不得不把一铲煤投进我的煤桶。

在这样一个悲喜交集的想象中，老板娘表现得不乏恻隐之心，面对"我""快要倒毙"的情况，觉得救命要紧，所以"赶快决定，把最后残剩的咖啡倒给我"。而老板"一铲煤"的恩典却并非出自本心，而是出于外在的原因——受到宗教因素影响的一种迫不得已的行为。这种人性善恶的猜测被后来老板和老板娘的言行举止完全颠覆了。

面对"我"的乞求，老板自始至终都表现了关切的态度。从"我没听错吧？是一位主顾"的怀疑，到"我不会弄错的，一定是一个老主顾，一个有年头的老主顾，他知道怎样来打动我的心"的肯定，再到回应"我来了"，"迈动短腿走上地窖的台阶"，在他的妻子出门后，他还在询问"他要什么"。他的表现不仅是积极的，而且是善解人意的。他熟悉他的顾客，也了解他顾客的难处，在他的妻子看来"我们已经给所有的顾客供应了煤……可以歇业几天，休息一下"了，这说明他还惦记着一些特殊的顾客——"一些有年头的""知道怎样打动他的心"的"老主顾"。是他的妻子强行阻止了他的行动，并且以替他出门探望来欺骗他的方式，阻挠了他的仁慈，他是无辜的受骗者。他并不英俊——"短腿"，也并不康健——"夜里咳嗽咳得多么厉害"，然而，他是善良的。

和他的善良相比，他的妻子却可以称得上是邪恶。她不仅强行阻止了她丈夫出来接待"我"，欺骗她的丈夫"外面什么也没有；我什么也没有看见，什么也没有听到；只听到钟敲六点"，最后，还用她的围裙"把我扇走了"，"半是蔑视半是满足地在空中挥动着手转身向店铺走去"。

看看"我"最后对这个女人的评价吧："你这个坏女人！你这个坏女人！"她确实是一个坏女人，她不仅自己不肯雪中送炭，而且还千方百计地阻止别人这么做，并且从这种阻挠成功中获得满足，而"我"曾经将她想象得多么好。

真是人心难测，人性难料。

在有了前面解读的基础之后，再来讨论本篇小说文本虚构的特点可能会轻松许多，可以看到一个在虚构世界与真实世界之间自由穿行的骑桶者。

在卡夫卡小说阐释史上，关于其创作特征的归属和价值曾经存在两种意识形态下的不同观照，有过激烈的争论。最后，时间弥合了这种分歧。这种分歧和弥合最集中、最典型、最戏剧性地体现在苏联文学批评家卢卡契的身上。卢卡契早年批判卡夫卡，是因为他觉得这位作家的创作彻底摧毁了现实主义，而这种背离现实主义的先锋文学给读者带来了巨大的损失和伤害：

> 通向乔伊斯和其它先锋派文学的代表们的只有一条非常窄小的柴门。
> 人们要弄懂里面究竟玩的是什么把戏，非有"两下子"不可。进入伟大的
> 现实主义的大门容易得多，而人们获得的东西却很丰富。可是从"先锋派"
> 的文学那里，广大人民群众却一无所获。正因为这种文学缺乏真实、缺乏
> 生活，所以，就把一种对生活的狭隘的主观主义的理解强加给它的读者。[1]

这种批判看到了现实主义文学和现代主义文学的不同，当然是正确的，但是认为现代主义文学"缺乏真实，缺少生活"则又是一种误解。这里涉及文学家怎样看待生活，文学又怎样对待生活的问题。如果从表达方式和手段的角度考察的话，那么创作《城堡》的卡夫卡与写作《人间喜剧》的巴尔扎克、记述《战争与和平》的托尔斯泰当然是大相径庭的，但是他们用自己的方式执着地叩问这个世界的努力和

---

[1] 《卢卡契文学论文集》第 2 卷，中国社会科学出版社 1981 年版，第 31—32 页。

对人类精神的贡献，则是同样令人尊敬的。

晚年的卢卡契对卡夫卡的评价完全推翻了自己早先的看法，他认为卡夫卡是重要的现实主义作家家族中"更高层次上"的现实主义者，"是一个出色的观察家，对现实的魔影性有极深刻的感受"[1]。

今天的读者好像只能通过象征和寓言的渠道才能进入卡夫卡的文本世界，而不再习惯于从日常的世俗的思维方式上去接近这些独具魅力的文本，这在某种意义上也是偏颇的。事实上正是现实主义和寓言结合在一起构成了卡夫卡小说文本的独特性。"他是把摹写与象征作为支撑自己那个文学世界的两根柱子，加以固定的。"[2]

《骑桶者》就是一个象征的作品，很典型地体现了卡夫卡处理小说虚构与真实的特点。尽管有好事的批评家对小说故事的本事进行了周详的考证，说这是一个真实的故事，背景是第一次世界大战中奥匈帝国最艰苦的一个冬天，一个穷得买不起煤的人去向煤店老板借煤，结果不仅煤没有借到，反而受到了羞辱。我们不对这种考证的真假做任何是非的判断，但相信普天之下，穷人借贷不得反受其辱的事绝对是不乏见的，《拉封丹寓言》中就有这样的故事。但卡夫卡通过"一只木桶的飞翔"，"一条妇人的围裙""把我扇走"，"我升到冰山区域，永远消失，不复再见"这样一些夸张变形和荒诞怪异的处理手段，使得本来真实的故事蜕去了所有具体人事的内核，而虚拟的特征得以彰显，成为一个新的虚构的故事框架。在这个虚构的故事框架内又涵蕴着真实的细节。虚构的故事和真实的细节水乳交融的文本呈现出这样一种关系：虚构使整个文本变得怪异、荒诞，成为超越个别人事而涵纳整个现代社会和人类精神的载体，而精细的写实则使得这种概括变得真实而令人信服。

实现这种虚拟世界与真实世界之间的穿越，在卡夫卡并没有障碍，所以不需要苦心孤诣的铺垫，让读者有足够的心理转换和接受的时间，而是说变就变的突变。正如他的《变形记》所做的一样轻而易举："一天早上，格里高尔·萨姆沙从不安的睡梦中醒来，发现自己躺在床上变成了一只巨大的甲虫"一样轻而易举，甚至连格里高尔脑子昏昏沉沉、眨了眨眼、惊奇地大叫等描述都没有，一切平静自然地就进入了故事。《骑桶者》也一样，当"我"思考"怎么去将决定此行的结果"一结束，就出现了"我因此骑着煤桶去"的句子，接着就讲述起"我"如何"手握桶把……

---

[1] 伍廷芳：《现代艺术的探险者》，花城出版社1986年版，第10、47页。

[2] 严云受、刘锋杰：《文学象征论》，安徽教育出版社1995年版，第145页。

费劲地从楼梯上滚下去"等等。从现实到虚幻的转换中丝毫也不存在什么障碍，仿佛这两个世界本身就是通畅的，没有任何边界一样。生命中之不能承受之重，一下子变得轻了起来。琐细的日常生活写实，其意义无限地指向一个本质的、精神的世界。

在这样一个虚构的故事框架中填满了真实的细节。无论是"我极不寻常地高高飘浮在煤店老板的地窖穹顶前"，看到的"煤店老板正在地窖里伏在小桌上写字；为了把多余的热气排出去，地窖的门是开着的"日常场景，还是"我"一遍又一遍的乞求哀告，老板的心理活动，老板与老板娘之间的家长里短的对话，以及老板娘"半是蔑视半是满足地在空中挥动着手转身向店铺走去"的神情等，没有哪一点不是现实主义小说文本中的恒景常象。

卡夫卡实现了梦幻和现实的真正融合，在他之前并不是没有人像他那样致力于处理虚构和现实的关系，但是只有到了卡夫卡才真正确立了这种关系的理论和实践范式，即米兰·昆德拉在《小说的艺术》中所说的"卡夫卡式"。

附　录

1. 这里写了另一种掠夺的起源
——《守财奴》主题的另一种解读

《守财奴》的情节是围绕财产继承权这一法律问题展开的，通过这一故事，巴尔扎克向读者揭示了人世间掠夺的另一种起源。葛朗台在对待病妻的态度和女儿感情上的种种令人捧腹的表演都是受继承权的归属这一问题支配的。

在葛朗台眼里，妻子的存在只具有财产统一的法律意义，如果不是这样，那她的生老病死便不再与他有任何关系，女儿也只不过是帮助爸爸剥夺她自己继承权的工具，她的幸福与否与他也没有什么关系。葛朗台的喜怒哀乐无不与妻子的财产归属紧密相关。

当葛朗台知道女儿把全部的积蓄送给查理以后，就把女儿幽禁起来，只给她冷水和面包。在葛朗台太太吓得一病不起的时候，因为公证人克罗旭向他陈述利害关系：他的妻子病情严重，如果死了，那么女儿就将继承母亲的财产；如果要女儿放弃财产继承权，就不能亏待她。正因为如此，葛朗台才决心采取行动：解除对女儿的幽禁，跟妻子"和解"，让妻子的生命维持下去，骗得女儿的好感，这可以说是故事的开始。

然而，葛朗台为了阻止女儿继承妻子财产的努力，因为梳妆匣的出现使正在趋于平静的局面又徒然起了新的风暴，矛盾空前激化，葛朗台太太不堪刺激，晕死过去了，遗产继承权问题再度成为急迫的问题。矛盾得以缓和是因为葛朗台理智的抉择。因为梳妆匣再贵重，也不能与妻子的大宗遗产相比。所以太太的晕死成了矛盾转化的契机。老葛朗台为了阻止妻产分割，又是"乖乖"、"妈妈"地叫个不停，又是吻妻子、搂女儿，无微而不至，洋相百出。葛朗台请医生救妻子一命，其实是为了救他自己的命——因为按照规定，妻子一死，葛朗台就得办理遗产登记，而"这就（等于）要了他的命"，这是事情的发展。

葛朗台太太死后，老葛朗台一直牵肠挂肚的就是财产继承权问题。起初他"常在女儿面前哆嗦"，这是他心情紧张的外在表现，因为他最担心女儿提出财产继承权问题。为此，丧期未满，他就不顾女儿的悲痛，迫不及待地提出要女儿办理放弃财产继承权的手续。为了欺骗女儿，他一方面把它说成是"小小的事"，而另一方面又说"搁在那儿牵肠挂肚"，不办，就一直在"受罪"。自相矛盾，表里不一。

办理手续的过程是故事发展的高潮，也是葛朗台情绪变化最剧烈的阶段。他经历了情感表面冷静而实则紧张得难以自持的强装镇静，到继承权到手后豁然释怀、喜不自禁的高峰体验。

葛朗台装作对女儿无限"亲切"、"慈祥"，又是哄、又是骗，甜言蜜语，许愿乞求，无所不用其极。他唯恐公证人提醒欧也妮，一再打岔。在哄骗女儿签字时，葛朗台如临大敌，"紧张得脑门上尽是汗"。当公证人出于自身的职责，对欧也妮履行解释陈情的义务时，葛朗台立即叫他"别多嘴"，并赶紧抓起女儿的手拍板，喊出"一言为定"，唯恐欧也妮心生反复，急切地追加一句："欧也妮，你决不反悔，你是有信用的姑娘，是不是？"当一切决定之后，他的第一个动作是"热烈地、紧紧地拥抱她，使她几乎喘不过气来"。随后他说出"咱们两讫了……人生就是一件交易"的人生哲学。在这一过程中，作者通过对葛朗台虚情假意的表演，对其贪婪、虚伪的性格刻画入木三分。而葛朗台利用法律手段剥夺女儿财产继承权的狡猾也给予读者另一个方面的认识。

恩格斯在评论《人间喜剧》时说："我从这里，甚至在经济细节方面所学到的东西，也比当时所有职业的历史学家、经济学家和统计学家那里学到的全部东西还要多。"这种评价同样也适合用来评价巴尔扎克在法律方面给予读者的贡献。在巴尔扎克笔下各种各样的资本家形象中，葛朗台属于资本原始积累向自由竞争过渡时期自由资产阶级的典型。他经营土地、放高利贷、搞商业投机，也搞证券，懂得财产的价值在流通中增值的经济原理，懂得用现在的法律保护来投机。在课文节选的部分，他利用法律手段剥夺妻子财产，欺骗女儿放弃遗产继承权，只不过其熟练利用法律武器的一次小小的表演。而善良的葛朗台太太和欧也妮都成了保护她们自身权益的法律的牺牲品。在这里，法律不仅没有成为保护弱者的盾牌，反而成了强者凌弱的护身符。葛朗台母女在法律上的这种尴尬处境正是孟德斯鸠在《论法的精神》中专章论述过的"违背立法者意图的法律"的法国社会现实。法律虽说是统治阶级意志的体现，但也不乏公民间的契约或者说是须无一例外、共同遵守的行为规范的性质，或者说有公平正义的特征，亦即亚里士多德所说的"比例（相称）平等"原则，也是西方正义的直解。在这个意义上，法律对葛朗台的妻女是平等的。正因为如此，葛朗台剥夺女儿继承权所采取的方式才可能是用合法的手段剥夺合法的财产权和继承权。这也就充分暴露了资产阶级法律的历史缺陷。葛朗台固然有利用妻子软弱、善良和女儿的无知与幼稚。它极有可能或者说已经成为人奴役人、人掠夺人的另一个起源。巴尔扎克在他的《农民·献词》中说明他写作的目的之一是"研究我们时代的进程"，点醒将来的立法者注意这个"可怕的社会问题"。巴尔扎克不仅仅是我们一厢情愿地理解的单纯的批判现实主义作家，而且是一个有历史责任感的法兰西公民。

2. 现实·想象·梦幻
——《老人与海》的三度空间

现代小说从某种意义上讲不是为一般读者娱乐而写作的，小说文本是作为一种意义生成的机缘出现的。文本的真实意义是一个事物，这个事物既蕴于文本之中又独立于文本而存在。正是在这个意义上，海明威式的小说就意味着包含了一种看似平易其实深奥的启示，一种特殊的哲学，一种基本的价值观，或者异乎寻常的普遍意义。《老人与海》无疑是海明威这类小说的代表作，在说到现代小说样式的时候，它总是被提起。因为作为一种存在，它总是潜藏着诸多的奥妙，而探讨这种奥妙有趣而又有效的方式之一——进行小说文本生成过程的复原和分析小说文本构成的机理以及这一切与意义生成的关系，总是令人着迷的阅读尝试。

一、"老人与海"：从真实事件到通讯到小说到电影

一部小说真正形诸文字，也许并不多需时日，然而，从有生活、有想法、有创作冲动，到创作完成，其间耗费的时间就很难说了。就像《老人与海》，形诸文字不过就是两个月，一共8周的时间。而从1935年海明威听到一位老渔夫讲述自己捕

到的一条大马林鱼如何被鲨鱼吃掉的故事，1936 年将它写成通讯发表，1939 年产生小说创作的想法，到 1951 年着手写作，这其间整整过去了 16 年。

有评论者认为——就连海明威自己也曾这样说——这样的写作速度与一段令人心悦的情感经历不无关系。于是，文学探密者就发现了 1950 年 10 月到次年 2 月海明威与他 19 岁的意大利情人阿德利亚娜·伊凡西奇在古巴游历的那段浪漫的故事。1899 年出生在美国伊利诺伊州芝加哥西郊橡树园的海明威，这一年整整 51 岁。难道正是这段甜蜜之旅加促了《老人与海》的诞生？这种不经，发生在一个有过多次战争历险经历的文化英雄身上，当然不能视之为荒诞，而是应该有特样的用语比如"传奇"之类来说明的，但无论怎么说，都多少为这部不朽之作增添了神奇而浪漫的色彩，按海明威一向的风格，他也是不会拒绝这样的传奇的。真实与否，文学爱好者当然是宁可信其有，不愿信其无。对于海明威来说，此间他正与意大利姑娘母女在古巴是事实，在此期间的 8 周里，《老人与海》的出世也是事实，这有"海明威生平"、"海明威的创作年谱"为证。然而，无论怎样雄辩的事实也没有办法改变如下的事实，即《老人与海》从听来的真实事件到成为文学故事，吹皱 1952 年乃先是美英，继而是世界文坛及阅读世界的一池春水，历经了 16 个春秋的漫长岁月。这其间，其他的不说，仅 1938 年海明威在西班牙内战期间的四次战地之行，就催生了一堆"孩子"，著名的就有入选高中新课程实验教科书《外国小说欣赏》的短篇小说《桥边的老人》，此外还有《西班牙大地》电影脚本、《第五纵队》剧本和一批反法西斯的文章，以及 1940 年的《丧钟为谁而鸣》和 1950 年叫座不叫好的《过河入林》。这些同样有"海明威创作年谱"为证。

小说创作与作者私情究竟存在怎样的关系，这不是本书要探讨的内容。女权主义的代表作家，英国那位美丽而又癫狂的弗吉尼亚·伍尔夫 1927 年在阅读海明威《没有女人的男人》时，尽管肯定了他的小说创作，但也毫不客气地指出了其小说创作中那种对女性的傲慢与偏见是一种"做作的男子气派"[1]。尽管这种指责乃是经由对男子气概敏感的女性发出的，且并非直接针对《老人与海》，但无独有偶，在《老人与海》面世后遭遇的批评指责中，有一项说辞就是，"这部小说躲开女人，只写一个孤独的男人，是海明威的老一套"[2]。先不论这些来自另一种视角的批评正确与

---

[1]　陆建德：《破碎思想体系的残编》，北京大学出版社 2001 年版，第 304 页。
[2]　董衡巽：《海明威画传》，河南文艺出版社 2007 年版，第 218 页。

否，但它们为真正接近理解《老人与海》中的老人形象和主题提供了不无价值的启示，这一点却是无可置疑的。从某种意义上，这一点也透露了作者日常生活中的情趣与写作中却刻意回避这种情趣的矛盾。

叙述这些冗繁琐细的文学逸事，无非是要提醒大家，真实事件和文学故事之间可能存在怎样的距离，时间在其间又产生了怎样奇妙的作用。如果把海明威这段时间的生活作为我们发现《老人与海》小说文本意义的素材来对待的话，那么，当我们刨去那些与《老人与海》的创作无关的内容之后，会浮现怎样的图式呢？

（1）1935年，有一个老渔夫向海明威讲述他捕到的鱼怎样被鲨鱼吃掉的故事。

（2）1936年，海明威在4月号的《老爷》杂志上，发表了题为《在蓝色的海上》的通讯，报道了一个渔夫捕到的一条马林鱼被鲨鱼吃掉的故事。

> 又有一次，一个老人独自在卡瓦尼亚斯港口外驾着小船捕鱼。他捕到一条大马林鱼。那条鱼拽着沉重的钓丝把小船拖到远处的海上。两天以后，渔民们在往东的方向六十英里处找到了这个老人。马林鱼的头部和上半身绑在船边上，剩下的鱼肉还不到一半，只有八百磅。鱼在深水里游，拖着船，老人跟着走，一天，一夜，又一天，又一夜。等鱼浮出水面，老人划船过去把它钩住。鲨鱼游到船边袭击那条鱼，老人一个人在漂流的小船上对付那条鱼，用桨打、戳、刺，累得他精疲力竭，而鲨鱼却把那条鱼能吃的部位都吃掉了。渔民们找到他的时候，老人正在船上哭，他丢了鱼都气疯了，而鲨鱼还在船的周围打转。

这则通讯并没有引起读者特别的关注，但却成了后来《老人与海》小说故事的胚胎。

（3）1939年2月，在给朋友潘金斯的信函中，海明威透露了想将通讯中的故事写成小说的打算，并且就一些问题做了设想。

> 那老渔夫一个人在小船上，同一条旗鱼搏斗了四天四夜。他没法把它拖上船，只好把鱼绑在小船边上，末了这条鱼让鲨鱼给吃了。这是一个发生在古巴海边的精彩故事。我想乘坐老卡洛斯的船同他一起出海经历一下，经历一下老渔夫做的、想的每一件事，他怎么能在海上远离其它渔船，只他一个人在小船上同鱼进行长时间的搏斗。如果找到感觉，我能写得很精彩，

可以写一本书。

（4）1951 年，海明威完成《老人与海》。这离他第一次听老渔夫的故事已过去了整整 16 年。

（5）1952 年 5 月 6 日，《生活》杂志发表《老人与海》，产生了极大的轰动效应，刊载小说的《生活》杂志在两天内发行量骤增至 500 余万册。海明威不仅获得了 4 万美元的经济报偿，而且每天都能收到来自全美各地读者的近百封来信，文学批评界也为此热闹非凡。同年，小说单行本在美国和英国出版。

（6）1953 年 4 月，海明威卖掉《老人与海》的摄制权，获得 2 万 5 千美金，且因参与电影制作另获 2 万 5 千美金。同年《老人与海》获得普利策奖。

（7）1954 年，海明威获得诺贝尔文学奖，在授奖辞中《老人与海》被多次提到。

（8）1955 年 9 月，摄制组来到古巴，海明威协助拍摄海上捕鱼镜头。其间海明威曾亲手捕获一条重 800 磅的大马林鱼。

（9）1956 年年初，海明威继续协助拍摄《老人与海》的电影。

本事与文学故事之间究竟存在一个怎样的关系呢？理论的说辞可能不仅老套而且晦奥，且未必能真正有助于厘清二者之间的关系。我国清代诗评家吴乔在思考生活与诗的关系时曾经有一个比喻，他说诗歌就是把米酿成酒，其实小说与生活又何尝不具同样的机理？而所谓"酿"，在创作而言就是转换，当然不仅仅只是形式的转换，而且是要发生质变。它已经全然不是原来的东西了，它变成了新的东西。只有当好事者不仅有饮醇的雅好，还有考察酿造工艺的癖性，才有可能发现原料产自何处，形态、质量、颜色、味感如何这样一些背后的东西。一般消费者是断不会有如此兴味的。凡属手工酿造，大都会有一些秘而难宣、只可意会、难以言传的秘密，个性特征十分鲜明。解密的方法就是对成品的化验、分解与合成。这一套方法在文学阅读中叫文本细读。

据此，下面我们对《老人与海》技术构成中潜存的一个现实、想象和梦幻三度空间的秘密进行考察。

二、现实、想象与梦幻三度空间的秘密

现实空间是上述已经陈述过的 1935 年海明威听到的那个渔夫的遭遇和 1936 年海明威据此发表在《老爷》杂志上的那篇通讯。如果将前述真实的故事与《老人与海》

的故事框架对比一下，不难发现，三者的差别其实不大。

> 古巴老渔民桑提亚哥连续84天没有捕到鱼，好不容易捕到一条大鱼，却被鲨鱼吃掉。老人累得不行，到屋里睡去了。

这是一种简略的叙述。如果稍详一些的话，似乎也可以这样概括：

> 水是人类从前生活居住的地方。所以，婴儿最喜欢水，一接触水他就放松。害怕水是我们成人的事。

> 古巴的一个名叫桑提亚哥的老渔夫，从前是有一个这样的小孩子跟着的，可后来那个小孩的父亲不让他跟老人冒险。于是老人只有独自一个人出海打鱼，84天过去了，他一无所获。当幸运降临的时候，他钓到一条以前从没见过，也没听说过的大马林鱼，鱼身比他的船还长两英尺。大鱼拖着小船漂流了整整两天两夜，老人经历了从未有过的艰难考验，精疲力竭，终于把大鱼刺死，拴在船头，却又遇上了鲨鱼。在与鲨鱼殊死搏斗的过程中，鲨鱼将大马林鱼吃得精光，奄奄一息的老人最后拖回来的只是一副光秃秃的鱼骨架。半夜里他回到岸上，走到屋里安睡了。

重要的不同之处在于，捕鱼老人与圣迭亚哥对待捕鱼得而复失后的态度，前者"在船舱里哭泣"，后者因为"累得不行，到屋里睡去了"。这正好是现实世界中的老渔夫与小说主人公圣迭亚哥迥然不同的地方。

现实生活中的老渔夫以捕鱼为业谋生，他只关心捕获到的鱼能给他带来多少实际的好处。他冒着生命危险好不容易制伏了那条大马林鱼，然而鲨鱼的到来却使得这一切打算都落了空，那样的一个庞然大物只剩下800磅了，能吃的全被鲨鱼吃了，唯有靠着船舷边的部分留下来，所以，他难过得哭了。他不要说没有一点英雄气，连一点男子气也没有了。

在小说中的圣迭亚哥以捕鱼为生的实际生活目的已经淡然，这不是说他没有生计的需要。小说中一贫如洗的圣迭亚哥也曾估算过大马林鱼的经济价值。他想，如果鱼质优良的话就可以在市场上卖个好价钱。一千五百多磅的鱼除头去尾，去掉下脚，少说也还有千磅重的鱼肉，如果按三角一磅的市价来算，所得也是很可观的。然而小说不是要表现他如何为生计而勤劳、勇敢、智慧，而是着眼于人的精神、情感，要表现的是老人"在压力下的风度"。为了展示人"在压力下的风度"，小说中出现了两个场景。

　　其中一个是人鱼搏斗的场景。于是，在通讯中只有一句话概述的人鱼搏斗情况，在小说中海明威却通过细节的手段，将人鱼搏斗的惊心动魄的过程渲染得淋漓尽致。随着搏斗的渐趋激烈，老人的精神和情感状态也臻至佳境。他不禁一次次地赞叹起他的对手来，赞叹它的崇高、赞赏它的美丽、赞颂它的伟大，面对这样一个壮美的神造之物，任何实用的考量和经济的计算都是可耻的，是对上帝的亵渎。

　　　　它能供多少人吃呀，他想。可是，他们配吃它吗？不配，当然不配。
　　凭它的举止风度和它的高度尊严来看，谁也不配吃它。

　　他甚至视它为人生的莫逆之交，欣赏它和自己似乎有着相同的禀性。当大马林鱼吞下钓饵狠拽小船的时候，老人自言自语道：

　　　　它选择的是待在黑暗的深水里，远远地避开一切圈套、罗网和诡计。
　　我选择的是赶到谁也没有到过的地方去找它，到世界上没有人去过的地方。

　　赞美对手其实就是赞美自己，尊重对手就是尊重自己，战胜对手就是战胜自己。老人越是尊敬、喜爱大鱼，制伏它的冲动就越是强烈。他要以宰杀的仪式来证明他自己的崇高、伟大，彰显自己的"举止风度"和"高度尊严"。由此观之，这不是一场单纯的捕鱼人与鱼的深水搏斗，而是一场勇士与勇士的决斗，是一场庄严而神圣的仪式。在这场搏斗中，老人已经不是寻常的渔夫，他仿佛就是一个决斗场上的斗士、猎场中的猎手、战场上的勇士。他不是海上的渔夫，而是一个竞技场上的斗牛士。对！就是斗牛士。你看他那搏击的雄姿，当他举起鱼叉扎进鱼的大胸鳍靠后一点的部位时：

　　　　他感到那铁叉扎了进去，就把身子倚在上面。把它扎得更深一些，再用全身的重量把它压下去。

　　这和斗牛过程中骑在马上的长矛手把矛扎向牛背的动作何其相似。所以，这场人鱼搏斗就远不是日常的捕鱼生产，而是凝结了情智和哲思的人与自然的搏杀、人与自我的搏斗。

　　然而，圣迭亚哥又不同于斗牛的骑士，因为斗牛不是骑士一个人的搏击，而是要一个团队齐心协力来完成的游戏。在规则的约束下，每个人的个性发挥是受到一定限制的。所以，整个过程中剑手、短枪手、长矛手和斗牛士轮番上场。这与老人单枪匹马同大鱼的搏杀比较起来，简直是一场滑稽的表演，而非一种庄严的仪式。

圣迭亚哥是"独自在湾流中一条小船上钓鱼的老人"，本来就没有什么社会关系，更不要说有一个团队的配合。在日常的生活中，他孤身一人、离群索居，孩子马诺林是他与同周围的渔民若即若离的中介，然而，这才是一个真正的海明威似的英雄：凭借个人非凡的毅力和勇气坦然面对一切和接受一切的挑战。

要展示老人在"压力下的风度"，仅止于此还是远远不够的。圣迭亚哥还必须面对新的考验，展示"人不是生来被打败的"，"人可以被打倒，但不能被打败"的真正的尊严。于是，在圣迭亚哥用鱼叉制伏了那条大马林鱼后，鱼血引来了大批的鲨鱼，一场更大的恶战开始了，他用尽了船上所有的工具与鲨鱼搏斗，捍卫他来之不易的成果。可是，当他半夜里回到岸上，回望海边的时候，只看到黑糊糊的鱼头和竖在船梢的大尾巴之间，剩下白线似的鱼脊骨，鱼肉已一无所有。

这一次，老人没有像制伏大马林鱼一样战胜鲨鱼群，然而，他成了一个不同于通讯中哭泣的人、一个大写的渔夫，他真正展示了"压力下的风度"。我们看到，在黑暗中他背了桅杆走回自己的窝棚，安然入睡了。在小说中没有通讯中写到的现实生活中渔夫哭泣和受人安慰的情节，也没有那些俗不可耐的夹道的欢迎人群、鲜花、掌声，这些一概没有。海明威让他一个人安然入睡。

至于那一句凡读者必得记的名言："人不是为失败而生的……一个人可以被毁灭，但不能给打败。"这是老人的人生信条。但我们分明看到在老人与鲨鱼的搏斗中，老人失败了，他没有像制伏大马林鱼一样战胜鲨鱼。老人也不只一次地声称他被鲨鱼打败了。

　　"它们把我打败了，马诺林，"他说，"它们确实把我打败了。"
　　"它没有打败你。那条鱼可没有。"
　　"对。真个的。是后来才吃败仗的。"

应该如何看待在与鲨鱼群的搏斗中，老人寡不敌众被打败，且不只一次说自己被鲨鱼打败的事实？又怎样理解这一事实与那条多次出现的人生信条的矛盾呢？

笔者的理解是，也许可以将它看作是又一次"压力下的风度"展示吧。如果说前一次的"压力"来自强大的对手，是一种外在的"压力"的话，那么，这一次的"压力"是如何面对自己和自己失败的现实。坦然言败，直面失败，不也是胜利者的一种姿态？圣迭亚哥不断言败，内心的自尊和自信却丝毫没有减损。小说最后说老人正在梦见狮子，来日他又要扬帆出海了。回头看看老人出海的情形吧，小说的开头这样写道：

> ……另外还有些绕在桅杆上的帆。帆上用面粉袋片打了一些补丁，收拢后看起来像是一面标志着永远失败的旗子。

然而，这面"失败的旗子"一旦张开，就是一面永不屈服、永远追求胜利的旗子。

真正的光明不是永远没有黑暗的时候，只不过是不被黑暗所遮蔽而已；真正的英雄并不是永远没有失败的时候，只过不为失败所征服罢了。

较之现实生活中的捕鱼老人，圣迭亚哥伟岸、高大、英雄气十足，这些都非形体上的表现。形体上圣迭亚哥绝非值得夸耀的伟丈夫，恰恰相反，外形上他是一个不起眼的老人。

在平常的日子里，老人能够让人感觉到的明显的外倾特征是性格上的，他喜欢自我标榜。他的崇高是基于一个文学的想象。想象空间与现实空间相比，现实是受限的、不自由的，想象空间却是不受限、完全自由的。"现实空间不是任何一个人按照个人的意愿随意创造出来的，而是外在于任何一个个体人而先行存在的。它给任何一个个体人都提供了一定的自由空间，但它给每一个个体人提供的自由活动的空间，又是极其有限的，是不能满足其全部要求的。"[1] 现实生活中的老人以捕鱼为业，他不会思考每天捕鱼、杀鱼的生活有什么形而上的意义，用我们中国人的话来说，他关心的更多的是每天开门七件事：柴、米、油、盐、酱、醋、茶。他考量的是生计，计算的是这条险些要了他老命的大马林鱼能够在市场上换回来多少钱，所以，当鱼被鲨鱼啃没了之后，他伤心难过至于泣下。他也不在乎什么男子气、英雄气和"压力下的风度"。

想象空间是对现实空间的超越，它能满足人对自由的需要。不仅创作者、阅读者享有自由，文本中的人物也享有自由。所以，圣迭亚哥在制伏了大马林鱼，竭尽全力同鲨鱼搏斗之后，拖回岸边的只是一副鱼骨架的时候，没有任何的伤心和气恼，

---

[1]　王富仁为沈庆利《现代中国异域小说研究》作的序，载《现代中国异域小说研究》，北京大学出版社 2009 年版，第 2 页。

安然入睡了。他不是没有利益的考量，先前他在计算大马林鱼的市场价值的时候，也想到了他所崇拜的著名棒球运动员、克服了骨刺伤痛的迪马吉奥会为他感到骄傲，为他的勇气和承受痛苦的能力骄傲。因为有这样一个更高的精神需求的满足，所以捕鱼的经济回报也就变得无足轻重了。至于明天的早餐在哪里，创作者、读者和文本中的角色都是可以不必考虑的。文学故事追求的是精神的向度，而非现实的实利考量。何况海明威要塑造的并不是一个普通人，而是一个集勇力、自信与行为于一身的孤胆英雄。渔夫只不过是他寄托价值理想的载体。正因为如此，文本中的渔夫常常是一个"不务正业"的生产者，作为渔夫，他常常考虑的不是捕鱼的问题；他要去远海捕鱼，也不是为了追求高的回报，而仿佛是为了去会一个老朋友。他的梦虽然与他早年的经历不无关系，但梦中之物也非寻常之物，而是"狮子"。

"狮子"在《老人与海》中是一个贯穿始终的意象，圣选亚哥每次入梦总有狮子出现。老人在出海前曾梦见年轻时在非洲海滩上嬉耍的狮子，在钓到大马林鱼之后，也仿佛恍恍惚惚梦见金色海滩上的狮子，作为引梦的物象是正值繁殖旺季的海豚，它们成群结队逶迤而至，仿佛兽王出巡时的前导仪仗，而无论它们的交配还是高高跃入空中的轻盈姿态都不啻是青春力量的隐喻。小说结束时，老人安然入眠，狮子又如约而至。我们可以就小说中的梦境做一个统计，对比分析，然后讨论它们与人物的精神世界究竟有什么关系。

想想中国庄周梦蝶的典故，不难发现人类在思维世界与言语形范律则上常常有着惊人一致，只不过一个是偏于婉约的"蝶"，一个是偏于雄健的"狮"。这仿佛正好是东西方文化的异趣之喻。老人入梦是狮子，老人就是狮。狮是兽中王，老人就是人中杰。

由此海明威用自信乐观、力量与勇气、坚毅不屈的价值理念将现实世界、想象世界和梦幻世界三个空间统一起来了。他提取了现实世界人事的形架，剔除了充斥于现实空间中的卑下、猥琐、怯懦、功利的精神枷锁，通过背景剔除、时空淡化、细节充实等手段，在想象的世界中恢复人的尊严与自由，恢弘人的勇毅与力量，完成对现实故事的改写；同时通过梦幻世界的渗入，在为人物形象注入伟力高志、扩张想象空间的同时，刷新小说文本意义的可能性空间，刷人的精神指向无限遥远的梦幻。

三、作为文本策略的隐喻

诺贝尔文学奖在给海明威的授奖词中申明其受奖是因为"他精通现代叙事艺术"，并且说"这突出地表现在《老人与海》中"。什么是现代叙事艺术？这真是一个脱离了具体作品一言难尽的问题。海明威生前十分反感批评者对《老人与海》的文本策略说三道四，也特别不喜欢别人评论这部小说运用了象征和寓言的策略来表达意义。

> 没有什么象征主义。海就是海，老人就是老人，孩子就是孩子，鱼就是鱼，鲨鱼就是鲨鱼，不好也不坏。人家说是象征主义全是胡扯。

但他最后又欣然接受了这一说法。下面是他请求受其尊敬的批评家贝瑞克为《老人与海》写上两三句话或一句话，供斯克利布纳出版公司引用时发生的趣事。贝瑞克的题写是：

> 《老人与海》是一首田园乐曲，大海就是大海，不是拜伦式的，不是麦尔维尔式的，好比出自荷马的手笔；行文像荷马史诗一样平静，令人佩服。真正的艺术家既不象征化，也不寓言化——海明威是一位真正的艺术家。但是任何一部真正的艺术作品都散发出象征和寓言的意味。这一部短小但并不渺小的杰作也是如此。

这段话至少包含了三个三段论：

（1）田园乐曲是平静的；《老人与海》是一首田园乐曲；所以，它像《荷马史诗》一样是平静的。

（2）真正的艺术家既不象征化，也不寓言化；海明威是一位真正的艺术家；所以，海明威的作品既不会象征化，也不会寓言化。

（3）任何一部真正的艺术作品都发出象征和寓言的意味；《老人与海》是一部杰作；所以，它也散发出象征和寓言意味。

这段话的中心意思是：《老人与海》是存在象征和寓言意味的。

文坛往事不是本书的兴趣，我们关心的问题是撇开象征和寓言体裁上的特点（它们的区别已在本书分析卡夫卡《骑桶者》的时候做了相当的说明），它们有没有共同的言说特征，如果有的话是什么？

笔者认为答案是肯定的。从某种意义上说，无话不隐喻，因为任何语词都有能指和所指。在我们的生活中，隐喻几乎是无处不在的幽灵，它常常以修辞辞格的面貌出现，但又绝不仅囿于此，当它成为一种文本策略的时候，更是现代先锋作家们的拿手好戏。作为超越语言形式而存在的隐喻是处于特定语言环境和文化背景之下的物质形态，甚至是一种精神行为。所以，有一种比较宽泛的隐喻定义被表述为，"隐喻是在彼类事物的暗示之下感知、体验、想象、理解、谈论此类事物的心理行为、语言行为和文化行为"[1]。

这里的"谈论"说明了隐喻存在的形式是一种语言现象，"行为"作为关键词的意义在于强调行为在"彼类事物"与"此类事物"之间产生关联，成就新的意义基础性，隐喻行为产生隐喻价值，这种价值既包含文化价值、文学价值，也包括认识价值。"因为隐喻提供了人们观察世界的新角度和新途径，它把抽象的概念转换为形象熟悉的面貌，把一种熟悉的经验从一个领域映射到另一个领域中去。它在建构话语和文本意义的同时，也建构了人们所置身的世界，扩大了人们的认知范围和认知方式。"[2]

《老人与海》的文本特征是否符合这样的一些理论指标呢？

《老人与海》讲述了一个老人出海打鱼的故事，故事是实的，在某种意义上讲是渔民海上作业的真实情况。但在小说文本呈现的时候，作者却有意遮蔽了故事发生的时空背景，这就使得故事成了文学文本中的"彼类事物"，文学文本的"此类事物"是什么呢？因为读者的文化背景、人生阅历与阅读期待，"此类事物"被或传统的或现代的、或惯例的或创造性的、或社会的或个人性的、或现实的或想象性的事物所替代，并因为它们与"彼类事物"之间联系的性质形成新的意义或意义的衍生。这样的文本策略近乎一种用假造的故事来营造意义的文学文本策略。它的特点与文学其他文体的特征具有同构性：假故事，真道理。故事可以是虚构的，但由此而生成的价值和意义却表现了某种生活的真髓或揭示了事物的某种规律。

让我们听一听瑞典学院的秘书安德斯·奥斯特林对"诺委会"给海明威的授奖词中关于"现代叙事艺术"在《老人与海》中的表现是如何解释的吧：

> 《老人与海》是体现他这种叙事技巧（现代叙事艺术）的典范。这篇
> 故事讲一个年迈的古巴渔夫在大西洋里和一条大鱼搏斗，给人以难忘的印

---

[1] 季广茂：《隐喻视野中的诗性传统》，高等教育出版社 1998 年版，第 14 页。

[2] 倪文锦主编：《高中语文新课程教学法》，高等教育出版社 2004 年版，第 78 页。

象。作家在一篇渔猎故事的框架中，生动地展现出人的命运。它是对一种即使一无所获仍旧不屈不挠的奋斗精神的讴歌，是对不畏艰险、不惧失败的那种道义胜利的讴歌。故事富有戏剧性的情节在我们眼前渐渐展开，一个个富有活力的细节积累起来，产生了一种震撼人心的力量。

评价很好地体现了本文策略和意义生成之间的关系，但文本意义并非唯此一解，《老人与海》文学文本意义解读的可能性空间应该是广大的。怎样去发现新的意义呢？创新并不是不着边际的信口开河，它仍然必须是基于文本的文学阐述。也许不同读者的前理解不一样，与文本产生的视觉融合也就不相同。前理解是读者本身自有的，这里只介绍一种发现的方法。

四、寻找矛盾：结构阅读的一种方法

结构阅读是通过解构文本内在结构进行阅读的一种方式。这种阅读方式的特点是把文本看作一个系统，努力寻找系统中各个部分之间的关系，通过识别文本的结构和系统的秘密，发现它与其他同类文本的共同结构特征。结构阅读一般包括"重建深层结构"、"发现空白"和"寻找矛盾"三种方法。《老人与海》的阅读感受虽说千差万别，但若将这些林林总总的结论细作分别，则不难发现，它们的意义旨归其实是正反两个方向。这样截然相对的两种阅读期待与结论，其实正好是文本结构矛盾的必然结果。这种矛盾也许是由于创作者价值观与创作方法之间的矛盾所致，这种情形最典型的莫过于1859年恩格斯对巴尔扎克小说中暴露出来的自相矛盾现象的批评[1]，但这种矛盾现象后来被文学批评家们认为并不是个别作家创作的特殊现象，而是文学文本普遍存在的规律，它是文学文本产生丰富内蕴的一个必要前提。这个发现被发展成为一种文学阅读理论，即文学阅读不是去寻找文本的内在统一，恰恰相反，分析文本结构的内在矛盾正是阅读的方法之一。这种听来不无极端的阅读理论或许不适合那些和谐结构的文学文本，但对于像《老人与海》这一类文学文本却是适用的。

寻找矛盾的阅读方法，将揭示文本结构矛盾作为己任，正视矛盾、发现矛盾、揭示矛盾，承认各种矛盾存在的合理性。在这样的阅读理念指导下，我们发现，《老人与海》正面展示给我们的是人的伟大和顽强，是"人可以被消灭但不能被打败"

---

[1] 恩格斯给拉萨尔的信。

的硬汉子精神；但文本同时又不无寓意地向读者昭示另一番意味：在永恒的大自然面前人的渺小与妄为的徒劳。桑地亚哥九死一生拖回的大马林鱼的骨架与垃圾堆在一起，不久就会被海浪卷得无影无踪了。

《老人与海》的矛盾将人的自我价值的肯定与怀疑并置于故事意蕴之中，由此而引发的文学争论可能是海明威也始料不及的。其实，优秀的文学文本所蕴含的价值的可能性空间是无限广大的，因为它们能满足不同时代不同人群的审美需求和价值诉求，因而才被不断地言传与接受。

什么叫作可能性空间？就是指文本或语词的能指空间。任何一个语词（非语法意义上的理解）都是由所指与能指两个方面构成的，所指指向本事，能指指向语词的或固定的或语境的象征意义。《老人与海》自诞生之后，关于其意旨纷争不断。最主要的观点有如下几种。

（1）说表现了基督徒的殉难精神。吃生鱼象征圣餐；老人历经苦难，在苦斗中获得了殉难精神以教育后人。

（2）再现古典悲剧中人的命运悲剧。老人犯了出海太远的错误；在捕鱼作业的时候，冥冥中是鱼拽着船走，不是渔夫自觉的作业行为，是冥冥之中的命运使然。

（3）这是隐喻作家的生存状况。老人是作家，他捕到的大鱼是他创作的杰作，老人同大鱼亲如兄弟，象征作家与作品不可分割的亲密关系，而鲨鱼当然就是作家痛恨的"批评家"，再好的作品也会毁在他们手里。（征候式解读）

（4）海明威"硬汉子"精神的表现，是英雄主义的赞歌。人在同外部世界的斗争中逃避不了失败的命运，这外界的世界可以是战争、社会恶势力、自然界不可阻挡的异己力量等；在这些强大势力的面前，孤立无援的人免不了会失败。但海明威强调人们要勇敢地面对失败这一主题。小说中，老人在与大鱼搏斗的过程中，"每当感觉到自己要垮下去的时候"，就鼓起勇气，"还要试验一下"；"双手已经软弱无力"，"我还要试它一试"；"他忍住一切疼痛，抖擞抖擞当年的威风，把剩下为数不多的力气统统拼出来，用来对付鱼在死亡以前的挣扎"。当鲨鱼袭来的时候，"他想：这一回它们可以把我打败了。我已上了年纪，不能拿棍子把鲨鱼打死，但是，只要我有桨，有短棍，有舵把，我一定要想法去揍死它们"。他下定决心"跟它们斗，我要跟它们斗到死"。这一行为的哲学式概括就是："一个人并不是生来要给打败的，你尽可以把他消灭掉，可就是打不败他。"

这种解读之所以成为众多解读中的最受青睐者，不仅仅凭借了单篇文本强有力的文本分析证据，而且还有海明威一个系列的文本组群共同的主题烘托来支持，作为海明威"硬汉子"小说英雄主义精神的证据。它们是短篇小说《打不败的人》、《杀手》、《五万元》，这几篇小说虽然故事不同，主人公名姓各异，但主人公们知其不可为而为之、万死不辞的精神却是相同的，他们面对强大的对手，明知必然失败，也要勇敢地拼搏。

（5）小说中的渔夫是一个老人，当时写作《老人与海》的海明威也是一个老人了。这时候海明威和他笔下的人物都开始回望人生。人，特别是男人只有在回望人生的时候才有一份达观。应该这么说，达观是男人最高的境界。努力去做，无怨无悔，没有遗憾，没有缺失，人生因为达观而完整。老渔夫就是一个典型的达观之人。

（6）这个老人，你可以把他看作一个硬汉，也可以把他看成阿Q。他打的鱼被别的鱼啃得只剩下一副鱼骨架，他历尽千辛万苦却一无所获，但是他并不因此而沮丧，甚至还有一丝的满足。因为这些并没有妨碍他去梦想年轻时在非洲看到的那头大狮子。

（7）得而复失的寓言。老渔夫桑地亚哥费了那么大的力量，历尽千辛万苦，结果却只带回来一具毫无用处的鱼骨架，因为类似的鱼骨架在海滩上不是一两具，渔民们捕完鱼取下鱼肉后，经常就把鱼骨架留在海滩上。这种得而复失非常直白地显示出生活本身的虚无色彩：你付出这么多，最后却发现什么都没有得到。这种结果与抽象之后的人类生活和人生的终极情形尤其相似：西方人说来自泥土，归于泥土；中国人说赤条条来赤条条去。无论你在这个世界上多么轰轰烈烈、波澜壮阔，最后都不过归于沉寂虚无。

五、比较阅读

类似的小说文本还有麦克维尔的《白鲸记》，不过《白鲸记》故事的主人公与鱼的斗争不是为了捕鱼，而是为了复仇。当然，这部小说的书名，不是以人与他的生存环境为关系构成的，而是用"白鲸"命名的。

阿哈在一次航行中被白鲸咬掉了一条腿，他立志要报仇，不惜指挥皮廓德号环航全球追踪，终于发现了仇敌。经过三天的搏斗，白鲸虽然被刺中了，但它却十分顽强而狡猾地咬碎了小艇，也撞沉了大船，更为不幸的是，当它拖着捕鲸船游开时，绳子套住了阿哈的脖子，阿哈被活活绞死。全体船员除一个水手借着由棺材改制的救生筏得以逃生外，其余的人全部葬身大海。

3. 生命的维度与文学教育的向度

—— 一种超越考试评价的功利选择

文学教育为了什么？乍听起来，这似乎是很幼稚而无需作答的问题。但是，仔细想想这还真是一个问题。按照今天实际的情形，答案似乎只有一个：学生为考试计，教师为稻粱谋。至于别的意义似乎确实寥寥。所以，就连大学文学院的文学教育也基本成了不读文学作品而专为考硕、攻博传授"文学概论"和"文学史"等知识谱系的文学知识教育。而"考文学专业的硕士、博士的学生，他所面对的考卷，其实是没有文学内容的，而是按照所谓理论讲的文学概论和一套按历史叙述的文学史"。学生的文学学习状况如此，教师的文学研究与教学情形又如何呢？华东师范大学的王晓明先生曾从个人、学科、学术成果、科研基金申报和社科评奖五个环节进行过一个痛心疾首的反思，得出一个令国家、社会、教育当局、文学教育工作者和文学教育的广大受众几乎无法接受的结论。

大学文学院的文学教育尚且如此，作为国民基础教育学段里的文学教育就更不用说了，国家新颁布的《语文课程标准》把文学教育作为培育人文精神的重要内容与语文知识教育相提并论了，工具性与人文性的历久之争，以国家意志的方式暂时达成了文本上的妥协。然而，陈腐的文学教育价值取向与评价机制却把这一点新的气象消解得干干净净，本来满纸生气的文学作品被搞得支离破碎、枯燥乏味。针对这种现实，上海 200 名青年语文教师发出倡议，倡议希望语文教师带着对生活的热情、对文学的钟爱和睿智的思想走进课堂，滋润学生的生命。这样的语文课才会洋溢生命的律动，这样的语文教学才能具有无穷的魅力。"语文活动是人的生命"，"汉语言是诗语言"，是最富生命力的语言。德国语言学家洪堡特说："汉语可以与世界上最完美的语言相比，它的独特的长处在于，它比任何语言都具有思想性。"然而，这样一个具有诗学诗教传统的语文大国，却要由民间来吁倡"让语文教学充满诗意"，遑论文学教育。这不能不说是颇具滑稽意味的事情。

世界上任何教育的宗旨都应该是为着人的成长和发展服务的，文学教育自然也不例外。所不同者，乃是由于文学及文学教育的性质决定了其从不同的方面影响人生的广泛性和深刻性，加之不同社会与不同主体的人生互动的复杂性，从而决定了文学教育的多向性的特点。

今天的青年比任何时代的青年更需要文学教育，因为他们赖以成长的社会土壤、气候和文化背景正在发生前所未有的巨大变化：农业社会向工业社会转型、乡村社会向城市社会转型、伦理社会向法制社会转型……伴随这些转型，同质的单一社会向异质的多样性社会转型，"心灵的状态——进步的期望、成长的倾向以及让自我适应变迁的准备……必须在人格系统上有所调整，亦即必须要具有一种'心灵的流动'及'移情能力'"。除了这一层整个社会都必须面对的价值转换和心理调适危机之外，处于生理和心理成长时期的特别情况以及文学和艺术教育对于这一特殊性不可替代的满足特性，决定了文学教育应该担当特殊的任务。

青年是美好生活最执着的追求者，文学教育的过程应该是提升受教育者自身艺术品位和生活情调的过程，益于"诗意地栖居"，将文学艺术的接受变成一种极富诗意的行为，也是文学教育的魅力所在。从某种意义上讲，任何一个生活在现实世界中的人都生活在一个由"自我"和"他人"形成的客观世界之中，是处于"非我"的"他人"包围之中的一个有限的存在。这个有限的存在，在诸如伦常理性、道德理性、宗教理性、政治理性、科学理性等的规范和修正下，由一个以生死为始终的活生生的生命体，发展成一个近乎纯理智的、纯功利的和纯概念的存在。这样的现实，只要重温一下如下的一些"教导"——"人是会说话的工具"、"人是有理智的动物"、"人是会使用工具、符号的动物"、"人是社会的动物"……就不觉得是什么危言耸听的醒世之论。那个充满爱恨情仇、刚愎血性、浪漫诗意的人被无情地放逐了。突破一个个按理性规则组织起来的世界，"恢复"基本的经验世界，舍文学教育又其谁呢？文学教育及"审美艺术活动相对于精致组织的现实世界，是一个梦想。它以扭曲夸张的形式使人摆脱当下的现实世界，重返基本的生活世界"——诗意生活的世界。

青年是爱的最热烈的追求者，文学教育应该成为青年缓释爱欲压抑，拯救个体灵魂的正当途径。随着物质生活水平的普遍提高，社会生活的日益开放、文化娱乐隔离制度的缺席以及网络的普及，今天，处于成长期的青少年青春期已普遍地提前，而未来社会对劳动者科学文化构成和人生阅历要求的普遍提高而导致的青年求知时间的绝对延长，加之当代青年自我意识和成就意识的普遍增强，社会转型及由此造成的社会动荡产生的精神世界的不确定性，以及求生的不易和经济生活的压力，当代青年性等待的时间普遍延长了。这是一个不容回避的现实问题。如何帮助他们缓释青春期的压抑，走出青春期的苦闷，找到拯救个体灵魂的正当途径，纯洁其爱的节操、升华其爱的境界、增益其爱的智慧，文学教育理应有所作为。文学创造了一个又一个广阔的情感天地，文学教育理应给受教育者带来一个丰富而健康的世界。这个世界"是人在自己生活其中的现实世界之外另辟的一个外在的世界，它比现实的世界更光辉灿烂，特别能满足人的憧憬和幻想，把人想要看到的、肯定的、欣赏的那个自己对象化了"。如果一个人没有了"照烛三才，晖丽万有"，人的情感空间会变得多么狭窄，情爱的世界又是多么的暗淡，正所谓，"非陈诗何以展其义？非长歌何以骋其情？"。

青年是最具求知热情的一个群体，文学教育应该成为青年开阔认识疆域，展开和社会对话与交融的有效空间。人所能穿越的现实世界是极其有限的，青年的人生阅历更是有限，而他们所置身的社会和世界又是无限多样和丰富的。这是一个巨大的矛盾。文学教育可以且应该通过引领接受者进入那个他未尝经验、无法穿越的。"这个世界以其自己的价值、逻辑和理由存在着，你不能经历它，但你却能感受它、体验它，你的感受的真实性告诉你这个世界的存在不容否定。"这是一个怎样的世界呢？既不真实，也不能经历，却可以真实地感受，这是一个神奇的世界。在这个世界里，接受者不但能够见其所不能见，闻其所不能闻，然而，观摩审思却可以设身处地进行对话和交流。文学教育以内在的生命体验方式，不仅帮助接受者开阔了认识的疆域，而且扩大了生命的空间。通过阅读、欣赏文学作品，阅读者可以了解自己还不曾了解的人的本性，知道自己还未曾经验过而前人已经"做过了的"、知道"是什么"的东西，从而也可以知道自己应该做什么、如何做。马克思说："艺术创造和欣赏都是人类通过艺术品来能动地得现实地得现自己，从而在艺术创造（欣赏也是一种创造）的世界中直观自身。"

青年是与复杂的现实社会生活最隔膜的一个群体，文学教育应该成为青年建构个体精神，重建自我精神与世界关系的平台。生活在现代社会中的人创造心灵自由的可能性空间毕竟不像无拘无束的原始人那样自由。现代青年个体性格的确立、独立人格的形成、自我精神的彰显，常常表现为对现存规则和制度的挣脱和反抗，这是人的天性决定的。从某种意义上可以说，人，特别是青年人天生具有一种"只需要了解自己本身，使自己成为衡量一切生活关系的尺度，按照自己本性的需要来安排世界"的冲动，"人的方式"和"自己的本性"是千差万别、各不相同的，而生活中能够以一应万，以"同一个对象在不同的个人身上会获得不同反映，并使自己的各个方面变成同样多不同的精神性质"，从而满足千殊万类个性的只有文学艺术。虽然绝大部分文学艺术作品是创作者个体劳动的成果，表现的是作家和艺术家个性化的人生，这种个性化的生命画卷虽说是个人对生命的体验和社会生活的感受，打上了浓重的个人精神烙印，但这种极端的个性化不过是人类心灵复杂情绪的表现，从某种意义上讲，只不过是人类或人类中某一人群共同感受的某种个性化的表现。文学艺术的这一特征，使文学教育成为将个人摆渡到社会或自我世界不可替代的舸舟，成为青年人实现重建自我过程中平衡自我与现实世界关系的最好途径，即在文学艺术虚拟世界里既不触犯现实世界的清规戒律又能充分满足其怀疑、否定、背叛和反抗天性，在这种虚拟的真实博弈中实现与世界的妥协与和解。

迄今为止，我们的文学教育经历了这样几个时代：一个是文学教育的泛意识形态化的时代，一个是我们正在经历的文学教育知识化的时代，我们希望文学教育走向人生、走进人生，对人的成长和精神的发育有所帮助的时代。对于文学教育而言，以上三个时代，尽管有层次的区别和境界的差异，但都有一个共同的特征，即现实的、工具理性的特征，都要求文学教育为现实的政治、现实生活、现实人生有所帮助。严格意义上讲，如此功利意义上的文学教育都是对文学教育价值的一种偏离，因为他们都是以承认或仅仅承认文学理性的、现实的意义为前提的，而对文学非理性、非现实的"意义"则采取抹杀、不在意、忽略等方式予以消解。而文学超理性、超现实和非理性、非现实的意义却绝对不是可有可无的。它至少具有如下两个方面的意义：一是通过对理性意义的消解来满足人的娱乐性需要，消减理性的压力，保持生命的活力；一是实现文学体验的最高层次——生存体验最本真的审美体验，而这正是人的其他任何生命活动都无法实现的，而真正的文学教育追求舍此又何求呢？

4. 《外国小说欣赏》课程的高考考查

——考查向度与题型的可能性空间

小说考查在近几年的高考中越来越受命题者的青睐，一方面是因为文学教育越来越受到重视的原因，另一个方面是中外小说欣赏已经明确纳入语文学习的课程体系，落实课程的方式之一就是考查，而在中国特殊的教育考试国情下高考无疑是最有影响的考查方式。这里限于篇幅，只就"外国小说欣赏"在高考中的考查样式做一个简单梳理，以便考生学习时参考。

考查选材范围一般分为两个部分，即课标规定要求阅读的外国经典小说和规定范围外的外国小说。考查题型有选择题（多选题和单选题）、简答题、综合系列题和作文题一共四种。

一、选择题型

这种考查题型由于是对考生阅读面的考查，所以在目前和将来很长一段时间内，可能主要采取选择题的方式进行，考查内容上部分属于文学常识一类的知识，但考查量会越来越少，更多的会就故事情节、经典的细节和经典的小说技术手段一类问题来设题，命题取材一般会限定在课标规定要求阅读的范围内，只要真正读过就会有记忆。题型一般采用多选（一般五个供选项）或单选（一般四个供选项）形式，整个题目由题干、供选项和分值说明三部分构成。下面是近年来的高考真题。

例1：下列各项对作品故事情节的表述，不正确的项是（　　）（5分）

D．在爱斯梅拉达将要被抬上囚车时，伽西莫多借助绳子从圣母院墙上滑下，打倒刽子手的助手，把她抱进圣母院。（《巴黎圣母院》）

E．涅赫柳多夫认识了许多像西蒙松这样的犯人，但还是鄙视他们。他为马斯洛娃找西蒙松作为保护人感到不快。（《复活》）

（2012年全国高考福建卷）

例2：下列各项中对作品故事情节的表述，不正确的两项是（　　）（5分）

A．宝玉挨打后，黛玉前来探望，两个眼睛肿得桃子一般，满面泪光，抽抽噎噎地说道："你从此可都改了罢！"（《红楼梦》）

B．屠维岳使用软化、开除、升迁等多种手段，"和平解决"了厂里的怠工阆潮，暂时解除了吴荪甫的后顾之忧。（《子夜》）

C．觉慧创办了《黎明周报》，被祖父责骂，祖父吩咐觉新严加看管。觉慧不听觉新的劝告，执意要办下去。（《家》）

D．在爱斯梅拉达将要被抬上囚车时，伽西莫多借助绳子从圣母院墙上滑下，打倒刽子手的助手，把她抱进圣母院。（《巴黎圣母院》）

E. 涅赫柳多夫认识了许多像西蒙松这样的犯人，但还是鄙视他们。他为马斯洛娃找西蒙松作为保护人感到不快。(《复活》)

（2012 年全国高考浙江卷）

例3：下列有关名著的说明，不正确的两项是（　　　）（5分）

C.《欧也妮·葛朗台》中欧也妮请求临终的父亲祝福自己，父亲却要求她好好照看一切，到"那边"向他交账。这个情节入木三分地刻画出老葛朗台的守财奴形象。

E.《老人与海》中的圣地亚哥晦气到家了，就连船帆都像一面标志着永远失败的旗帜。不过，他是一位失败的英雄，一位向"限度"挑战的强者。

（2012 年全国高考江苏卷）

例4：下列有关文学常识的表述，有错误的一项是（　　　）（3分）

B. 已知杀父娶母的实情却迟迟不采取复仇行有能力，这一情节构成《哈姆莱特》中著名的"延宕"，体现了主人公复杂、矛盾的心理。

D. 意识流小说以心理时间作为叙述的主要时序，代表作品有《墙上的斑点》、《追忆逝水年华》等。斯特林堡的《半张纸》也有一点意识流的味道。

（2012 年全国高考湖北卷）

例5：下列有关文学常识的表述，有错误的一项是（　　　）（3分）

A. 《孔乙己》描写了科举考试失意者的命运。作者对孔乙己的穷困潦倒和因窃书而被赶出鲁镇的悲惨遭遇，寄予了同情。

B. 已知杀父娶母的实情却迟迟不采取复仇行动，这一情节构成《哈姆莱特》中著名的"延宕"，体现了主人公复杂、矛盾的心理。

C. 宋词至苏轼，让人耳目一新，苏轼拓宽了词的题材，提升了词的格调，丰富了词的表现手法，开创了具有革新意义的豪放词派。

D. 意识流小说以心理时间作为叙述的主要时序，代表作品有《墙上的斑点》《追忆逝水年华》等。斯特林堡的《半张纸》也有一点意识流的味道。

（2012 年全国高考湖北卷）

需要说明的是，这种类型的考查，目前还只是一种混合考查，即和其他中国文学名著名篇的阅读、理解、识记混合编组，在五个或四个选项中用两个或以上的选项来关涉外国文学内容，分值已相当可观。以 2012 年全国的考查情况来看，福建和江苏已达到 5 分，湖北是 3 分，湖北相对保守，是因为此次考试是课改后的第一年命题，属于尝试性命题。

二、简答题型

严格意义上讲，文学阅读考查题的主观题型都属于简答题，这里说的简答题是专指问题单一，因果关系明确，回答要求简单明了的主观考查题。下面所举两例是比较典型的简答题命题方式。

例 1：阅读下面的《欧也妮·葛朗台》选段，根据原著故事情节，回答问题。（5 分）

"好，孩子，你救了父亲一命，不过，你只是把父亲给你的东西还给父亲，咱们现在两讫了。"

问题："父亲"是谁？请简述"你救了父亲一命"这一情节。

（2012 年全国高考福建卷）

分析说明：情节是《外国小说欣赏》专门的一个话题单元，且对这一小说元素的理解应有新的考察维度。它是故事讲述人对实际发生的故事进行的一种时序及因果逻辑的重新编码，重在事件进展的内在因果联系。2012 年的全国高考语文试卷，凡考查文学阅读的省市几乎无一例外地考到了情节这一小说元素。"请简述'你救了父亲'这一情节。"说白了，就是要你复述葛朗台说这一句的前因后果。我们可以查看福建卷的参考标答。

欧也妮母亲去世，葛朗台认为女儿继承她母亲的巨额财产会要了自己的命。他借助克罗旭，要求女儿声明无条件放弃继承权。欧也妮顺从了父亲。

这个答案三句话，概括地讲，就是葛朗台骗取女儿继承权的起因、过程、结果。

同一试卷，为在学习过程中选修中国古代小说的考生提供的同一道选做题，也是一样的问题，同样也是针对情节提问，答案自然也是就小说故事指定事件进行起因、过程、结果的复述。题目是：

例 2：阅读下面的《三国演义》选段，根据原著故事情节，回答问题。

玄德接过，掷之于地，曰："为汝这孺子，几损我一员大将。"

"这孺子"是谁？请简述"几损我一员大将"这一情节。

（答案：为寻找失散的阿斗，赵云多次杀入曹军。曹操下令只能活捉赵云。赵云保护阿斗，四下厮杀，血满战袍，突出重围。）

同样是事件的起因、过程、结果三要素。

例3：阅读从中篇小说文本中截取的片段回答问题。（12分）

【提示】俄国作家屠格涅夫中篇小说《木木》描述的是：农奴盖拉新又聋又哑，是庄园的看门人。他爱上了洗衣女塔季雅娜，后者却被女农奴主指配给了一个酒鬼。在送塔季雅娜走的路上，盖拉新捡回了一只小狗，唤做木木，从此木木成了他生活的慰藉……

下面是从《木木》中截取的一段文字：

他从宅子里出来，马上发觉木木不见了；他从不记得"她"有过不在屋外等着他回来的事，于是他跑上跑下，到处去找"她"，用他自己的方法唤"她"。……他冲进他的顶楼，又冲到干草场，跑到街上，这儿那儿乱跑一阵。……"她"丢失了！他便回转来向别的佣人询问，他做出非常失望的手势，向他们问起"她"来；他比着离地半阿尔申的高度，又用手描出"她"的模样。……有几个人的确不知道木木的下落，他们只是摇摇头，别的人知道这回事情，就对他笑笑，算是回答了。总管做出非常严肃的神气，在大声教训马车夫。盖拉新便又跑出院子去了。

他回来的时候，天色已经暗了。从他那疲倦的样子，从他那摇摇不稳的脚步，从他那尘土满身的衣服上看来，谁都可以猜到他已经跑遍半个莫斯科了。他对着太太的窗子默默地站着，望了望台阶，六七个家奴正聚在那儿，他便转过身子，口里还叫了一次"木木"。没有木木的应声。他走开了。大家都在后面望他，可是没人笑，也没有人讲一句话。……第二天早上那个爱管闲事的马夫安季卜在厨房里讲出来，说哑巴呻吟了一个整夜。

问题1：用第一人称视角，描述"我"（盖拉斯）"呻吟了一个整夜"的心理活动。（6分）

问题2：自选欣赏角度，谈谈所选文段是如何塑造盖拉斯这个人物形象的。（6分）

（2012年全国高考湖南卷）

这种类型的题目难度稍大，所以赋分也相对较高，两个小题共12分。湖南卷的这个考查题，由2010年的6分、2011年的9分、到2012年的12分，其作为新题型、新的考查内容受命题人青睐可见一斑。小说文本前的"提示"是整个中篇小说的故事情节概述，是帮助考生迅速进入节选片段提供的一个语境，很重要。

问题1，叙述视角的转换，是《外国小说欣赏》第一个单元的话题内容，此外，还考查了考生在提供语境下的推想力与推理力。这种能力就是大家大英语考试中必不可少的完形题，其命题原理是一样的，都是根据格式塔心理原理而来的，只是英语是作为纯粹的语言能力来考查的，而这里语言表达考查只是其中的一个方面，更重要的能力是语境判断、事件发展、具体表现的创造性推想与推理。答题要求即以"我"为叙述人称，以"痛苦"为基本心理，可以结合焦急、自责、思念、担心，对往事的回忆和对未来的设想等进行心理描述。

问题2，是就人物塑造手段设问，《外国小说欣赏》也有专门的"人物"话题。

所以，有责任心的命题人，有水平的命题者都会在课程标准规定的范围来选择考查点的，所有的考查点都在我们重点讲授和演练范围内。答题角度要考虑所选文段通过叙写盖拉新在木木丢失后的焦急和痛苦，塑造了一个善良、敏感、执着和饱受折磨的农奴形象这一文本实际，具体组织答案可以从叙事视角的角度、情节设置的角度、动作的角度以及正面描写和侧面描写相结合的角度进行。如考生答案不在以上角度内，但言之成理也可。

三、综合性阅读题

其特点是小说文本完整，问题设计多且全面，单题书写量和分值可能是除写作外最高的，考查带有综合性，问题带有系列性。2012年全国高考江西卷就带有这样的特点，完整的试题构成是这样的。

报　复

雨果·克里兹

写字台上的台灯只照亮书房的一角。彭恩刚从剧场回来，他坐到写字台前，伸手拿起电话要通了编辑部："我是彭恩，你好！我又考虑了一下，关于《蛙女》的剧评，最好还是发下午版，因为我想把它展开一些……别提啦！太不像话了！所以我才打算写一篇详细的剧评。上午版你只要留出个小方块刊登一则简讯就行了。你记下来吧：'奥林匹亚剧院：《蛙女》上演，一锅可笑的大杂烩：一堆无聊的废话和歇斯底里的无病呻吟。看了简直要让你发疯。详情请见本报下午版'。你是不是觉得我的措词还不够激烈？这样就行？那好，再见！"

从他放下话筒的动作可以看出，彭恩的情绪越来越愤慨。可就在这时，他猛然一惊，附近有人轻轻地咳嗽了一声。在光线最暗的角落里，他模模糊糊地看见有个人坐在皮沙发里。陌生人蓄着白胡须，身披风衣，头上歪戴一顶礼帽，闪亮的眼睛逼视着评论家。彭恩心里发虚："你，你……你是谁？"

陌生人慢慢站起来，从衣兜里伸出右手。彭恩看见一支闪闪发亮的手枪。"把手举起来"那人命令道，彭恩两手发抖。

"嘻嘻嘻……"那人像精神病人一样笑着，"你这条毒蛇，现在总算落到了我的手里。再有5分钟就是午夜。12点整，嘻嘻嘻……你将变成一具尸体。文亚明，我的宝贝，"白胡子老头扬起头，"我亲爱的文亚明，5分钟后你将报仇雪恨。这条毒蛇将永远闭上它的嘴！啊，你高兴吗，文亚明！？"说着白胡子老头立刻举起手枪："别动！"

"听我说，"彭恩战战兢兢道，"请告诉我，你究竟是谁？……我不明白……我对你干了什么？……求你把手枪收起来吧。我们之间肯定有一场误会。"

"给我住嘴，你这个杀人凶手！"

"杀人凶手？你弄错了。我不是杀人凶手！"

"那么请问是谁杀死了我的孩子，我唯一的儿子，亲爱的文亚明？谁呢，彭恩先生？"

"我根本不认识你的儿子！你怎么会生出这种想法？"

"我的儿子叫……文亚明·穆勒！现在你明白了吧？""文亚明·穆勒……我记得，好像是个演员吧？"

"曾经是！因为他已经死了，他对着自己的头开了一枪。而正是你这个无耻的小人毁了他！你在文章里写过他。'为助诸君一笑，还有一位文亚明·穆勒先生值得提及，因为他的表演，真可堪称全世界最蹩脚的演员。'你竟敢这样写我的儿子！而他，可怜的孩子，去买了一支手枪，自杀了。就是这支手枪，过一会儿将把你送到西天！"

彭恩禁不住浑身乱颤："听我说，这并不能怪我……我感到很遗憾……可我只是尽自己的职责而已。你的儿子真的缺乏才华……你明白吗？我本人跟你的儿子并没有仇，可是艺术……"

"你别再胡诌关于艺术的废话了！你是杀人犯！因此你得死！昨天夜里，"老头压低嗓门，"文亚明出现在我的梦里。他对我说：'爸爸，拿上手枪去找那毒蛇。午夜12点的时候，杀了他替我报仇！否则，我的灵魂将永远四处飘流，不得安身！'"

"可你不能杀我……看在上帝面上……你简直疯了！……"

老头大声地嘲笑道："真叫人恶心，你是全世界首屈一指的胆小鬼！一条罪恶深重的蛆虫，半文不值的小人！你那自命不凡的优越感哪里去了？你那体面威风哪里去了？现在你已面对死神，没有了你，人人都会如释重负。"

彭恩双手合十，央求道："亲爱的先生，如果你一定要杀我，至少让我能最后给我的亲人写几句诀别的话……并表明我的遗愿。"语文新高考博客

"行，我成全你！"陌生人宽宏大量地答应，"写吧，你还可以活15秒钟！"彭恩拿起铅笔，在纸片上写了两三行字……

午夜的钟声响了。

老头怪叫一声，举起手枪抠动扳机。

硝烟散后，陌生人扯下自己的胡子，走近彭恩。

"先生，现在你对文亚明·穆勒的表演才华有了新的看法吧，对不对？看你那个熊样！哈哈……！我想，今后你在评论别人的时候该会学得谨慎一些了！"

看着手里拿着铅笔，满脸蜡黄的彭恩，文亚明伸手拿过那张纸条。只见上面写道："亲爱的文亚明·穆勒，你不仅是全世界最蹩脚的演员，而且是头号傻瓜。你戴的假发套大了一号。彭恩。"

小说文本选自法国作家雨果·克里兹的一篇微型小说《报复》。小说讲了这样一个故事：

深夜，剧评家彭恩正在自己的工作间和值班编辑就明天要发表的《蛙女》的剧评进行电话沟通，有人轻轻的咳嗽声让他发现在光线最暗的角落里的沙发止有人坐着。经过一番对话，原来是演员文亚明的父亲，为因剧评而死去的儿子报复彭恩。彭恩央求给亲人写几句诀别的话。在老头怪叫一声，抠动扳机，扯下胡子，得意洋洋教训彭恩"今后你在评论别人的时候该会学得谨慎一些了"。可是，当他伸手拿过那张纸条的时候，只见上面写道：

"亲爱的文亚明·穆勒，你不仅是全世界最蹩脚的演员，而且是头号傻瓜。你戴的假套大了一号。彭恩。"

微型小说以其精短的篇幅、高度凝练的技巧、集中的人物关系、兴味隽永的意韵情调往往成为命题专家选择小说阅读考查材料的最爱。

本题一共有四道小题，两道简答题（一题4分，一题5分，共9分）；一道小型的论述题（8分），一道多选题（4分），共计21分。它们分别是：

第16题：小说开头彭恩打电话的情节，有哪些作用？（4分）

第17题：简析小说结尾的特点和艺术效果。（5分）

第18题：结合对彭恩和文亚明两个人物形象的分析，谈谈小说给你的启示。（8分）

第19题：下列对原文的理解和分析，不恰当的两项是（　　　）（4分）

A. 小说开篇首句"写字台上的台灯只照亮书房的一角"，这一看似不经意的一笔，实则为故事的展开，设置了一个独特的环境。

B. 陌生老头的出现，令彭恩心惊发虚，但彭恩通过对方戴的大一号的假发套，一眼就看穿了他的真实身份，及时识破了文亚明拙劣的伎俩。

C. 文中画线部分从彭恩的视角描写陌生老头的外貌，寥寥几笔，为小说的结局埋下了伏笔，可谓匠心独运。

D. 小说人物设计巧妙：文亚明假扮成自己的父亲报复彭恩，符合其演员的身份；彭恩对文亚明报复的演技加以评价，也符合其剧评家的身份。

E. 小说中的对话描写贯穿全篇，其中频繁出现的省略号均生动地表现出人物内心的惊慌和恐惧，收到了极好的艺术效果。

从这些题目来看，命题人几乎将本则小说可以考查的方方面面都囊括进去了。做题的顺序，笔者的理解是在阅读全文的基础上，将做最后一题，即第19题。这一题五个选项，B、E两项一看便错，B项的"一眼看穿"、"及时识破"都与小说文本不相符；E项，"省略号均生动表现出人物内心的忙惊慌"，"均"字就以偏概全了，其中彭恩打电话中出现的第一个省略号"因为我想把它展开一些……别提了"就是对编辑语话的省略，而非什么人的内心惊慌的表现。其他选项都是正确项，并且这些选项对于回答其他题目都有直接或间接的帮助。比如A项对回答第16题有直接帮助；C项对回答第17题有间接帮助；D项对回答第18题有直接帮助；就是错误的两个选项，在剔除其错误后也都对阅读理解和答题有帮助。

四、作为写作考查素材的外国文学故事和文本

高考作文年年考，年年岁岁题不同，但大多数都不过是今年还开旧时花。2006年全国高考语文作文题（福建卷）成为评论焦点，该作文题因为材料涉"外"而引起震撼。命题人利用巧妙利用20世纪爱尔兰、法国作家塞缪尔·贝克特的剧作《等待戈多》，反其意而命题"戈多来了"，成为当年最受关注的作文题。作文题因为"戈多"这个虚构的文学形象没有任何的界定而具有无限的开放性，使得考生的推想力和推理力受到极大的挑战。这似乎不是再考查外国文艺的欣赏，但仔细想想，没有欣赏，哪来的思想。所以，我们将这也作为一种考查形式陈列于兹，以供参考或批评，这是全国高考福建卷的作文题。

创新思维课上，同学们讨论热烈，发言踊跃，其中最能引起师生关注的话题有：

（1）诸葛亮草船借箭不足十万支。

（2）戈多今天已经来了。

（3）留一点空白。

这三个话题引发你怎样的想象、感悟与思考？请选择其中一个话题，自定立意，自选文体，自拟标题，写一篇不少于800字的文章。所写内容必须在该话题范围之内。

后　记

有谁看书是从"后记"开始的呢？我自己恐怕是积习难改了。就像有些女人看到手工的织物总是关心编织线路，喜欢翻看织品的背面一样，我感兴趣的阅读总是从后记开始再决定取舍的，总以为这是与作者和文本交流的最佳进入途径。真诚的作者总会在后记里留些心路和屐痕的。所以，如果说阅读正文接触到的是作者的成果，那么，看后记就仿佛是看到了日常生活中的他或她的某一方面和一段时间的工作状态了。这应该不是人格分裂，而是话语情景的要求。正文是前台，后记是幕后，细心的读者总是会在后记里看到一些别样的东西的。

这本小册子里的大部分章节都是在 2011 年那个夏季的某些天从早上四点到八点钟完成的。开头的两章是为了应求讲座，讲完之后，正巧碰到一个民营的文化公司请到北京大学原中文系主任温儒敏教授来武汉为他们精心策划的一次教师培训活动"随便讲点"，那时候温儒敏教授已被荣聘至山东大学做资深教授，但还兼任北京大学语文教育研究所的所长，又新就国家语文课程标准研制修订组组长。公司老总是个学历不高但特会侍弄文化人的中年人，他认为老的文化人不像年轻的学者们好安排：烟不抽、酒不喝、脚不洗，怕花了钱还落个招待不周，就请我去做"四陪"先生：陪接送、陪吃住、陪讲座、陪接见媒体采访。饭后茶余于是有时间请温教授校阅已经写成的部分稿子。温先生和很多其他老一辈的教授一样，做人很真诚。他说："我们真的需要有人静下心来做这样的工作，但大家都忙于应酬和应付，难得有你这样的闲人花这份闲心思。你提出的问题也是实实在在的。"他说的"你提出的问题"是这两章中已经就人民教育出版社正式出版发行，在全国已经广泛使用的《外国小说欣赏》教科书中教学文本里我认为有瑕疵的地方提出的商榷。以后的章节基本上按照前面的路术写下来。接下来的部分稿子也通过电子邮件请温教授审查。他有次回信说："我本来准备为你写篇序言的，现在很为难了，不是别的，你在文中指出教科书和《教师用书》中值得讨论的问题多了，我怎么好向读者推荐一部有许多错误的教科书呢？你启发了我要重新考虑这门课程应该怎么做了。"说实话，对于本教科书的编写尝试我是十分赞成的，这一点我在前面的自序里已经有很明确的表示，对主编曹文轩教授也表达了十分的尊敬。我倒真是不赞同那些空洞的不着边际的所谓审美教育论。文学教育在教学层面应该关注"文学性"的问题，并且最好将"文学性"落实在学习创作者和阅读者都能看得见、摸得着的"文学纪律"的某些规范性和开放性的具体问题上，至少要让人能感知。我本来也没有通过请教的方式央温教授写序的意思，纯粹是就文论文，因事说事，也就没有若有所失的感觉，相反很感谢他的真诚。在读写过程中也真正体验了与小说作者、小说文本、教学文本、批评家们以及拟想的对话者对话的快乐。我在书中提出的问题不是知识编辑上的，就是文本分析上的，都很具体，应该经得起推敲，也可以讨论。

写作的那个夏天，家父尚未弃世，每天早上他拖着老迈的身子从书房的门隙看到我敲击键盘的时候，总是要轻叹一声"这是何苦呢？"我知道他体谅我生活的艰辛，但我的欣慰只在深夜的阅读与遐想中。"子非鱼，焉知鱼之乐。"记得年轻的时候看过一位非著名学者描述他人生的一段文字，大意是：自己虽然有一米八的身高，但白日里总是最低矮的生物，因为受了种种的压迫和漠视，只有在夜晚躺下身体高度最低矮的时候才是最高大时刻，因为这是正义和高贵的灵魂登场的时刻。生活是如此辩证，可惜我那时年轻不谙世事，所以，在咀嚼他那苦趣的文字时，总是要显得自己聪明，笑他阿Q，全然想象不出他面对的壁垒有多厚，也怪罪他可能是不太成功，后来读戴震、读章学诚、读方东树的时候，才知道赐给我辈思想牙惠的先哲们原来没有一个不是受时腹之困、被时业之苦、遭时学之讥的，无论他是学术界的"狐狸"，还是"刺猬"。何况我辈一个普通的教书匠，哪怕要坚持教育的立场也是千难万难的。南京有位中学教师前几年出过一本教学杂记，一看书名就让人肃然起敬：《绝不跪着教》。"心为形役"不跪教而还能教与活，实话实说几人能够。诚然，懂得未必是福。

草草地完了稿，也没想到去出版的，因为这也是很费周折的事，况且新的阅读和写作兴趣与"外国小说欣赏"又隔得很远。两篇论文《比较研究中的文化利用和评价——以余英时"章学诚与柯林武德历史哲学比较"及引起的争论为例》、《古代圣学的终结和近现代历史科学的发韧——章学诚"六经皆史"新论》相继收到《湖北大学学报》和《华中师范大学学报》的用稿通知,两个学报都不能承载超过10个版面的论文,压缩和文献校对要花不少时间,但我以为"文化利用和评价"是我们这个民族百多年来始终没有处理好的问题,花时间想想和哲人们对对话也算值得;

"终结与发韧"一文发表后,随意翻阅几本学术随笔类的小册子,偶尔看到台湾史语所所长王汎森先生在他新近的一本《近代中国的史家与史学》的书说到,章学诚"六经皆史"论提出百多年了,我们至今还没有令人信服的解答。我想我的探讨不一定是令人信服的,但至少说明这项学术操练还是有意义的工作。同样可以证明有些思考还是有意义的,最近部分省市高考改革方案"大动作"的事,我在四年前即已发表《高考科目社会化改革请从英语学科始》(《湖北招生杂志(理论版)》2009年第10期),那是当年7月国家考试中心部分专家、部分大学从事考试学方面研究的学者和部分省市考试院领导在武汉举行的一次规模小而规格高议事大的研讨会,我提交的是考试科目改革方面的论文。记得刘海峰教授提交的是整体改革的方案。国家考试中心主任戴家干先生说,研讨会的成果最迟当年12月即有可能形成政策向外公布,没想到,一晃又是四年就过去了。古今多少事,匆匆!我的文章不只是呼吁,而是比较详细的说明方案。2013年岁末的最后一天(31日)晚上八点半,陈阳凤教授、李木洲博士和我一同到东湖宾馆甲乙所26号探访因公临汉的刘海峰教授,刘教授说科举学和真正的高考研究于今至为重要,因为它确能对大规模教育考试评价改革有所资鉴。为学者当顺人伦究天道以就大义,学以经世对于位卑识寡者虽不能及而心向往之。此间,《章学诚〈文史通义〉之"文"论辨析》刚刚完成。《〈文史通义〉主旨辨》、《〈文史通义〉主旨论》和《荀子〈君道〉儒体法用论》、《唯物史观下章学诚学术思想之洞见与不见》也亟待修改,《语文教学中之"文史意识"与"文体意识"》亦正在写作中。所以,也就无暇顾及本书的命运了。感谢湖北大学卢世林教授和湖北人民出版社易学金编审的极力怂恿和热心张罗,让我的这本小册子交上了出版的好运。陈阳凤教授投桃报李,为表达他的新书《暮府贪府——国民政府贪腐录》我们在书名上的同咀共嚼,他在校阅《汉阳府志》和《汉阳县志》的间隙从学报编审的视角审读了全部文稿。感谢华中师范大学文学院邹建军教授在百忙中慷慨赐序,感谢世界图书出版广东有限公司责任编辑孔令钢先生的辛勤工作。本书的出版如果能让真正想探讨《外国小说欣赏》教学和文学教育的同行有一次批评的机会则欲愿足矣。尽管我以可操作性的"技术"视角来关注小说的创作和阅读教学，但无论创作还是阅读，"情景"仍然是不可虚无的前提，而此刻当我再提到它的时候也只能是"此情可待成追忆"了。总之，由于时间和水平的关系，书中欠周延之处在所难免，真诚希望大家批评指正。

何永生

2013 年 12 月 7 日晨于武昌沙湖畔